Sabine Prilop
Schnee am Gänseliesel

wellhöfer VERLAG

Sabine Prilop lebt als Schriftstellerin, Journalistin und Biografin (Firmenbiografien-Prilop) in Göttingen. Sie ist stellvertretende Landesvorsitzende des Verbandes deutscher Schriftstellerinnen und Schriftsteller (VS) in Niedersachsen und Bremen. Seit Juni 2017 Mitglied des Rundfunkrats des NDR. Zahlreiche Buchveröffentlichungen, u.a. Romane, Lyrikbände, Sachbücher und Anthologien. Sabine Prilop ist verheiratet und hat eine erwachsene Tochter.
Mehr unter:
www.sabine-prilop.de und www.firmenbiografien-prilop.de

Wellhöfer Verlag
Ulrich Wellhöfer
Weinbergstraße 26
68259 Mannheim
Tel. 0621/7188167

info@wellhoefer-verlag.de
www.wellhoefer-verlag.de

Titelgestaltung: Uwe Schnieders, Fa. Pixelhall, Malsch
Satz: Wellhöfer Verlag, Mannheim

Die Erzählung ist frei erfunden. Ähnlichkeiten mit wirklichen Personen oder tatsächlichen Ereignissen sind nicht beabsichtigt und somit rein zufällig.

ISBN 978-3-95428-224-1

Sabine Prilop

Schnee am Gänseliesel

Göttingen-Krimi

wellhöfer VERLAG

Prolog

Dominik Pohl trat aus dem Hotel auf den Gehsteig. Er war benebelt von dem einen Whisky zu viel. Geschäfte nüchtern anzugehen war oberstes Gebot, das wusste er, und doch hielt er sich nicht daran. In der Innentasche seiner Lederjacke fühlte er nach der Ware. Pohl grinste in sich hinein, während er vor dem Eingang des Hotels verharrte. Er blickte die Straße entlang. Ein lang gestrecktes Schulgebäude, ein Laden, der Malerei anbot, eine Galerie mit Veranstaltungsraum. Dazwischen Wohnhäuser, in das Ensemble gezwängt. Von hier aus konnte er zu dem Treffpunkt hinschauen, an dem er zu dieser Spätabendstunde verabredet war.

Kein Mensch war jetzt hier unterwegs. Städte wie Göttingen waren wie geschaffen für Geschäfte wie das, was er vorhatte. Langsam verflüchtigte sich sein Ärger über die kleine Schlampe, die nicht mehr so wollte wie bisher. Sollte sie der Teufel holen. Pohl fingerte nach einer Zigarette und schob sie in den Mund. Er schützte das Feuerzeug, indem er seine Jacke in den Wind hielt, entflammte es und zündete die Kippe an. Begierig sog er den Duft ein, inhalierte tief mehrere Züge. Rot glühte das Ende der Camel auf, wenn er daran zog. Der Tabak biss leicht auf der Zunge. Vielleicht war der Streit heute ein Zeichen dafür, dass es richtig war, mit dem Handel aufzuhören. Er warf die Zigarette auf den Gehsteig, ohne sie auszutreten, und wandte sich nach rechts.

*

Niko Bendith duckte sich hinter einen Mauervorsprung. Bis hierher reichte das Licht der Straßenlaterne nicht. Wenn jemand vorübergehen würde, wäre er vor neugierigen Blicken geschützt. Er selbst hingegen konnte kontrollieren, wer den Schulhof betrat. Mit dem Zeigefinger schob er den Jackenärmel hoch und drückte den Knopf, der die Beleuchtung seiner Armbanduhr einschaltete. Anschließend betrachtete er die Fenster des gegenüberliegenden Wohnhauses. Nirgends brannte noch Licht. Vorsichtshalber würde er den, auf den er wartete, auffordern, mit ihm im Dunkel des Schulhofes zu verschwinden. Wer weiß, ob nicht doch ein Anwohner schlecht schlafen und herausschauen würde.

Niko schlich bis an den Eingang des Geländes, neben dem das Schild »Berufsbildende Schulen III« angebracht war. Er blickte die Straße entlang. Dort hinten näherte sich langsam ein Mann. Endlich. Das musste er sein, aber sicher war sich Niko nicht. Warum hatte niemand ihm den Frankfurter beschrieben? Der Auftritt passte jedenfalls. Lederjacke, Hose, Schuhe, alles teuer, das konnte man sogar von Weitem erkennen. Niko spürte seinen Herzschlag. Wie oft hatte er die Situation in Gedanken durchgespielt, und dennoch war er jetzt nervös. Er atmete tief durch, stutzte: Was war das? In einiger Entfernung tauchte eine Person auf, und die war schneller als der Typ aus Frankfurt. Warum trug sie eine Mütze? So kalt war es doch noch gar nicht. So ein Mist, ausgerechnet jetzt, dachte Niko. Die Mütze würde doch mitkriegen, wenn der Mann in den Schulhof abbog. Niko drückte sich in seine Ecke. Nicht lange, und die Mütze würde den anderen eingeholt haben. Bevor einer der Ankömmlinge ihn dabei beobachten konnte, schlich er gebückt zurück auf das Schulgelände. Wieder gab ihm die Mauer Schutz. Der Gutgekleidete betrat gerade das Gelände, und – der kleine Bandit traute seinen Augen nicht – die Mütze war ihm auf den Fersen. Niko ging in die Hocke, wandte den Blick nicht ab. Das Licht der Straßenlaterne beleuchtete die Gesichter der beiden Gestalten.

Erst in diesem Moment schien der Vorangehende die Verfolgung zu bemerken. Er wandte sich ihm zu – aber was zum Teufel war denn da los? Niko riss entsetzt die Augen auf. Panik ergriff ihn, sein Atem ging schneller, er fühlte den Herzschlag. Das durfte nicht wahr sein!

*

Pohl achtete nicht auf den Weg, nicht auf die leisen Geräusche hinter ihm. Wo war denn der Eingang zum Schulhof, bei dem die Übergabe stattfinden sollte? Der Großdealer, der die Göttinger Drogenszene beherrschte, hatte ihm die Örtlichkeit mehr als vage beschrieben. Er folgte dem Fußweg, dann lag der Schulhof zu seiner Rechten. Das Areal schien ihm abstoßend finster. Vielleicht lag es am wolkenverhangenen Himmel, der keinen Mondschein zuließ. Nach einem raschen Blick in den Hof wandte Pohl sich um, reflexartig, ohne zu wissen, warum. Sekunden später stand eine dunkle Gestalt vor ihm, ungehörig dicht, er konnte ihren Geruch wahrnehmen, irgendwie muffig. Eine Mütze hatte sie tief in die Stirn gezogen, und sie trug einen Gegenstand in der Hand. Es ging alles schnell. Pohl erkannte ein Messer mit einer geschwungenen Klinge. Abwehrend hob er die Rechte, versuchte die messerbewehrte Hand von sich zu drücken. Dann bohrte sich die Klinge durch die Haut seines Oberkörpers, ein Schmerz von nie geahnter Stärke durchflutete ihn. Das Messer fuhr in ihn hinein und wieder hinaus, und der Himmel brach ein und fiel schwarz auf ihn herab.

Kapitel 1

25. September

Niko sprang wütend hoch und schlug einen rechten Haken in die Luft. »Verdammt«, presste er hervor. Beinahe wäre er gestolpert. Wie konnte so etwas möglich sein! Er setzte einen Fuß vor den anderen, ohne auf den Weg zu achten. Seine große Chance! Er hatte sie sich erarbeitet. Ach was, erkämpft hatte er es sich, endlich zeigen zu können, was er auf dem Kasten hatte. So, wie er sein ganzes Leben um alles gekämpft hatte, was er haben wollte. Weil ein kleiner Mann doppelt so gut sein musste wie ein langer Lulatsch oder ein dicker Bär. Beinahe hätte er geheult. Vor Wut. Oder vor Angst? Der Wächter würde ihn totschlagen lassen. Sein Scherge Henner wartete doch nur darauf, ihnfertigzu machen, dieser Rocker. Fuck. Er hatte vermasselt, was ihm sowieso niemand zugetraut hatte. Der Wind durchdrang seine Jacke, er fühlte ihn bis auf die Haut. Jetzt fing es auch noch an zu regnen. Niko rannte weiter. Wie hatte die Übergabe nur scheitern können! Er war genau zur richtigen Zeit an der richtigen Stelle gewesen, und der Mann, auf dem alle seine Hoffnungen gelegen hatten, der war auch da.

Was dann geschehen war, begriff Niko erst jetzt: Der Frankfurter hatte sich zu der Mütze umgedreht. Wenig später war er zusammengesackt, in die Knie gegangen, seitwärts weggeknickt und auf dem Rücken zum Liegen gekommen. Die Mütze hielt ein Messer in der Hand. Niko konnte es sehen, als wie aus dem Nichts ein kleiner Köter angerannt kam, herumsprang und zu kläffen anfing. Kurzerhand beugte sich die Mütze zu dem Mischling hinunter, kriegte ihn am Halsfell zu fassen und stach ihn mit einer einzigen Bewegung ab. Achtlos ließ die Mütze das Fellbündel fallen und beugte sich über den Mann am Boden. Es dauerte eine ganze Weile, bis die Gestalt sich aufrichtete und in Nikos Richtung blickte. Für einen Moment beschien die Straßenlaterne das Gesicht unter der Kopfbedeckung. Mit klopfendem Herzen drückte sich der kleine Bandit in sein Versteck. Er wagte kaum zu atmen, bis er Schritte hörte, die sich entfernten.

Niko war noch immer entsetzt. Noch etwas bedrängte ihn, womit er nicht umgehen konnte: Dieses Gesicht, war es ihm wirklich unbekannt? Warum hatte er das Gefühl, die Person zu kennen? Abermals tauchte vor seinem geistigen Auge der Frankfurter auf, von dem er das Kokain hatte übernehmen sollen, ohne Geld, die Bezahlung würden andere regeln. Er sah ihn auf dem Pflaster des Gehwegs liegen, dicht neben einer der Säulen, an denen die Metalltore der Einfahrt befestigt waren. Schwarze Lederjacke und ein weißes Hemd, das im Dunkeln leuchtete. Der Fleck über der zerfetzten Stelle im Hemdenstoff war schwarz, nicht rot, doch Niko hatte sofort gesehen, dass es Blut war. Die offenen Augen des Mannes waren starr auf den Himmel gerichtet. Keine Frage, der Kerl war tot, und Niko hatte dicht neben ihm gestanden. Endlich war er über den finsteren Schulhof davongerannt, nicht die Straße entlang, aus Angst, gesehen zu werden.

Bis heute hatte er immer für alle Probleme eine Lösung gefunden, aber diesmal? Trotzdem, er konnte doch gar nichts dafür, dass alles schiefgegangen war! Das mussten sie ihm glauben. Im selben Moment wusste er, dass sie genau das nicht tun würden. Ihm glauben. Ihm, den sie alle den kleinen Banditen nannten, stets mit einem höhnischen Lächeln im Mundwinkel. Es musste ihm etwas einfallen, womit er seinen Kopf aus der Schlinge ziehen konnte. Seine Nase begann zu laufen. Er wischte mit dem Ärmel über die Nasenlöcher und zog hoch. In der Ferne hörte er eine Polizeisirene. Was, wenn ihn jemand neben der Leiche gesehen hatte? Wenn er als Mörder dastehen würde?

Niko versuchte sich zu beruhigen. Gerade gelangte er zur Weender Straße. Möglicherweise waren hier noch einige Nachtschwärmer unterwegs, und er wollte nicht auffallen. Hatte er deshalb instinktiv nicht den direkten Weg nach Hause genommen? Er lief die Untere Karspüle hinauf, am Botanischen Garten vorbei, bog nach rechts in die Obere Karspüle ein. Dort stand das Häuschen, in dem er zur Miete wohnte. Seit Vater tot war, lebte er dort ganz allein. Sein Freund Frank wartete auf ihn, bestimmt war er furchtbar aufgeregt. Ihm würde er alles erzählen, und gemeinsam würden sie sich einen Plan ausdenken.

Kapitel 2

Robin und Lilly küssten sich inmitten der wartenden Reisenden auf dem Bahnsteig lang und innig. Lilly hatte ein Ticket nach Wien im Gepäck. Sie fuhr fort, um ihre Mutter zu besuchen, und würde einige Zeit fortbleiben.

Vom Bahnhof aus ging Robin in das *Thanners* am Wilhelmsplatz. Er wollte ein, zwei Bier zischen, damit das Eingewöhnen in die leere Wohnung leichter fallen würde. Als er die Kneipentür aufschob, schlug ihm neben einem babylonischen Stimmengewirr ein Brei aus Heizungsluft, Alkohol und menschlichen Ausdünstungen entgegen. Robin registrierte, wie kühl die Abendluft war, die er hinter sich zurückließ. Dabei hatte der

Herbst gerade erst begonnen. Er staunte, wie viele Gäste sich an der Theke drängten. Mitten in der Woche! Der Lärmpegel war entsprechend hoch.

Ein Kollege von Zeiss stand an der Theke. Andere Abteilung, aber man kannte sich. Robin überlegte, und tatsächlich fiel ihm der Name ein: Jason. Wenn er sich recht erinnerte, war sein Vater amerikanischer Soldat.

Als Jason ihn erkannte, nahm er sein Glas in die Hand und drängelte sich zu Robin durch. Sie hatten Glück: Direkt vor ihrer Nase machte ein Pärchen zwei Plätze frei. Robin bestellte ein Pils und wartete, bis der Kollege bei ihm anlangte. Als Jason sich neben ihn auf den Barhocker schob, stand das Glas bereits vor Robin auf der Theke. Sie hatten sich erstaunlich viel zu erzählen.

Sehr viel später sah Robin zur Uhr, die über der Theke hing. Die Zeiger, die über dem Bild einer Whiskyflasche ihre Kreise zogen, standen auf fünf nach zwei.

Robin blickte nach rechts und links, außer ihm saß nur noch ein Gast vor seinem Glas und starrte vor sich hin. Er hatte gar nicht registriert, dass nach und nach alle anderen Gäste gegangen waren. Jetzt aber los, sonst würde das Aufstehen morgen früh sauer werden. Er gab ein großzügiges Trinkgeld für den armen Barmann, der sich hier die Nacht um die Ohren schlagen musste. Von Jason verabschiedete er sich vor der Kneipentür mit einem Händedruck.

Auf der Straße zog er den Reißverschluss seiner Jacke hoch. Der Wind blies ungemütlich, es war tatsächlich Herbst, was wollte man erwarten. Wie ausgestorben wirkte die Stadt. So leer und so leise. Hätte er nicht Turnschuhe getragen, hätten seine Schritte bestimmt auf dem Pflaster widergehallt.

Robin Baumann bog in seine Wohnstraße ein. Seit drei Monaten lebte er nicht mehr bei seiner Mutter in

Holtensen, sondern gemeinsam mit seiner Freundin in dem schicken Mietshaus am Ritterplan. Die Innenstadtwohnung konnten sie sich leisten, weil Lilly als Bürokauffrau bei Zeiss gut verdiente und eine feste Stelle hatte. Er wartete dort immer noch auf die Zusage für eine Festanstellung als Feinoptiker.

In Gedanken versunken, müde vom Alkohol, lief er die Straße hinauf und fingerte in der Hosentasche nach seinem Haustürschlüssel. Am Schlüsselband fasste er zunächst den Flaschenöffner, den er immer bei sich trug. Vielleicht würde er sich noch ein Flaschenbier gönnen, damit er auch wirklich gleich einschlafen konnte und nicht mehr lange an Lilly denken musste. Was war er doch für ein Sensibelchen! Er grinste, doch sein Lächeln erstarb. Sogar die Dunkelheit war ihm nicht geheuer, es war nur ein Gefühl. Etwas stimmte nicht. Er musste sich zusammenreißen, was sollte denn das? Er war ein Mann und keine Memme, auch wenn ihn Lilly manchmal romantisch nannte.

Robins Blick fiel auf die gegenüberliegende Straßenseite. Dort hatte sich etwas bewegt, ganz sicher. Der Schatten eines Menschen, zwischen der Mauer am Städtischen Museum und der BBS III war er hindurchgehuscht. Wer hatte hier mitten in der Nacht etwas zu suchen?

Lag dort im Hausschatten nicht etwas auf der Erde? Etwas Schwarzes, Unförmiges? Robin merkte, wie sich etwas in seiner Brust zusammenzog. »Feigling«, zischte er zwischen den Zähnen hindurch. Er ärgerte sich, weil er sich fürchtete, und gerade deshalb querte er die Straße, trotzig die Lippen zusammengepresst. Unmittelbar dort, wo das Schulgelände begann, stand er plötzlich vor einem Mann, der auf dem Gehweg lag.

»Hallo?«, stieß Robin hervor. Doch der Mann rührte sich nicht. Erst jetzt sah Robin die Blutlache und prallte zurück. Ein Toter, durchfuhr es ihn. Was sollte er denn jetzt nur machen? Was, wenn der Mann ermordet worden war, es sah ja ganz danach aus? Ein Messer, da lag ein Messer! Wenn der Mörder noch in der Nähe war, ihn beobachtete und als nächstes – aber der hatte ja keine Waffe mehr, die lag vor ihm am Boden. Robin beugte sich über den Mann und betrachtete entsetzt die Wunde an seiner Brust, den riesigen Blutfleck. Er ging in die Hocke, vielleicht war ja doch noch Leben in dem Körper, dann musste schnell ein Arzt kommen und ihm helfen! Er streckte die Hand aus und berührte die Stelle, an der er die Halsschlagader des Mannes vermutete. Nichts. Robin drehte sich so, dass er das Gesicht des Mannes sehen konnte, das nach links zeigte. Die aufgerissenen Augen blickten ins Leere. In diesem Körper war kein Leben mehr.

Robin versuchte, sich zu entspannen, doch vergeblich. Er riss den Kopf hoch: Da war er wieder, der Schatten hatte sich von der Wand gelöst und war sofort danach unsichtbar. Über seinen plötzlichen Mut erstaunt, sprang Robin auf und folgte der Erscheinung, dem Gespenst, eilig in den dunklen Schulhof nach.

Kapitel 3

Niko kauerte in seinem Sessel und wartete. Er hatte die Hände aneinandergelegt, massierte mit den Fingerkuppen der Zeigefinger seine Nase und versuchte, seine Gedanken zu beruhigen. Es gelang nicht, im Gegenteil. Niko fuhr hoch, setzte sich kerzengerade hin. Ein Antlitz war aus den Tiefen seines Bewusstseins aufgetaucht. Es war das Gesicht unter der Mütze, die er vom Schulhof aus beobachtete hatte. Überdeutlich stand es vor seinem inneren Auge, und es gab für Niko keinen Zweifel mehr. Er wusste, wer es war!

Der kleine Bandit sprang auf die Füße. Er begann, in Zimmer auf und ab zu laufen. Wie sollte er damit umgehen, dass er die Mütze kannte? Wie der Polizei erklären, warum er nachts auf dem Schulhof gelauert hatte? Die Spur würde schneller zu dem Wächter führen, als Niko einmal »fuck« gesagt hätte. Anschließend würde er sich aussuchen können, ob er sich von den Schergen des Wächters totschlagen lassen oder gleich vom Iduna-Zentrum springen sollte. Außerdem: Was kümmerte es ihn, ob jemand im Knast landete oder nicht? Der Frankfurter war tot, daran war nichts mehr zu ändern. Nein, er würde den Mund halten. Eine bessere Lösung gab es nicht. Niemandem würde er verraten, dass er die Mütze erkannt hatte. Wo blieb Frank denn nur? Wie lange war der Freund eigentlich weg?

Als er vorhin völlig außer sich heimgekommen war, hatte Frank auf ihn gewartet. Auf den ersten Blick hatte der Freund Niko angesehen, dass etwas gründlich schiefgegangen war.

»Was sagst du da? Der Frankfurter ist gestorben?«

»Gestorben? Er ist abgestochen worden wie ein Schlachtvieh, ach was, schlimmer, beim Vieh achtet der Schlachter noch darauf, dass – was rede ich denn? Jemand ist ihm gefolgt und hat ihn umgebracht, fertig.« Niko schüttelte heftig den Kopf. »Sag mir, dass das alles nur ein schlechter Traum ist oder ein Scherz!«

Frank sagte bestürzt: »Kann ich doch nicht! Ich war doch nicht dabei!«

Niko boxte zweimal mit beiden Fäusten in die Luft. »Und jetzt? Was machen wir denn jetzt?« Er war außer sich.

»Hast du die Leiche untersucht?«

»Ob ich was habe? Sag mal, spinnst du? Polizeisirenen hab ich gehört, die kamen immer näher, meinst du, ich wollte mich festnehmen lassen? Als Mörder? Die Mütze war längst über alle Berge!«

»Gut. Du hast ihn also nicht durchsucht.«

»Genau, Schlaumeier. Gerannt bin ich, nur noch weg! Wollte mal sehen, was du –«

»Es geht nicht um mich! Du wolltest Kokain übernehmen, und zwar Stoff für schlappe 40.000 Euro, schon vergessen?«

Niko sackte in sich zusammen und ließ sich neben Frank auf das Sofa fallen. »Nein, verdammt.«

Niko erwiderte Franks mitleidige Blicke, mit denen er ihn musterte. »Ich kann doch nichts dafür«, sagte er kleinlaut. »Aber das ist dem Wächter egal, oder?«

»Komplett egal.« Frank dachte nach. »Ich laufe zum Schulhofeingang. Wenn der Frankfurter noch dort liegt, keine Polizei da ist oder sonst jemand, werde ich nach dem Stoff suchen.« Er betrachtete Niko strafend. »Wie konntest du das nur vergessen! Bis gleich, ich beeile mich.«

Niko hatte sein Zeitgefühl völlig verloren. Bis gleich, hatte Frank gesagt. *Gleich* war für seinen Geschmack seit Längerem vorüber. Er griff sich an die Stirn, als könnte er so seine Nerven beruhigen.

Kaum dass er die Haustür geschlossen hatte und ins Wohnzimmer zurückgekehrt war, klingelte es einmal kurz, anschließend noch einmal länger. Das war das Zeichen, das er und Frank verabredet hatten, in der Schulzeit schon.

»Und?«

Frank schob sich an Niko vorbei. »Mach doch erstmal dicht, schließ am besten ab, wer weiß, besser ist besser«, sagte er orakelhaft.

Den kleinen Banditen beschlich ein noch unangenehmeres Gefühl, als er es ohnehin die ganze Zeit gehabt hatte. Beunruhigt sah er zu, wie sich Frank auf das Sofa setzte. Immer waren seine Sitzmöbel zu klein für die langen Beine des Freundes.

»Nun erzähl schon«, drängelte Niko und drückte sich in seinen Sessel. Sofort sprang er wieder auf. »Willst du ein Bier?«

»Ja.«

Niko lief in die Küche, brachte sich ebenfalls eine Flasche mit und stellte beide im Wohnzimmer auf den Tisch vor dem Sofa. Hoffentlich blieb Frank nicht weiterhin so einsilbig. Fahrig öffnete er eine der Flaschen, das Bier schäumte auf und lief über Hals und Bauch der Pulle auf die Tischplatte, ein kleiner See bildete sich. Niko fluchte.

Frank nahm ihm den Öffner aus der Hand und öffnete selbst sein Bier. »Der Typ lag noch immer da. Aber er war nicht allein.« Er trank einen langen Schluck.

»Was, was, was? Sag mal, ist alles in Ordnung mit dir? Das ist jetzt eine Leiche, die ist nicht mehr zusammen oder allein, die ist ein, ein, ein ...«, Niko ruderte mit den Händen in der Luft, »ein Stück totes Fleisch!« Er schüttelte sich, griff mit verzerrtem Gesichtsausdruck nach der Flasche, setzte sie an die Lippen und sofort danach ab. »Hör auf mit dem Schwachsinn, ja?«

»Bleib doch ruhig! Ich meine, es war ein Typ da. Ziemlich lang, ziemlich dünn. Stand da, über den Toten gebeugt. Wenn ich es richtig gesehen habe, hat der den angepackt.« Frank verzog das Gesicht.

»Angefasst? Du meinst, der hat den Frankfurter durchsucht?« Niko wurde rot vor Aufregung.

»Weiß ich nicht. Aber ich habe ihn fotografiert, mit dem Handy. Hier!« Frank streckte das linke Bein aus und hob das Gesäß an, damit er das Telefon aus der engen Jeanstasche ziehen konnte. Er drückte den Schalter, entsicherte das Gerät mit einem Zahlencode, wischte durch das Menü bis zu den aufgenommenen Fotos. »Gar nicht so schlecht geworden, auch ohne Blitz. Zum Glück hat der Typ nichts gemerkt. Trotzdem. Ich bin dann abgehauen. Eigentlich will ich mit dem ganzen Mist gar nichts zu tun haben, das weißt du.«

»Weiß ich«, knurrte Niko und nahm Franks Handy in die Hand. Auf dem Bild war ein schlaksiger Mann zu sehen, jung noch, der sich über die Leiche beugte. Niko wischte über den Bildschirm. Auf dem nächsten Foto saß der Typ in der Hocke und streckte die Hand aus. Auf der dritten und letzten Aufnahme war sein Rücken zu sehen. Er hatte sich so gedreht, dass seine Hände nicht zu erkennen waren.

»Was meinst du«, fragte Frank, »ob er das Kokain abgezogen hat?«

Niko grübelte. Er erinnerte sich, wie der Mörder gebückt über der Leiche stand, einen langen Moment, sich dann aufrichtete und in seine, Nikos Richtung schaute. »Weiß nicht.«

»Aber damit wärst du aus dem Schneider, denk mal nach, das wäre gut.«

»Warum?«

»Oh Mann, Niko! Weil der Wächter sonst denkt, du hast den Stoff geklaut. Selbst wenn der es dir nicht zutraut: Henner und Andy werden es ihm erklären, die wollen dir doch andauernd was am Zeug flicken.«

»Die Wanzen«, sagte Niko verächtlich.

»Wanzen, ja. Aber mein Cousin hört auf die, nichts zu machen.«

»Schöne Verwandtschaft.«

»Vorsicht!«

»Warum verteidigst du ihn? Du willst doch auch nichts mehr mit ihm zu tun haben.«

»Mit der ganzen kriminellen Scheiße will ich nichts mehr zu tun haben, das ist es.«

»Weil du dich um einen feinen Ausbildungsplatz als Versicherungskaufmann beworben hast«, sagte Niko spöttisch.

»Ja, genau. Wenn ich den kriege, werde ich mein Leben komplett ändern!« Frank beugte sich vor und schimpfte mit erhobener Stimme. »Willst du mit mir streiten? Du steckst bis zum Hals im Dreck, du schuldest dem Wächter Kokain für 40.000 Tacken, und der hat den Stoff gekriegt, ohne sofort bezahlen zu müssen! Warum? Weil er bei dem Großdealer in Frankfurt als absolut vertrauenswürdig gilt!« Er zeigte mit dem Finger auf sein Gegenüber. »Du hast ein Problem, nicht ich!«

Der kleine Bandit sackte in sich zusammen und ließ die schmalen Schultern nach vorn sinken. »Was meinst du, wie er reagieren wird?«

»Mein Cousin? Kannst du dir das wirklich nicht selbst beantworten? Schnee für 40.000 Euro, für die er geradezustehen hat, ist weg. Der Lieferant tot. Noch Fragen?«

Niko wand sich. »Nein. Er wird seinen Bodyguard auffordern, mich umzubringen«, orakelte er mit düsterem Blick.

Frank betrachtete den Freund, holte tief Luft und lenkte ein. »Erzähl dem Wächter, wie es gewesen ist. Er wird toben. Er wird dich beschimpfen. Aber er ist kein Idiot. Am Ende wird er begreifen, dass du nichts dafür kannst, wie alles gekommen ist. Ruf ihn an und sag ihm, dass wir vorbeikommen. Er wartet auf deinen Anruf, richtig?«

Niko blickte auf und nickte. »Du kommst mit?«

Ein Lächeln huschte über Franks Gesicht, dann sagte er nur: »Ja.«

Der kleine Bandit schöpfte wieder Hoffnung, mit seinem Leben davonzukommen.

Kapitel 4

Robin folgte dem gepflasterten Weg, der auf das Gelände führte. Die Fenster des mehrgeschossigen Schulgebäudes aus rotem Backstein starrten in die Dunkelheit. Davor reckte ein Baum seine Äste in die Höhe, an denen noch das gesamte Laub hing. Warum nahm er diese Dinge so aufreizend genau wahr? Bäume und Häuser interessierten ihn sonst nicht die Bohne. Er blieb stehen, lauschte. Schritte waren nicht zu hören. Auch andere Geräusche fehlten, die zu einem Menschen gehören könnten. Sollte er den Rückweg antreten? Von zu Hause aus die Polizei anrufen?

Er sah sich um. Rechts am Weg lag eine Steintreppe, die zu einem Hauseingang führte. Auch hier war nichts zu sehen oder zu hören, was sich kurz zuvor bewegt haben könnte. Alles wirkte still, reglos und keineswegs furchteinflößend. *Fürchte dich vor den Lebenden, nicht vor den Toten,* fuhr es Robin durch den Kopf. Bestimmt war das richtig, wer hatte es noch gesagt? Dennoch dachte er mit Schaudern an den Mann, der leblos nur wenige Meter von ihm entfernt in einer Blutlache lag. Robin blieb stehen. Ein weiteres Mal lauschte er in die Dunkelheit. Hatte nicht etwas geknackt? Oder war es etwas anderes gewesen, ein Seufzen oder ein Stöhnen? Ein Schauer durchlief ihn, mit einem Mal war ihm kalt. Was suchte er hier eigentlich? Warum verfolgte er etwas, das möglicherweise nichts Gutes im Schilde führte? Er musste die Polizei rufen, das war wichtig. Nur noch einen Blick würde er in das Innere des Schulhofes werfen und anschließend sofort telefonieren. Entschlossen umrundete er die Treppe. Was war das? Seine Augen hatten sich an die Dunkelheit gewöhnt, dennoch realisierte er nur langsam das, was er sah: An die Hauswand gelehnt hockte eine Frau, die Beine angezogen.

Sie trug einen langen schwarzen Rock und eine schwarze Strickjacke darüber. Die Arme ließ sie an den Seiten herunterhängen. Auf eine, wie Robin fand, merkwürdige Art blickte sie geradeaus, ihre Pupillen bewegten sich dabei, als würden sie versuchen, ein entferntes Ziel zu erkennen. Den Kopf der Frau bedeckten kurz geschorene Haare. Ihr Schädel erinnerte ihn an die KZ-Häftlinge, deren Fotos er im Geschichtsunterricht begegnet war. Robin musste schlucken. Neben der Fremden aufgebaut befand sich eine Art Altar. Ein Lager, offenbar aus Pflanzenteilen hergerichtet, aus Laub und abgestochenen Grasnarben, aus denen welkende Halme ragten. Auf diesem Bett ruhte ein toter kleiner Hund, den Kopf unnatürlich überstreckt.

Noch immer sah ihn die Frau nicht an. Sie musste ihn doch längst bemerkt haben? Robin zuckte zusammen, als sie zu singen anfing. Aus ihrem Mund drang ein auf- und abschwellender Singsang. Es waren Töne in immer gleicher Länge und Lautstärke, aus denen sich keine Worte formten. Robin sah sich um. Ergab es einen Sinn, die Frau anzusprechen? Würde sie darauf reagieren? Oder war es klüger, fortzulaufen und endlich die Polizei anzurufen? Vorsichtig beugte er sich ein kleines Stück weit zu ihr hinunter.

»Hallo?« Mehr fiel Robin nicht ein.

Sein Blick streifte wiederum den toten Hund. Ob er der Frau gehörte? Ob sie seinen Tod besang? »Ist das ihr Hund?«, fragte Robin. Doch die Antwort bestand nur aus der immer gleichen Folge der orientalisch anmutenden Töne.

»Kann ich Ihnen irgendwie helfen?« Im nächsten Augenblick sah er auf die Hände der Frau: Sie waren blutverschmiert.

»Sind Sie verletzt?« Robins Stimme klang heiser, er hatte das Gefühl, niemand verstehe seine Worte. Gleichzeitig wurde ihm immer unheimlicher zumute. Warum hockte die seltsame Frau hier an der Mauer? War es ihr Schatten gewesen, den er gesehen hatte? Wenn dem so war, musste sie den toten Mann im Eingangsbereich entdeckt haben. Wie hatte sie so unbeteiligt an ihm vorübergehen können? Aber saß sie nicht völlig abwesend da? Wie abgebrüht musste jemand sein, den der Fund einer Leiche dermaßen kalt ließ?

»Warum antworten Sie nicht?«, herrschte Robin die Frau an.

Sofort danach tat es ihm leid, so barsch gewesen zu sein. Vermutlich war sie krank. Oder sie stand unter Schock. Oder – er erschrak vor seinen eigenen Gedanken – konnte sie die Mörderin sein? Eine Messerstecherin, eine Geisteskranke? Er wich einen Schritt zurück. Die blutigen Hände! War es das Blut des Opfers? Vielleicht hatte sie auch den kleinen Hund erstochen, und die verschmutzten Hände stammten von dem Tier? Robin versuchte, eine Wunde an dem Hund auszumachen oder Blut im Fell, aber es war zu dunkel, als dass er etwas erkennen konnte. Das reglose Bündel tat ihm leid, er mochte Hunde sehr, und Lilly war vernarrt in sie. Lilly. Wie gut, dass sie das alles nicht mit ansehen musste.

Abrupt hörte die Frau auf zu singen. »Ausgeblutet«, sagte sie.

Robin erschrak fast zu Tode, weil sie ihm so unvermittelt antwortete. Aber meinte sie überhaupt ihn? Noch immer suchte sie in der Ferne nach einem imaginären Ziel.

»Was haben Sie gesagt?«, fragte Robin entsetzt.

»Der kleine Kerl hier ist völlig ausgeblutet. Wie ein Schlachtvieh.« Mit einer raschen Bewegung wandte die Frau Robin den Kopf zu und blickte ihn von unten herauf an. In ihren großen Augen sammelten sich Tränen. »Nun melde dich bei der Polizei, das wolltest du doch sowieso.«

»Ja«, antwortete Robin. Woher wusste sie, was er vorhatte? Konnte sie Gedanken lesen? Unsinn. Wahrscheinlich hatte sie die Leiche gesehen und kombiniert, was geschehen würde. Offenbar war die Frau doch nicht geisteskrank, wie er vermutet hatte, so klar und deutlich, wie sie sprach. Er fingerte eilig sein Handy aus der Jackentasche. »Was ist denn passiert mit dem Hund?«

»Interessiert dich das, oder willst du das der Polizei sagen?«

»Ich, nein, warum sollte ich.« Robin hielt das Telefon unschlüssig in der Hand. »Es ist nur wegen – haben Sie den toten Mann da vorn nicht bemerkt?«

Die Frau entspannte sich und blickte dem Nachthimmel entgegen, indem sie den Kopf in den Nacken legte. »Der Tod ist das Ende menschlichen und tierischen Lebens. Wir leben zum Tod hin. Das Töten gehört zur Philosophie des Lebens dazu. Mensch und Tier töten, um zu überleben. Eine absurde Gleichung, ein Fehler in der Schöpfung, ein gefährlicher Irrtum. Wer Kreaturen schafft, die ihresgleichen umbringen können, muss sich nicht wundern, wenn sie es tun.« Sie schloss die Augen. »Ein bitteres Thema.«

Sie ist doch verrückt, dachte Robin. Was redet die da für einen Stuss zusammen. Aber richtig blöd ist es ja nicht, was da aus ihrem Mund kommt. Er war sich unsicher, was er tun sollte. Aber hatte sie ihn nicht selbst aufgefordert, die Polizei zu rufen?

»Also wähle ich jetzt«, sagte er, als wollte er eine Bestätigung von ihr erhalten. Doch sie antwortete nicht mehr, blickte weiterhin zum Himmel hinauf und begann, ihren Oberkörper wiegend hin und her zu bewegen. Robin hörte auf das ausgehende Rufzeichen. Unmittelbar danach meldete sich die Stimme eines Polizisten: »Polizei, Notruf.«

Kapitel 5

Niko steckte sein verschrammtes Handy zurück in die Hosentasche und sah Frank mit sorgenvollem Blick an. »Wir sollen in den Club kommen.«

»So? Der *Club Hainberg* hat doch heute geschlossen. Verstehe ich nicht.« Frank strich sich über das stoppelig geschnittene Blondhaar.

»Ist doch egal, ob einer das versteht. Wir sollen kommen, sofort.«

Niko schnappte sich seine schwarze Jacke, die er achtlos auf den Boden geworfen hatte. Schon im Gehen zog er sie über und lief in den Flur. Aus einer abgegriffenen Holzschale schnappte er sich den Haustürschlüssel. Er fasste nicht richtig zu, und der Schlüsselbund knallte scheppernd auf den Boden. »Fuck«, fluchte Niko, bückte sich, hob den Bund auf und stieß sich an der Kommode, als er sich aufrichtete. »Aua! Verdammt, wo bleibst du denn?«

Frank tauchte im Türrahmen auf. »Bleib ruhig! Wenn du rumzappelst, glauben die dir kein Wort. Los jetzt, ich fahre.«

Den blauen Golf, den Frank als Dauerleihgabe seiner Mutter nutzen durfte, hatte er unweit von Nikos Haus geparkt. Sie stiegen ein und Frank steckte den Schlüssel ins Zündschloss, drehte um. Der Anlasser jaulte, der Wagen sprang nicht an. Auch beim zweiten Versuch rührte sich der Motor nicht.

»Der müsste mal in die Werkstatt, schönen Gruß an deine Mutter!«, sagte Niko.

»Mach mal halblang! Ich bin froh, mit der Karre fahren zu dürfen. Jetzt nehme ich dich mit, und du meckerst auch noch! Kannst ja laufen!«

»Schon gut. Es ist nur so: Wenn wir die noch warten lassen, reißen sie mir den Kopf ab, bevor ich papp sagen kann.«

»Quatsch! Die wollen den Stoff, und du bist der, der ihn holen sollte. Ohne dich ist der Schnee von vornherein verloren.«

»Mit mir auch. Das werden die schnell mitkriegen. Ich habe das Zeug nicht, verdammt!«

Endlich sprang der Motor an.

»Die Kiste macht vielleicht einen Krach«, murrte Niko.

»Ein Wort noch, mein Freund, und du läufst wirklich!«

Wortlos fuhren sie durch die Stadt bis ins Ostviertel, zum neuen Szene-Club *Hainberg*, einer Diskothek nach Vorbild moderner In-Treffs in Großstädten wie München oder Berlin.

»Bin gespannt, was mein Cousin heute in dem Schuppen zu suchen hat. Keine Gäste, kein Türsteher, oder?« Frank lenkte den Wagen nur mäßig schnell durch die Straßen, er wollte kein Aufsehen erregen.

»Türsteher ist gut. Der kassiert mit seinen Leuten die Drogen ein, die die Gäste mitschleppen. Anschließend verkloppt er sie drinnen wieder, zusammen mit seinem eigenen Zeug.« Niko drückte sich in den Rücksitz. »Die Tour hat er bestimmt in Berlin gelernt. Wie lange war er dort Türsteher?«

Frank überlegte. »Nicht länger als zwei, drei Jahre. Seitdem ist er zurück in Göttingen. In Berlin hat er sich auch den Drachen auf die rechte Schädelseite tätowieren und das ganze Eisen an den Körper hängen lassen. Schläfen, Nase, Lippen, überall dieser Piercing-Mist.«

Niko kurbelte das Seitenfenster herunter. Er brauchte Luft. »Brutal«, stieß er aus, »der Wächter ist ein Tier. Er ist der größte Dealer hier. An den kommt keiner ran. Und wenn es einer versucht, wird er von seinen Schergen weggeknüppelt.«

»Weiß ich alles, feine Verwandtschaft, ja. Ich werde mich von denen fernhalten. Das bringt nichts, bei einer Versicherung zu lernen und nach Feierabend mit dem gewalttätigen Cousin rumzuhängen.«

»Brauchst seine Kohle dann ja nicht mehr. Aber ich, ich brauche die Aufträge, sonst – ach, fuck.«

Niko schlug die Arme unter und starrte durch die Frontscheibe. Von fern sah er das von innen beleuchtete Schild mit dem Aufdruck »Privatclub Hainberg« an dem Haus, in dem sich die Club-Diskothek befand. Frank brachte den Wagen am Straßenrand zum Stehen und stieg aus. Gemeinsam liefen sie den mit feinem weißem Kies aufgeschütteten Weg bis zum Eingang des Clubs entlang. Es knirschte unter ihren Tritten. Die schwarze Eingangstür war nur angelehnt. Die Männer folgten einem Gang, der sich nach links anschloss. An dessen Ende drang Licht durch einen Spalt. Frank klopfte einmal mit der Faust gegen das Türblatt. Ohne abzuwarten, trat er ein, Niko trabte hinterher.

Wie erwartet, war der Wächter nicht allein. Henner, sein Bodyguard, Motorradkleidung und überall Tattoos, und Andy der Schönling, der junge Frauen anfixte und süchtig machte, um ihnen später problemlos die Ware anzudrehen, waren bei ihm.

»Oh, der kleine Bandit«, sagte Henner höhnisch, »wird ja Zeit, dass der hier auftaucht.« Er grinste breit.

Andy betrachtete seine Fingernägel. »Wird einen Grund geben, warum er uns warten lässt.«

»Nun haltet die Klappe.«

Der Wächter saß hinter einem Tisch, auf dem sich Papiere stapelten und Zeitschriften wild durcheinanderlagen. An den Wänden hingen Fotos, die ihn in Berlin zeigten: breitbeinig auf einer Harley, im schwarzen Mantel vor dem Eingang der Diskothek, in der er als Türsteher gearbeitet hatte, im schwarzen Shirt und in

Lederhosen vor dem Brandenburger Tor. Der fast zwei Meter große Mann erhob sich, umrundete den Tisch und trat auf die Ankömmlinge zu. Niko mit seinen einhundertsechsundfünfzig Zentimetern reichte ihm etwa bis zum Bauchansatz. Der kleine Bandit spürte einen schalen Geschmack im Mund, als der Wächter ihm die Hand reichte und überraschend sanft zudrückte. Frank begrüßte er mit einem Schlag auf die Schulter.

»Ein großer Tag«, sagte der Wächter. »Der Deal ist außerordentlich für Göttinger Verhältnisse.«

Niko fiel ein, dass der Wächter früher einmal Betriebswirtschaft studiert hatte. Immer, wenn er ihn reden hörte, dachte er daran. So redete nur einer, der eine Uni irgendwann von innen gesehen hatte.

»Niko!«, sagte der Wächter laut und riss ihn aus seinen Überlegungen. »Leg den Stoff hier auf den kleinen Tisch.« Seine Stimme klang betont unaufgeregt. Er beugte sich nach links und tippte mit dem Zeigefinger neben sich auf einen runden Beistelltisch.

Es folgte eine lange Pause. Niemand sagte etwas. Henner kaute auf einem Zahnstocher herum und zeigte noch immer ein blödes Grinsen. Schönling Andy guckte überheblich zu Niko und Frank, er machte keinen Hehl aus seiner Abneigung. Frank sah aus, als hielte er heimlich die Luft an.

Der kleine Bandit spürte, wie sein Mund trocken wurde. Er fuhr sich mit der Zungenspitze über die Lippen. Er vermutete, dass er ganz blass war. Die Ausdünstung, die der Wächter ausströmte, kroch ihm in die Nase, er roch nach kaltem Rauch und Herrenparfum. Warum musste er in so etwas hineingeraten? Warum gerade er? Es nutzte nichts, er musste mit der Wahrheit herausrücken.

»Ich habe den Stoff nicht.« Die Worte waren heraus, sie hatten in Nikos Ohren wie ein Paukenschlag geklungen, und ihr Nachklang kam ihm vor wie Donnerhall. Er zwang sich, zu dem Wächter aufzublicken und Augenkontakt zu suchen. »Der Frankfurter ist tot, erstochen, vor meinen Augen!« Er sagte eilig: »Ein Typ mit einem Messer! Erst sticht er es dem Frankfurter in die Brust, danach einer kleinen Töle, die plötzlich an seinem Bein hängt. Ich stehe und gucke und kann es kaum glauben in meinem Versteck. Dann die Sirenen! Polizei! Ich renne nur noch weg, und zu Hause …«

Nachdenklich blickte der Wächter auf Niko hinab. »Du willst mir erzählen, der größte Kokaindeal in Göttingen seit den Siebzigern ist gescheitert, weil irgendein Typ den Frankfurter umgebracht hat?«

Niko bemühte sich, ruhig zu atmen. Er hatte die Wahrheit gesagt. Er war nicht schuld. Was sollte ihm passieren? »So sieht es aus, leider«, sagte er.

Der gepiercte Silberring an der Augenbraue des Wächters zitterte, als er erwiderte: »Leider, so. Der Stoff ist so gut wie vollständig verkauft. Ich hätte ihn noch ein wenig, sagen wir, aufbereitet, und anschließend an die Kunden abgegeben. Was soll ich denen, die darauf warten, jetzt sagen?«

Niko musste schlucken. »Die Wahrheit?«

Mit bebender Stimme sagte der Wächter: »Die Wahrheit ist, dass ich jetzt nicht 60.000 verdiene, sondern 40.000 bezahlen muss für etwas, das ich nicht auf dem Tisch liegen habe!«

Niko spürte das Donnerwetter, das aufzog, beinahe körperlich. Irgendwo tief im großen Körper des Wächters fühlte er ein Grollen aufsteigen, das sich nach außen übertrug, sodass es ihn erreichte wie eine Brise vor dem Sturm. Er sah, wie der Wächter die Rechte zur Faust ballte, wie die Haut über seinen Schläfen rot und bedrohlich anschwoll.

Kapitel 6

Die Nachricht von einem Tötungsdelikt im Bereich der Berufsbildenden Schulen am Ritterplan hatte Kriminalhauptkommissarin Simone Böhm aus dem Tiefschlaf gerissen. Sie fuhr mit ihrem Privatwagen so weit wie möglich an die Absperrung heran, die den Tatort von der Straße abgrenzte. Simone fühlte sich unausgeschlafen, was wie so oft mit einem leichten Kopfschmerz einherging. Später, im Dienstgebäude, würde sie eine Schmerztablette nehmen müssen. An Schlaf war in dieser Nacht nicht mehr zu denken. Es war das erste Mal, dass Simone froh darüber war, dass René, ihr Ehemann, neuerdings im Gästezimmer sein Nachtquartier bezog. Eigentlich war sie deswegen gekränkt gewesen, aber jetzt sah sie ein, dass er Recht hatte: So störte sie ihn nicht, wenn sie nachts angerufen wurde. Während sie die Szenerie, die sich bot, durch die Frontscheibe betrachtete, massierte sie sich mit beiden Zeigefingern die Schläfen. Der Kombi der Spurensicherung parkte auf dem Gehweg gegenüber, schräg abgestellt, zwei Räder auf dem Bürgersteig. Die Kollegen hatten es aber eilig, dachte die Kommissarin. Sie gab sich einen Ruck und stieg aus, lief im Zickzackgang zwischen den kreuz und quer dastehenden Streifenwagen hindurch. Jedem Polizisten der Schutzpolizei, dem sie begegnete, gab sie die Hand, bevor sie an den Tatort herantrat. Nach dem dritten Händeschütteln hatte sie die Kopfschmerzen vergessen, die sich jedoch unmittelbar danach zurückmeldeten. Grelle Scheinwerfer erhellten die Stelle, an der der Tote lag. Simone schloss geblendet die Augen, blinzelte dann, um etwas erkennen zu können.

Gerichtsmediziner Arthur Bieler kniete im weißen Schutzanzug neben der Leiche, die auf dem Rücken lag. Das Gesicht mit den weit geöffneten Augen zeigte nach links. In Höhe des Brustbeins wies das weiße Oberhemd des Opfers einen dunkelroten Blutfleck auf. Offenbar hatte die Wunde stark geblutet: Auf dem Pflaster zeichneten sich ebenfalls eingetrocknete Blutspuren ab.

Simone wollte sich einen Moment gedulden, bevor sie Bieler nach Ergebnissen befragte. Augenscheinlich hatte er die Untersuchung gerade erst begonnen. Sie blickte sich um: Die Fenster der Häuser ringsum waren erleuchtet, vor den Hauseingängen standen Menschen, die von Polizisten in Uniform offenbar informiert und beruhigt werden mussten. Schaulustige, die sich am Tod eines Menschen weideten, gleichermaßen angezogen und abgeschreckt. Wortfetzen drangen herüber. Die Kommissarin war so versunken in ihre Betrachtung, dass sie beinahe erschrak, als jemand neben sie trat. Es war ein kräftiger Mann mit Bauchansatz, groß gewachsen, braunes Haar, kurz geschnittener Vollbart. Mit markanter, durchdringender Stimme wünschte er einen guten Abend. Die Polizistin betrachtete ihn erstaunt. »Viktor? Was treibt dich hierher?«

Der Angesprochene hob bedauernd die Achseln und zeigte mit dem Kopf hinüber zum Schulhof, aus dessen Dunkelheit gerade Regula Fach auftauchte. Die Leiterin des 1. Fachkommissariats der Polizeiinspektion Göttingen hob den Kopf und winkte herüber. Offenbar machte sie ihrer Vertreterin ein Zeichen, zu ihr zu kommen. Simone war so perplex, dass sie den bissigen Spruch vergaß, den sie ihrem Kollegen Viktor Weiß wegen des »Guten Abend« hatte entgegenschmettern wollen. Diesen Gruß an einem Tatort, in Gegenwart eines möglicherweise durch einen Mord zu Tode Gekommenen, erschien ihr mehr als unpassend. Weiß war von der PI Northeim nach Göttingen abgeordnet worden und hospitierte im 1. Fachkommissariat. Soweit Simone wusste, lebte er nach wie vor in Northeim. Wie konnte er so schnell nach dem Eingang des Notrufes hierhergekommen sein? Als hätte er ihre Gedanken erraten, begann Viktor zu grinsen, was bei ihm sympathisch aussah, wie Simone feststellte. Seltsam, dachte sie, bei einem anderen hätte sie die Grimasse als platt und abstoßend empfunden.

»Die Dinge fügen sich«, sagte Viktor. Trotz der orakelhaften Worte hatte er ein offenes Mienenspiel.

»Könnt ihr mal herkommen?«, rief Regula Fach herüber.

Gleichzeitig setzten sich Simone und Viktor in Bewegung, doch Simone war schneller, erreichte Regula als erste und zog sie mit sich fort. »Warum ist Viktor da? Und warum konnte er so schnell hierherkommen?«

Die Antwort war ein Grinsen der Kommissariatsleiterin, das dem von Viktor nicht unähnlich war. »Weil er gerade bei mir zu Besuch war«, erklärte Regula wie nebenbei.

»Um diese Uhrzeit?« Erst langsam begann Simone zu begreifen. »Du meinst, er hat, ihr habt …?«

»Und?«

»Nichts und, schon gut, entschuldige.«

»Da vorn auf dem Schulhof sitzt eine Frau auf der Erde vor einem toten Hund«, erklärte Regula. »Man erreicht sie, wenn man um die Steintreppe herumgeht. Neben ihr steht der Mann, der den Notruf abgesetzt hat.« Simone musterte deren ausgeblichene Jeans und das ausgeleierte Sweatshirt unter der offen stehenden Lederjacke, die auch schon bessere Zeiten gesehen hatte. Ihre Chefin musste sie gekauft haben, als sie noch einige Kilos weniger gewogen hatte. Simone bezweifelte, dass sich der Reißverschluss schließen ließe. Sie fröstelte bei dem Anblick der offen stehenden Jacke und schlug die Arme unter. Zum Glück war ihre eigene schicke Lederjacke mit Lammfell gefüttert, was Regula wegen der Temperatur als völlig übertrieben bezeichnen würde.

Zu dritt erreichten sie eine schwarz gekleidete Frau, die am Boden hockte, den Rücken gegen eine Hauswand gelehnt. Viktor beugte sich sofort zu ihr hinunter und sprach auf sie ein, trotz seines lauten Organs leise und behutsam. »Sind Sie verletzt? Soll ich einen Arzt kommen lassen? Kommen Sie, ich helfe Ihnen auf.« Er streckte der Frau beide Arme entgegen, und sie umfasste sie und ließ sich tatsächlich aufhelfen. Viktor besah ihre Hände. »Sie haben sich ja doch verletzt!« Sofort zog die Frau ihre Hände weg.

»Das ist Blut«, sagte der junge Mann, der etwas abseits stand und die Szenerie beobachtete.

»Robin!«, rief Simone aus. Schon wieder eine Überraschung, dachte sie. »Du bist Robin Baumann, der junge Mann, der in Holtensen wohnt.«

»Das stimmt so nicht mehr, ich wohne jetzt in Göttingen«, ergänzte er stolz. »Genauer gesagt in dem Haus auf der anderen Seite der Straße hier. Mit meiner Freundin zusammen.«

»Das freut mich für dich«, erwiderte Simone und setzte hinzu: »Das mit dem Du ist doch in Ordnung?«

Robin nickte.

»Du hast den Toten gefunden? Und die Frau …« Sie wandte sich an die Schwarzgekleidete, die bisher schweigend dagestanden hatte.

»Sagen Sie Elena zu mir.«

»Elena, gut. Und wie lautet ihr Nachname?«

»Das interessiert hier nicht.« Die Frau runzelte die Stirn.

Regula machte kurzen Prozess. »Hier und jetzt nicht, aber später. Wir müssen Sie bitten, mit uns mitzukommen.«

Viktor hielt sich das Ohr zu und telefonierte einen Rettungswagen herbei.

»Bestellen Sie den ab!«, sagte Elena in scharfem Ton. »Der Mann da vorn ist tot, und mir fehlt nichts.«

»Was wissen Sie über den Toten?«, fragte Simone.

»Nichts!«

Simone ließ die Antwort so stehen. Es hatte wenig Sinn, hier, auf dem unbeleuchteten Schulhof, in der herbstlichen Kühle der Nacht, weitere Fragen zu stellen. Nur eines wollte sie noch wissen: »Gehört der tote Hund Ihnen?«

Die Frau, die Elena genannt werden wollte, schüttelte den Kopf.

»Und trotzdem haben sie ihn so liebevoll gebettet? Auf Gras, mit Laub bedeckt? Sogar ein Licht haben sie für ihn angezündet.«

»Die Geschichte ist lang«, antwortete Elena knapp.

Robin meldete sich zu Wort. »Vorhin hat sie über den Tod geredet. Dass der ein Fehler ist, oder so ähnlich. Es klang ein wenig wirr, fand ich.« Robin warf einen raschen Seitenblick auf die Frau, als würde er sich für seine Worte entschuldigen wollen.

»Herr Baumann, Sie fahren bitte auch mit uns ins Dienstgebäude.« Regula wandte sich an Simone. »Hast du mit Bieler gesprochen?«

»Nein, noch nicht.« Simone überlegte, ob es nötig war, Robin noch in der Nacht zu vernehmen. Bei dieser Elena verhielt es sich anders, sie hatte blutverschmierte Hände und wirkte verstört und äußerst seltsam. Möglich, dass die Frau etwas mit dem Mord zu tun hatte.

Viktor winkte einen Kollegen der Spurensicherung herbei, damit er die Stelle, an der Robin Elena gefunden hatte, untersuchen und mögliche Beweise sichern konnte. Der Kollege im weißen Schutzanzug lief heran und begann unverzüglich mit seiner Arbeit. Die Utensilien, die er dafür brauchte, trug er in einem Metallkoffer bei sich, den er auf den Boden stellte und dessen Deckel er aufklappte.

»Hast du den Rettungswagen abbestellt?«, fragte Regula Viktor.

»Nein«, antwortete der verwundert. »Ich meine, schau dir Frau Elena an, wie mitgenommen sie aussieht, so ein Vorfall nimmt doch jeden mit, oder?«

»Mach es trotzdem«, ordnete Regula an, und Viktor gehorchte und griff zum Handy. »Höchstwahrscheinlich sind die längst losgefahren.«

»Dann schickst du sie wieder weg. Anschließend fahr bitte mit Frau Elena und Herrn Baumann in die Groner Landstraße. Simone und ich kommen nach.«

Warum sagt die Frau nichts, dachte Simone. Es geht um sie, und sie gibt sich, als ginge sie nichts etwas an. Schaut zum Backsteinhaus hinüber, dem ältesten der Schulgebäude, legt den Kopf in den Nacken und beobachtet die Zweige der Bäume im Schulhof, die sich im Nachtwind bewegen. Dann richtet sie den Blick auf den toten Hund, und in ihren Zügen zeigt sich nicht die geringste Regung. Simone winkte zwei uniformierte Kollegen herbei und bat sie, Elena und Robin Baumann ins Polizeigebäude zu fahren. Wortlos, aber nicht widerwillig ließen sich beide von den Beamten in die Mitte nehmen und zu einem der Streifenwagen bringen.

Kapitel 7

Die Faust des Wächters fuhr durch die Luft – und schlug in den Beistelltisch ein wie eine Bombe. Das Holz splitterte, die Tischplatte barst, Bruchstücke flogen durch die Luft, zwei Tischbeine knickten ein wie Streichhölzer und ließen das Möbel zur Seite stürzen. Krachend schlug es auf dem Boden auf, ein einziger Trümmerhaufen.

Dunkelrot im Gesicht, sagte der Wächter keuchend: »Es war dein Auftrag, kleiner Mann, du hattest dich angeboten! Was soll ich mit dir machen? Bist du wirklich der Totalversager, für den ich dich jetzt halte?«

»Totalversager?«, mischte sich Schönling Andy ein, »die hat man früher erschossen, oder? Die Rocker legen so einen in Beton, stimmt das nicht, Henner? Musst du doch wissen.«

»Halt's Maul«, sagte der Wächter grollend. »Was, meint dein Spatzenhirn, hätten wir davon, Niko zu bestrafen? Würde der Stoff deswegen vom Himmel fallen? Doch wohl nicht, los, antworte gefälligst!« Noch immer war er wütend, war seine Gesichtshaut gerötet. Andy guckte genervt gegen die Wand und hielt den Mund.

Niko schöpfte Hoffnung. Klang das nicht so, als würde der Wächter seine Bestrafung für überflüssig halten? Was hatte Frank vorhin vermutet? *Er wird toben. Er wird dich beschimpfen. Aber er ist kein Idiot. Am Ende wird er begreifen, dass du nichts dafür kannst, wie alles gekommen ist.*

Henner hob die tätowierten Arme in die Höhe. »Moment mal!«

»Was?«, fuhr der Wächter seinen Bodyguard an.

»Wer sagt uns denn, dass der kleine Bandit den Stoff nicht gestohlen hat? Ich jedenfalls würde die Hand für den nicht auf den Herd legen!«

»Ins Feuer, du Idiot!«, sagte Andy grinsend.

Der Wächter begann nachzudenken. Er legte den zur Glatze geschorenen Kopf schief und betrachtete den kleinen Banditen. Niko brachte es diesmal nicht zuwege, ihm in die Augen sehen. Wenn der Wächter glauben würde, dass er das Kokain gestohlen hatte, könnte er ihn im nächsten Moment töten. Was hatte er also noch zu verlieren? Er machte sich so groß wie möglich und fragte: »Bin ich etwa ein Dieb? Wollt ihr mich beleidigen?«

»Ui, ein Ehrenmann!«, höhnte Henner.

»Für 40.000 oder mehr haben schon andere die Ehre an den Nagel gehängt«, ergänzte Andy.

Mittlerweile war auch das Weiße im Auge des Wächters rot wie rohes Fleisch. Er blickte von Henner und Andy zu Niko und zurück. Frank mischte sich ein. Sein Cousin, der von allen respektierte und gefürchtete Wächter, hatte von Kindheit an eine Vorliebe für Frank entwickelt. Der Wächter, der eigentlich Christoph Runge hieß, hatte Frank in seiner Türsteherfirma eingestellt und ihn dafür bezahlt, dass er die Buchführung am Laufen hielt. Seitdem nannte er ihn beinahe liebevoll den Rechner.

»Niko hat den Stoff nicht, sonst würde er nicht hier stehen«, sagte Frank seelenruhig.

Der Wächter wandte sich ihm zu. »Das genügt mir nicht, nicht einmal, wenn du es sagst.«

Frank hatte offenbar eine begütigende Wirkung auf seinen Cousin, dessen Erregung schien nachzulassen. Doch Niko ließ sich nicht täuschen: Der große Mann maß den Worten seiner engsten Mitarbeiter, Henner und Andy, großen Wert bei. Auf sie konnte er sich verlassen, sie würden ihm gegenüber lebenslang loyal sein. Aus Dankbarkeit, sagten die einen. Die anderen: weil er sie in der Hand hatte. Genaueres wussten die wenigsten. Frank gehörte zu denen, die etwas wussten. Er hatte den präzisen Einblick in das Leben seines Cousins, doch er ging damit nicht hausieren. Sein Wissen half ihm beim Umgang mit dem Wächter, ebenso wie die gemeinsam verbrachte Kindheit. Er wusste ihn zu nehmen.

»Ich habe mir gedacht, dass du Beweise brauchst, Christoph.« Frank zog sein Handy aus der Hosentasche, aktivierte das Display, rief die Bildergalerie auf und wischte durch die Aufnahmen. Anschließend hielt er dem Wächter das Telefon entgegen und drückte es ihm, als der nur zögerlich und misstrauisch darauf schaute, in die Hand.

»Als Niko zurückgekommen war und von dem Mord erzählt hatte, habe ich mich an den Tatort herangeschlichen. Ich wollte die Leiche untersuchen und den Stoff mitnehmen.«

Der Wächter zeigte mit dem Handy auf Frank. »Halt keine Volksreden. Wer ist das auf dem Bild? Was treibt der?«

Frank ließ sich nicht beirren. »Leider bin ich zu spät gekommen, jemand hatte den Toten bereits entdeckt. Der Typ auf dem Foto hat sich an der Leiche zu schaffen gemacht. Ich habe noch zwei Handybilder geschossen, hier sind sie.« Mit dem Zeigefinger wischte er zur nächsten Aufnahme, dann zur übernächsten.

Auch Henner und Andy waren herangetreten und hatten auf das Display geschaut. »Gib mal her.« Henner ließ sich das Telefon aushändigen. Mit Daumen und Zeigefinger zog er das Foto auf dem Bildschirm größer. »Klar. Den kenne ich. Robin Baumann, sieh an.«

»Woher kennst du den?«, fragte Frank erstaunt.

»Aus Holtensen. Seine Mutter wohnt neben meiner Großmutter. Wir haben uns als Jungs geprügelt.« Henner grinste breit. »Ratet mal, wer gewonnen hat?«

»Ist er bei uns Kunde, braucht er Stoff?«, fragte der Wächter knapp.

»Nicht dass ich wüsste. Der arbeitet bei Zeiss. Lebt jetzt auch in Göttingen – warte mal, jetzt fällt's mir ein, genau: Der wohnt jetzt genau da, wo angeblich der Frankfurter abgestochen worden ist!«

»Wieso angeblich?«, fragt der kleine Bandit entrüstet.

Der Wächter zeigte auf ihn. »Du hast Pause!«

Andy kaute an seinen Nägeln. »Auf jeden Fall sieht es tatsächlich so aus, als würde dieser Robin an der Leiche herumsuchen. Also wenn ihr mich fragt …«

»Genau«, fiel Frank ihm ins Wort. »Er sucht. Es kann doch gut sein, dass er auch etwas gefunden hat, das Kokain nämlich. Oder?«

»Hmm«, sagte der Wächter brummend, »könnte sein.«

»Auf dem dritten Foto hat er mir den Rücken zugedreht. Vielleicht hat er das Päckchen dabei eingesteckt.« Frank nahm Henner das Handy weg, löschte die Displayanzeige und schob es zurück in die Hosentasche.

»Wie lange hast du den Typen beobachtet, Rechner?«, fragte der Wächter seinen Cousin.

»Bei der letzten Aufnahme hatte ich den Verdacht, dass er etwas mitgekriegt hat, deshalb habe ich mich davongemacht.« Frank hob beschwörend die Hände. »Ich weiß, das war nicht schlau. Vielleicht ist er einfach weggegangen, und dann hätte ich doch noch …«

»Unwichtig«, schnitt ihm der Wächter das Wort ab. »Wir werden ihn fragen, ob er etwas gefunden hat, und wenn ja, wo es ist.«

»Gute Idee!« Henner ballte die Linke und strich mit der Rechten darüber. »Ich werde es aus ihm herausprügeln. Wie früher. Freue mich schon.«

»Idiot«, sagte der Wächter. »Und dich, kleiner Bandit, will ich in meiner Nähe nicht mehr sehen. Hast du das verstanden?«

Niko spürte, wie ihm das Blut aus dem Gesicht wich. Er brauchte die kleinen Drogenlieferungen, die ihm der Wächter bisher anvertraut hatte, um damit sein karges

Leben zu finanzieren. Die Kohle aus der stundenweisen Arbeit in der Autowaschanlage reichte vorn und hinten nicht. »Das kannst du nicht machen!«, trumpfte er auf. »Ich habe immer alles bezahlt, frag Frank, niemals habe ich nicht zahlen können, ich brauche die Lieferungen!«

Andy setzte sein falsches Lächeln auf. »Bezahlt ja. Aber was ist denn mit deinem Eigenanteil, hä?«

»Willst mich wohl anschwärzen, pass auf!« Niko machte wütend einen Schritt auf Andy zu, doch Frank hielt ihn an der Schulter zurück.

»Misch dich nicht in Dinge ein, die dich nichts angehen!«, sagte Frank und trat Andy drohend entgegen.

»Schluss jetzt«, fuhr der Wächter dazwischen. »Besorgt mir das Kokain, und zwar bald. Und du, Rechner, machst mir die Belege fertig, die den kleinen Banditen betreffen, jede Abrechnung. Ich hoffe für euch beide, dass ich hier nichts finden werde, nicht die kleinste Unregelmäßigkeit.«

Er ging hinüber zu dem überfüllten Schreibtisch und zog ein Smartphone unter einem der Zeitungsstapel hervor. Nach einem einzigen Druck auf das Display begann der Wählvorgang. Das Gerät am Ohr, machte er eine scheuchende Handbewegung. »Raus hier, alle, ich schließe jetzt ab.« Er lauschte. »Susa? Bin gleich da.« Er beendete das Gespräch. »Geht es auch schneller?«

Niko ging als erster, dicht gefolgt von Frank. »Die bleiben bestimmt noch, alles Theater«, zischte Frank dem Freund zu. Doch er irrte sich. Henner und Andy liefen ihnen auf dem knirschenden Kies nach, bis sie Franks Golf erreicht hatten. »Du bist so gut wie tot, kleiner Bandit!«, rief Andy hämisch, und Henner hob den rechten Arm, hieb sich mit der Linken in die Armbeuge, drehte die Hand und markierte mit Daumen und Zeigefinger eine Waffe. »Peng, peng«, machte er in Nikos Richtung. Frank sah beiden nach, als sie davongingen. »Eingebildete Affen«, sagte er, als er hinter dem Steuer saß.

Niko schäumte vor Wut. »Idioten, Kindsköpfe, Hirnamputierte!«

»Kannst dich ja gern aufregen«, sagte Frank und startete den Motor, der diesmal sofort ansprang. »Aber was machen wir mit deinen Abrechnungen?«

»Die stimmen doch«, sagte Niko »was hast du denn bloß?«

Frank blieb ganz ruhig. »Du weißt genau, was ich meine.«

Kapitel 8

Viktor telefonierte und nickte Regula dabei zu. Er wirkte jetzt ernst, doch Simone entging nicht das Augenzwinkern, mit dem er Regula durch die dunkel gerahmte Brille bedachte. Simone senkte den Kopf, um ihr Schmunzeln vor den anderen zu verbergen. Was lief da zwischen den beiden?

»Gehen wir zu Bieler hinüber?« Regulas Frage war keine Bitte, sondern eine Anordnung.

Simone verdrängte die Gedanken bezüglich des Privatlebens ihrer Chefin, bemüht, sich ein Beispiel an ihr zu nehmen. Sie hat die Lage im Griff wie immer, dachte Simone. Das zeichnet sie aus. Man muss schon genau hinhören, um zu merken, dass etwas anders ist als sonst. Sie konnte doch nicht umhin zu fragen: »Sag mal, kann es sein, dass ich zwischen Viktor und dir romantische Schwingungen spüre?«

Regula warf ihr einen bedeutungsvollen Blick zu und verzog den Mund zu einem schelmischen Lächeln. Dann waren sie bei Bieler angelangt. Der Gerichtsmediziner stand einige Meter von der Leiche entfernt und rauchte. Regula und Simone traten zu ihm. »Kannst du schon etwas sagen?«, erkundigte sich die Kommissariatsleiterin.

Bieler trat die Zigarette aus und schob die Kippe mit dem Fuß in den Rinnstein. »Der Mann ist erstochen worden, das Tatwerkzeug lag neben der Leiche, so ein japanisches Kampfmesser.« Er schaute sich suchend um. »Die Kollegen haben es wohl schon in Plastik gepackt und archiviert, nun gut. Ich hätte es euch gern gezeigt.«

»Danke, Arthur, aber das Messer sehen wir uns noch an, keine Frage«, sagte Regula. »Wie lange ist der Mann tot?«

»Der Todeszeitpunkt liegt ungefähr drei Stunden zurück, Mitternacht plus minus dreißig Minuten, würde ich sagen. Näheres wie die genaue Todesursache sage ich euch nach der Obduktion. Da hinten kommt der Staatsanwalt. Viel Vergnügen!« Er streifte sich den Schutzanzug von den Schultern, zog ihn aus, knüllte ihn zusammen, klemmte ihn unter den Arm und stiefelte davon. Bieler und Staatsanwalt Lenz hatten sich niemals viel zu sagen, erst recht nicht an einem Tatort.

»Guten Abend, die Damen«, sagte Lenz mit einer angedeuteten Verbeugung. »Ungemütlich hier draußen! Hinzu kommt, dass es ein Kapitalverbrechen aufzuklären gibt – welch zauberhafte Nacht.«

Hauptkommissar Weiß trat heran und Regula stellte vor: »Viktor, das ist Oberstaatsanwalt Lenz, Herr Lenz, Viktor Weiß, für sechs Monate aus Northeim in mein Kommissariat abgeordnet.«

Die Männer schüttelten sich die Hände. »Gibt es verletzte Personen?«, erkundigte sich Lenz. »Ich habe gehört, dass ein Rettungswagen angefordert wurde.«

Viktor holte Luft, doch Regula antwortete an seiner Stelle: »Eine Frau, die wir auf dem Schulgelände angetroffen haben, schien verletzt. Ihre Hände waren blutverschmiert. Es hat sich schnell herausgestellt, dass es Fremdblut sein muss. Wir konnten keinerlei Verletzung bei ihr feststellen, sie wollte auch nicht behandelt werden. Den RTW haben wir wieder abbestellt.«

Lenz zog die Brauen in die Höhe. »Stammt das Blut von dem Toten?«

»Möglich«, antwortete Simone. »Wir werden es untersuchen lassen.«

»Dann ist der Fall womöglich noch heute Nacht geklärt?«, vermutete Lenz mit einem hoffnungsvollen Unterton.

»Haben Sie etwas vor?«, fragte Regula stirnrunzelnd.

»Nein, natürlich nicht.«

»Dann drängeln Sie doch nicht. Wir wären alle lieber im Bett.«

»Wollen Sie mich maßregeln?«

»Herr Lenz!«, fiel Viktor lautstark ein. »Es ist bereits alles gesagt. Mehrfach. Hundertfach. Tausendfach. Dennoch können wir Ihnen, was diesen Fall betrifft, sicherlich einiges Neue mitteilen. Kommen Sie! Beispielsweise haben wir den Ausweis des Toten kontrolliert. Der Mann stammt aus Frankfurt, heißt Dominik Pohl …«

Viktor und Lenz gingen nebeneinander her, der eine erzählte, was die Polizei bereits herausgefunden hatte, der andere hörte interessiert zu, nickte bekräftigend, verschränkte die Hände auf dem Rücken und schien ganz Ohr zu sein.

»Der Beginn einer wunderbaren Freundschaft«, sagte Simone erstaunt.

»Sieht so aus«, bekräftigte Regula.

»Eine Nacht voller Überraschungen!« Simone warf einen Seitenblick auf ihre Chefin.

»Meinst du mich damit?«

Simone lächelte. »Möglich.«

»Und Viktor?« Regula blickte immer noch den beiden Männern nach, die langsam die Straße entlanggingen.

»Vielleicht sogar euch beide?«

»Was du nicht sagst«, antwortete Regula wie abwesend. Sie sah Simone an und verzog das Gesicht zu einem breiten Grinsen.

»Unglaublich!« Simone schüttelte den Kopf und folgte Regula, die sich auf den Weg zu Simones Privatwagen gemacht hatte. Neben der Beifahrertür blieb sie stehen und sah Simone auffordernd an. »Bei der Männerpower hier können wir uns den wirklich wichtigen Dingen zuwenden, beispielsweise blutigen Händen.«

Simone ließ sich in ihren Sportwagen fallen und öffnete ihrer Chefin von innen die Tür. Ächzend zwängte sich Regula in den Sitz. »Kannst du die Blechkiste nicht mal gegen ein vernünftiges Auto austauschen?« Sie angelte nach dem Sicherheitsgurt.

»Nö«, sagte Simone. Erst jetzt wurde ihr bewusst, dass sie und Regula dem uralten Spiel anheimgefallen waren, mit dem Polizisten das Grauen eines Tatortes mit Frotzeleien und Witzen zu kompensieren versuchten. Sie warf einen letzten Blick auf den Fundort der Leiche, die jetzt unter einer Plane lag. Welche Rolle spielte die Frau mit den blutigen Händen in diesem Fall? Dieser Gedanke brachte sie zurück in die Wirklichkeit, und da auch Regula wortlos aus dem Seitenfenster blickte, legten sie schweigend die geringe Strecke bis zum Dienstgebäude zurück. Als sie an der Otto-Frey-Brücke die Leine überquerten, stieg ein Graureiher auf und flog flussaufwärts in die Dunkelheit.

Kapitel 9

»Du kannst jetzt gehen, vielen Dank. Wenn dir noch etwas einfällt, ruf mich bitte an.« Simone stand auf, trat an ihren Schreibtisch, suchte und fand eine kleine Mappe mit Visitenkarten, zog eine davon heraus und reichte sie Robin. Die Kommissarin hielt es für ausgeschlossen, dass der Feinoptiker als Mörder infrage kam. Mittlerweile hatte sie seine Schilderungen und Antworten auf ihre Fragen auf Band aufgezeichnet.

»Danke.« Robin erhob sich. »Warum haben Sie mich nicht in einem der Vernehmungszimmer verhört?«

Simone stand ebenfalls auf. »Das hätte ich als zu dramatisch empfunden. Du bist sicherlich müde. Versuch einfach, noch einige Stunden zu schlafen.« Sie reichte ihm die Hand.

»Halb so wild.« Robin erwiderte den Händedruck.

»Ich werde die Kollegen auf der Wache bitten, dich nach Hause zu fahren.«

»Die paar Meter!«, wehrte Robin ab. »Danke, aber ich laufe.«

»Dann bringe ich dich nach unten.«

»Sie selbst?«

»Siehst du hier noch viele andere Kollegen? Außerdem, warum nicht?« Simone fühlte in ihrer Jeanstasche nach, ob sie die Einlasskarte dabei hatte. Ohne sie würde sie das Dienstgebäude nicht ohne Hilfe der Kollegen auf der Wache wieder betreten können, nachdem sie Robin hinausgelassen hatte.

Sie gingen nach links in den gläsernen Durchgang, der die Gebäudeteile miteinander verband. Auf der einen Seite konnten sie auf den Parkplatz für die Polizeibeschäftigten schauen, auf der anderen auf die wegen der Nachtzeit nur wenig befahrene Groner Landstraße. Gerade bog der weiße Kastenwagen der Spurensicherung von der Straße auf das Dienstgelände ein. Offenbar hatten die Männer ihre Arbeit am Tatort beendet.

Simone lief mit Robin die Treppen hinab und öffnete mit einem Druck auf den Schalter an der Wand erst die eine, anschließend die andere Glastür und entließ Robin in die Nacht. »Pass auf dich auf!«

Robin stutzte. »Wie meinen Sie das?«

Simone schloss kurz die Augen und machte dann eine wegwerfende Handbewegung. »Vergiss es, war nur so dahingesagt. Es ist spät – oder früh, besser gesagt.«

Robin sagte skeptisch. »Vielleicht ist diese Elena die Mörderin. Aber wenn nicht, läuft der Verbrecher frei herum. Glauben Sie, er könnte noch einmal morden? Soll ich deshalb aufpassen?«

»Die meisten Morde sind Beziehungstaten«, versuchte Simone die Situation zu entschärfen. »Du musst dir keine Gedanken machen. Außerdem wird der Täter nicht am Tatort bleiben, sondern das Weite suchen.«

Robin nickte. »Aufpassen kann ich ja trotzdem. Auf mich. Aber auch auf das, was läuft. In der Straße, meine ich. Sie werden dort doch sicherlich die Leute befragen, ob einer was gesehen oder gehört hat, ob einer den Toten kennt, ob ...«

»Genau, wir – also die Polizei – werden rund um den Tatort die Anwohner befragen. Aber auch nur die Polizei!«

»Ich weiß schon, was Sie meinen!« Robin hob abwehrend die Hände. »Keine Sorge. Ich mische mich nicht ein. Gute Nacht!«

Simone sah dem schlaksigen jungen Mann nach, bis er das Gelände verlassen hatte.

Anschließend schaute sie auf der Wache vorbei und beantwortete Fragen der Kolleginnen und Kollegen. Alle Beamtinnen und Beamten der diensthabenden Schicht hatten von dem Mord erfahren und interessierten sich für die näheren Umstände, sammelten sich im Vorraum der Wache und hörten Simone zu. Erst nach einer Viertelstunde erschien die stellvertretende Kommissariatsleiterin in ihrem Büro.

Dort wartete ihre Chefin bereits auf sie. Offenbar war sie genervt, Simone erkannte es an ihrem Mienenspiel.

»Elena Meyer sagt nichts. Sie starrt vor sich hin und schweigt.« Regula fasste in die Tasche ihrer Lederjacke und zog einen Streifen Kaugummi hervor, wickelte rasch das weiße Papier ab, dann die Silberfolie, steckte das Wrigley's Spearmint in den Mund und kaute. »Wenn ich mich ärgere, kriege ich Hunger. Das hier hilft mir, den Gedanken an Schokolade oder Pommes zu verdrängen.«

»Willst du abnehmen?«

Regula nickte und sagte: »Ist doch wohl nötig, oder? Aber zurück zu Elena Meyer. Sie bleibt den Rest der Nacht unser Gast. Wenn wir morgen das Untersuchungsergebnis des Blutes vorliegen haben, wissen wir mehr.«

Simone fröstelte. Offenbar wurde die Heizung in den Büroräumen nachts gedrosselt. Oder lag es daran, dass ihrem Körper der Schlaf fehlte? »Kalt hier. Zu Robin hat Frau Meyer gesagt, der Hund sei ausgeblutet wie ein Schlachttier. Spricht dafür, dass es sich um das Blut des Tieres handelt.«

Regula schob den Kaugummi in die andere Wange, was ihre Aussprache behinderte. »Warum sagt sie es uns dann nicht auch?«

»Weil sie krank ist. Offenbar eine seelische Beeinträchtigung, so wie sie aussieht.«

»Ist mir aufgefallen. Auch das hätte sie mitteilen können. Aber sie ist bockig wie ein Maulesel.«

Es klopfte, und PHK Viktor Weiß erschien. »Kommst du? Wie soll ich es ausdrücken? Wäre es Frühling und nicht Herbst, würden die munteren Amselmänner bereits auf der Regenrinne sitzen und allerliebst flöten! Sollten wir uns nicht auf den Vormittag vertagen?« Er blickte Antwort heischend auf die beiden Kolleginnen.

Regula antwortete nicht und sah Viktor ernst an. »Wir sollten besser über Arbeitsmoral reden, und zwar über deine!« Sie war bereits an der Tür. »Bis morgen, Simone«, rief sie der Kollegin im Weggehen zu.

»Was willst du mir sagen? Tot ist tot!«, hörte Simone Viktors Protest. Regulas Erwiderung konnte sie nicht mehr verstehen, beide waren offenbar bereits in den gläsernen Durchgang eingebogen, ihre Stimmen entfernten sich.

Simone schüttelte den Kopf. Tatsächlich. Regula nahm Viktor mit zu sich nach Haus. An diese veränderte Situation würde sie sich erst noch gewöhnen müssen. Die Chefin verliebt!

Es gab ihr einen Stich, als sie an ihre eigene Beziehung dachte. René war viel allein unterwegs, seit er seine Firmenanteile verkauft hatte. Sie löschte das Licht in ihrem Büro und schloss von außen ab. Auf der Wache verabschiedete sie sich von den Kolleginnen und Kollegen, indem sie ihnen durch die Glasscheibe hindurch zuwinkte.

Draußen umfing sie die kühle Nachtluft. Vom Fluss her wehte ein Wind herüber und fuhr in die Blätter der Bäume, in die kleinen auf dem Dienstgelände und in die hohen, die den Radweg an der Leine entlang säumten. Simone hatte ihren Wagen wegen der nächtlichen Zeit auf dem Besucherparkplatz abgestellt, tagsüber war das den Beschäftigten strikt untersagt. Sie stieg in ihren Sportwagen, startete, parkte aus, fuhr bis zur Ampel und bog in den Straßenverkehr ein, als das grüne Licht freie Fahrt anzeigte. Die Kopfschmerzen, die sie zu Beginn des Einsatzes geplagt hatten, meldeten sich zurück. Irgendetwas stimmte nicht, sie fühlte sich aus ihrer Mitte gebracht. Bahnte sich eine Krankheit an? Unwahrscheinlich. Erst kürzlich hatte sie sich bei ihrer Ärztin durchchecken lassen, einschließlich der Überprüfung des Hormonspiegels. Mit Mitte vierzig musste man das im Auge behalten. Es war alles in Ordnung gewesen.

Kapitel 10

26. September

Es waren Mitgefühl und Wissbegier, die Simone bewogen, ihre Chefin zu bitten, noch einmal allein mit Elena Meyer sprechen zu dürfen. Zuvor hatte sie den Bericht über die Blutuntersuchung gelesen, die sie bereits am frühen Morgen auf ihrem Rechner vorgefunden hatte.

Im Polizeidienstgebäude herrschte an diesem sonnigen Septembertag der übliche Betrieb: Vor der Wache warteten Bürger darauf, eine Anzeige aufzugeben oder eine Vernehmung zu Protokoll zu geben. Zwei junge Männer saßen auf einer Bank. Eine Frau mit langen braunen Haaren trat auf einen von ihnen zu, lächelte ihn an, fragte nach seinem Namen und seinen Wünschen. Anschließend verschwand sie mit ihm im Treppenhaus, um ihn zu einem Vorstellungsgespräch für Polizeianwärter zu begleiten. Schutzpolizisten in Uniform, die Lederjacke lässig über dem Arm, die Dienstwaffe am Gürtel, stiegen in die Streifenwagen, aus denen ihnen bereits aus dem Funkgerät eine Stimme entgegenschallte. In den Büros arbeiteten die Beschäftigten an ihren PCs, Gruppen von Polizisten trafen sich in den Besprechungsräumen zu den morgendlichen Unterredungen. Kopierer summten, Kaffeemaschinen liefen,

Reinigungskräfte entsorgten gefüllte Müllbeutel in die Container auf dem Parkplatz im Innenhof des Gebäudes. Von der gespenstischen Stille der vergangenen Nacht war nichts mehr zu spüren.

Simone öffnete die Tür zum Vernehmungszimmer, in dem Elena Meyer bereits auf sie wartete. Der Schreibtisch, an dem normalerweise eine im Fachkommissariat beschäftigte Angestellte Protokoll führte, lag verwaist da. Eine Grippewelle hatte zu mehreren Ausfällen bei den Beschäftigten geführt, es herrschte Personalmangel. Simone kramte ein digitales Aufnahmegerät aus einer Schublade, baute es auf dem Schreibtisch auf und schaltete es ein. Eine rote Diode zeigte an, dass die Aufnahme lief. Die Polizistin setzte sich Elena Meyer gegenüber auf einen Stuhl. Elena sah blass aus, ihre zusammengepressten Lippen waren ein farbloser Strich in ihrem Gesicht.

»Guten Morgen, Frau Meyer.« Die herabgelassenen Jalousien ließen nur durch winzige Löcher Tageslicht in den Raum, sodass eine Deckenlampe neonweiß für Beleuchtung sorgen musste. »Es tut mir leid, dass wir Sie über Nacht hierbehalten mussten, aber das Gesetz sieht diese Möglichkeit vor. Möchten Sie einen Tee oder einen Kaffee?« Simone lächelte ihr Gegenüber an.

»Danke, nein. Ich habe ein Frühstück erhalten. Das steht offenbar auch in irgendeiner Vorschrift.«

»Mit Sicherheit!«, bestätigte Simone. Sie betrachtete den millimeterkurzen Haarschnitt der Frau. Bestimmt war er praktisch, aber er gab Elena einen strengen, abweisenden Ausdruck. »Das Blut an Ihren Händen stammt von dem toten Hund. Wir haben das vermutet, und jetzt hat das Labor unsere Annahme bestätigt. Möchten Sie mir sagen, wo sie das arme Tier gefunden haben?«

Bei dem Begriff »armes Tier« entspannte sich die Mimik der Frau, die Züge gerieten in Bewegung. »Der Hund lag neben dem Toten.«

»Tot?«

»Ja. Jemand hatte ihm die Kehle durchgeschnitten.«

»Wer macht denn so etwas?«

»Gesehen habe ich es nicht. Aber es spricht ja wohl eine Menge dafür, dass es derselbe war, der den Mann umgebracht hat.«

»Der Hund hat Ihnen leidgetan?«

»Ja. Ich mag Hunde.«

»Und der tote Mann? War der Ihnen egal?«

In Elenas Augen flackerte etwas auf. »Nein. Was denken Sie von mir?«

»Aber Sie haben für den Hund einen Altar gebaut! Den Mann hingegen haben sie in seinem Blut liegen gelassen und keine Hilfe geholt.«

»Hilfe brauchte der nicht mehr.«

»Der Hund auch nicht!«

»Das verstehen Sie nicht!«

»Dann erklären Sie es mir bitte.«

»Nein.«

»Warum nicht?«

Elena verschränkte die Hände auf der Tischplatte und senkte den Blick darauf. »Fragen Sie meine Ärztin. Sie wird es Ihnen in allen Formen und Farben ausmalen, schriftlich geben, facettenreich schildern, sie kennt mich seit Jahren. Annette Scharf-Bodemann, oben in der Asklepios-Klinik.«

»Das werde ich tun, danke für den Hinweis. An dem Toten sind keine Spuren gefunden worden, die von Ihnen stammen. Sie haben ihn demnach nicht berührt.«

»In der Tat. Es ging mir nur um den Hund.«

»Warum haben Sie nicht die Polizei gerufen?«

»Beim Sammeln weiteren Grünmaterials für die Liegestatt habe ich gesehen, wie ein junger Mann die Straße heraufkam. Unweigerlich musste der über die Leiche stolpern, das war mir sofort klar. Ich war mir sicher, dass er die Polizei rufen würde. Leider hat er mich gesehen und verfolgt, daher hat es länger gedauert, bis er angerufen hat. Sie können ihn fragen: Ich habe ihn aufgefordert, die Polizei zu alarmieren.«

»Warum waren Sie mitten in der Nacht dort unterwegs?«

»Ich konnte nicht schlafen.« Ohne Vorwarnung fiel Elena Meyer in sich zusammen. Jegliche Spannung verließ ihren Körper, beinahe wäre sie seitlich von ihrem Stuhl gerutscht.

Simone sprang auf. »Geht es Ihnen nicht gut? Soll ich einen Arzt kommen lassen?«

Elena winkte matt ab. »Nein. Bringen Sie mich ins Asklepios-Fachklinikum am Rosdorfer Weg. Dort kümmert man sich. Alles zu viel, wenn Sie verstehen.«

»Gewiss. Ich danke Ihnen für Ihre Offenheit.«

»Hatte ich denn eine Wahl?«

Simone sagte: »Nun, mit meiner Kollegin haben Sie gestern Abend kein Wort geredet.«

»Es gibt Befindlichkeiten, begründet in meiner Charakterstruktur. Mit ihrer Kollegin hat das nichts zu tun. Sagen Sie ihr das.«

Simone nickte. »Werde ich ausrichten. Ich hoffe, dass es Ihnen bald besser geht. Es kann aber sein, dass wir weitere Fragen an Sie haben werden.«

»Fragen Sie das Universum. Was für ein Irrtum, Menschen zu befragen, in all ihrer Beschränktheit.«

»Kann ich denn von dort Antworten erwarten?«

»Selbstverständlich. Sie müssen sie nur zu deuten wissen.«

»Helfen Sie mir dabei!«

Elena Meyer antwortete nicht mehr. Sie war ohnmächtig geworden. Im letzten Moment fing Simone Böhm sie auf.

*

Vor Regula Fach lag der Bericht mit den ersten Ergebnissen, die Arthur Bieler herausgefunden hatte. Es klopfte, und Simone betrat das Büro. Sie wirkte verstört und begann sofort von ihrem Gespräch mit Elena Meyer zu erzählen.

»Wo ist sie jetzt?«

»Ich habe sie von einem Rettungswagen in die Asklepios-Klinik bringen lassen.«

»Ohnmächtig? Hätte sie nicht ins Krankenhaus gehört?«

»Die Ohnmacht war gleich vorüber. War wohl mehr ein Schwächeanfall. Ich muss unbedingt mit der Psychiaterin reden, wie heißt sie denn, ich habe es aufgeschrieben, hier: Frau Scharf-Bodemann.«

»Die kenne ich, ich hatte dienstlich mit ihr zu tun. Eigentlich hat sie sich auf psychische Erkrankungen im Alter spezialisiert. Zumindest engagiert sie sich sehr in den Altenheimen. Wie geht es mit deiner Mutter?«

»Wie üblich. Sie beschimpft mich, beleidigt die Schwestern im Heim und lehnt jede Hilfe ab.«

»Und du leidest.«

»Was sonst? Unerträglich ist das. Aber lassen wir das Thema fallen, mein Magen zieht sich davon zusammen. Ist das Bielers Bericht?«

»Ja. Arthur beschreibt die genaue Todesursache, den Zustand der Leiche, die Liegezeit.« Regula blätterte um. »Am interessantesten sind diese zwei Dinge: An dem Messer, mit dem Dominik Pohl erstochen worden ist, befinden sich Fingerabdrücke von zwei unterschiedlichen Personen, und am Toten wurden Spuren von Kokain gefunden.«

Simone setzte sich auf Regulas Besucherstuhl. »Ich nehme an, die Fingerabdrücke sind in unserer Kartei nicht zu finden?«

»Genau richtig«, bestätigte Regula. »Hier ist übrigens ein Foto des Messers.« Sie schob die Aufnahme über den Tisch und Simone betrachtete sie genau. Das Bild der Spurensicherung zeigte ein Messer mit einer leicht gebogenen Klinge und nachlässig umwickeltem Griff. Es lag neben einem Zollstock.

»Die Schneide ist achtundzwanzig Zentimeter lang. Ein Indiz für ein Kampfmesser?«

»Stimmt, ein japanisches Kampfmesser, um genau zu sein.«

»Wer läuft mit so einem Dolch durch die Gegend? Ist das nicht eher ein Sammlerstück?«

»Mag sein. Die Kollegen werden das noch genauer recherchieren. Wenn das Messer in Göttingen verkauft worden ist, werden sie das herausbekommen.« Regula legte das Foto zurück in die Akte zu dem Obduktionsbericht. »Ich habe bereits die Mordkommission zusammengestellt. Von unserem Fachkommissariat sind außer dir und mir Viktor, Ackermann und Beyer dabei. Zwei Kollegen kommen von der Spurensicherung hinzu, und für die Aktenführung konnte ich Bernd-Peter Stoll aus der PI Northeim bekommen.«

»Den Spezialisten für perfekte Aktenführung«, sagte Simone lachend, »manchmal zu perfekt.«

»Diesen Begriff gibt es nicht in meinem Wortschatz, das weißt du.«

»B.P. ist ein netter Kerl, auch wenn er manchmal nervt. Somit ist die MoKo arbeitsfähig?«

»So ist es. Die erste Besprechung wird heute Mittag stattfinden.«

»Kokain«, überlegte Simone laut und kam auf den Bericht zurück. »Für den Eigenbedarf? Was wissen wir überhaupt von dem Mann?«

»Nur, was in seinem Ausweis steht: Dominik Pohl, 42 Jahre alt, gebürtig aus Darmstadt, zurzeit wohnhaft in Frankfurt, verheiratet.«

»Weiß seine Frau Bescheid?«

»Die Frankfurter Kollegen haben die Aufgabe übernommen, die Todesnachricht zu überbringen. Im Laufe des Tages wird Frau Pohl in Göttingen eintreffen und ihren Mann identifizieren.« Regula klappte die Akte zu. »Der Polizeipräsident und unser Kripochef haben gemeinsam mit der neuen Pressesprecherin zum Pressetermin geladen. Die Medienvertreter sind heiß, wie immer bei einem Kapitalverbrechen. Bad news are good news, das ist in Göttingen nicht anders als anderswo.«

Simone sagte nickend: »Das heißt, du musst jetzt schon die Fragen der Presseleute beantworten?«

»Ja, ich fürchte, heute werden alle mit geballter Macht hier auflaufen. Wir sehen uns bei der Einsatzbesprechung!«

Kapitel 11

B.P. Stoll, den manche wegen seiner kleinen, wendigen Gestalt und dem spitzen Gesicht auch Wiesel nannten, saß bereits hinter seinem PC, direkt neben den Stellwänden mit den Bildern des Toten und des Tatortes. Der Besprechungsraum im 1. Fachkommissariat war zu einem Großraumbüro umgestaltet worden. Hier befand sich die Schaltzentrale der Mordkommission, hier liefen alle Drähte zusammen. Jede noch so kleine Spur würde B.P. nach hier angeliefert werden, damit er sie archivieren konnte.

Ein Arbeitsplatz war für Regula Fach eingerichtet worden, PC, Telefon, Schreibunterlagen. Von hier aus würde sie die Ermittlungen leiten. Für die Ermittlungsarbeit standen weitere PCs zur Verfügung, eine große Kaffeemaschine brodelte in der Ecke, Tassen waren zusammengetragen worden. Alle anwesenden Beamtinnen und Beamten waren von ihren originären Aufgaben entbunden, ihre Schreibtische in der Heimatdienststelle verwaist. Alle würden ab jetzt jede Minute ihrer Dienstzeit damit verbringen, den Mörder Dominik Pohls zu suchen.

Viktor Weiß stand mit den beiden Northeimer Kollegen zusammen und unterhielt sich angeregt, als Regula Fach den Raum betrat. Sein lauter Bass übertönte die anderen Gespräche, die verstummten, als die Kommissariatsleiterin eintrat. Erst mit Verzögerung bemerkte Viktor die plötzlich eingetretene Stille. »... und wir werden den fassen, der durch Göttingens Straße läuft, Angst und Schrecken verbreitend allein dadurch, dass der Bürger seine Anwesenheit vermuten muss, wir ...« – er stutzte, hielt inne, blickte sich um. »Wo ist mein Platz? Ah, hier, sehr gut.« Viktor schob seinen gewichtigen Körper auf einen der Stühle, streckte die Beine aus und blickte Regula erwartungsvoll an. Als diese zu lächeln begann, wie es sonst gar nicht ihre Art war, wenn jemand aus der Reihe tanzte, tauschten die Kollegen bedeutungsvolle Blicke.

»Zuerst einmal Danke für Eure Bereitschaft, Euch hier einzubringen.« Regula hob beide Arme. »Ich weiß, ich weiß, es ist Dienst, keiner ist freiwillig hier, Kommentare erübrigen sich. Nun zur Aufgabenverteilung.« Ihr stand heute nicht der Sinn nach langen Erklärungen. Routiniert wurden die Ermittlerteams gebildet und bestimmt, wer welche Vernehmungen durchführen sollte, welche Spuren zu überprüfen waren, welchen Hinweisen nachgegangen werden musste. Anschließend verließen Ackermann und Beyer die Besprechung, um die Anwohner der Straße *Ritterplan* zu befragen. Begleitet wurden sie von den beiden Kollegen der Spurensicherung, die ein weiteres Mal die Umgebung des Fundortes absuchen wollten. Zurück blieben leere Kaffeetassen, Regula und Simone – und B.P., der den neuen Vorgang am PC einrichtete, Formulare beschriftete und ausdruckte, weiteres Fotomaterial aus dem Drucker zog und an die Stellwände pinnte. Elena Meyer war darauf zu sehen, ebenso der tote Hund auf seinem Altar.

Simone trat hinzu und betrachtete das Foto der verhärmten Frau mit dem ultrakurzen Haar. Wie krank war Elena Meyer? »Ich würde gern ins Asklepios-Fachklinikum fahren und mit der Psychiaterin reden, die Frau Meyer betreut«, sagte sie an Regula gewandt.

»In Ordnung. Ich warte hier auf Frau Pohl und begleite sie zu Arthur Bieler.« Sie hielt ein Smartphone in die Höhe. »Hier hat Dominik Pohl Kontaktadressen in Göttingen vermerkt, hauptsächlich Ärzte und Apotheker. Offenbar war er in medizinischen Verkaufsangelegenheiten unterwegs.«

»Ein Pharmareferent, der Kokain an der Kleidung hat?« Simone zog sich die Jacke über und schloss den Reißverschluss.

»Vielleicht hat er sein Angebot erweitert«, kommentierte Regula ironisch.

»Du meinst, er war ein Dealer?«

»Kokainkunden finden sich auch in unserem beschaulichen Städtchen, frag mal die Kollegen vom 2. Fachkommissariat.«

»Gute Idee. Bis später!« Simone griff auf dem Weg zur Tür nach ihrem Steingutbecher und trank den Rest Kaffee aus. Er schmeckte kalt und bitter. Vielleicht sollte sie auf Tee umsteigen, grünen Tee, der würde ebenfalls gegen Müdigkeitsanfälle wirken.

Im Treppenhaus begegnete sie dem Leiter des für Drogendelikte zuständigen 2. Fachkommissariats. Auf halber Treppe blieben beide stehen und gaben sich die Hand. »Guten Morgen, Harald, gerade haben wir von dir gesprochen!«

»Worum ging es?«

»Kokainvorkommen in Göttingen. Gibt es eine Szene dafür?«

Harald schlug die tätowierten Arme unter und lehnte sich gegen die Wand. »Sicherlich gibt es die. Das ist eine Droge für die Reichen, für die Manager in den Führungsetagen der Konzerne zum Beispiel.«

»Weil sie teuer ist?«

»Genau. Sechzig Euro kostet ein Gramm im Straßenverkauf, und das ist schon gestreckt, mit Milchzucker, Mehl, Kalk von den Wänden, sogar manchmal mit Strychnin, dann wird es besonders heikel.«

»Strychnin? Das verträgt doch kein Mensch.«

»Doch, sind ja nur geringe Spuren, und wenn auf einer Privatparty gekokst wird und einer fällt um, ist bestimmt einer der Gäste Arzt und kümmert sich um den, dem es schlecht geht.«

Simone seufzte. »Kranke Gesellschaft.«

»Aber nicht erst seit heute, und nicht nur deswegen.«

»Trotzdem ist es doch verboten, Kokain zu verkaufen, zu kaufen, zu konsumieren?«

»Wenn schon. Davon kriegen wir so gut wie nichts mit. Vor Jahren mal ein spektakulärer Fall, Afrikaner, die mehrere Kilo verkaufen wollten. Die sind über die sogenannte Frankfurter Schiene gekommen. Stand in allen Zeitungen damals. Die Männer sind aufgeflogen und im Knast gelandet. Aber sonst? Nicht dass ich wüsste.«

Simone wurde hellhörig. »Frankfurter Schiene? Du meinst den Vertriebsweg?«

»Genau.«

Simone erklärte: »Wir haben an der Kleidung des Toten von letzter Nacht Kokainspuren gefunden, eine mikroskopische Menge nur, aber immerhin. Er wohnte übrigens in Frankfurt.«

»Das kann alles bedeuten.«

»Wie meinst du das? Hallo, Nils.« Simone machte einem Kollegen Platz, der mit Akten beladen die Treppe heraufkam. Der grüßte knapp zurück und setzte seinen Weg nach oben fort, indem er zwei Stufen auf einmal nahm.

»Ich meine, dass der den Schnee für den Eigenbedarf berührt haben kann, aber genauso gut deshalb, weil er ihn verfälschen wollte. Wo es Kunden gibt, und die gibt es wie gesagt in Göttingen, gibt es auch Anbieter. Dass er aus Frankfurt stammt, könnte eine Spur sein, muss es aber nicht.«

»Wir fangen gerade erst an zu ermitteln. Vielleicht komme ich bald auf dich zu, wenn wir Näheres über das Kokain an seiner Kleidung wissen.«

Harald stieß sich von der Wand ab. »Ich bin gespannt. Ciao und viel Erfolg.«

Nachdenklich lief Simone ins Untergeschoss und von dort auf den Parkplatz hinaus. Während sie mit ihrem Privatwagen den kurzen Weg bis zum Asklepios-Klinikum zurücklegte, dachte sie über die Kokainspuren an Dominik Pohls Kleidung nach. In einer Mordsache war auch die kleinste Spur wichtig. Aber überbewertete sie den Fund nicht gerade? So, wie Harald es geschildert hatte, gehörte es in einigen Kreisen fast zum guten Ton, bei einer Party den Gästen Kokain anzubieten. Irgendetwas in ihr wehrte sich vehement dagegen, den Kokainkonsum als etwas durchaus Übliches anzusehen.

Schließlich zerstörte die Droge den menschlichen Körper, von den Nasenscheidewänden bis zum Gehirn. Das wussten gewiss auch die koksenden Partygänger. Wenn Pohl tatsächlich als Pharmareferent gearbeitet hatte, gehörte er damit zu diesen Kreisen? Schlecht verdient hatte er sicherlich nicht. So viel stand fest: Wenn Dominik Pohl mit Kokain in Verbindung gebracht werden konnte, hatte er auf ihrer Liste unbescholtener Bürger keinen Platz mehr.

Langsam fuhr sie die steile Straße hinauf, an der das Krankenhaus lag. Sie parkte in der Nähe des Haupteinganges und stieg aus, atmete ein paar Mal tief die frische Herbstluft ein. Erst dann betrat sie die Eingangshalle und wandte sich an die Frau am Empfang.

»Simone Böhm von der Polizeiinspektion Göttingen. Ich möchte Frau Scharf-Bodemann sprechen, eine ihrer Patientinnen steht in Verbindung mit einem polizeilichen Vorgang.«

»Haben Sie einen Termin?«

»Ich? Nein.«

Die Empfangsdame wählte eine Nummer und hielt den Hörer lange ans Ohr, bis sich endlich eine Stimme meldete. »Eine Polizistin möchte Sie sprechen, wegen einer Patientin.«

Simone gefiel der Ton nicht, in dem die Frau mit dem gefärbten dunkelroten Haar über sie sprach. Gleichzeitig ärgerte sie sich darüber, nicht angerufen und einen Termin vereinbart zu haben. Eine Nachlässigkeit. Wie konnte sie erwarten, dass die Ärztin Zeit für sie haben würde?

»Frau Dr. Scharf-Bodemann lässt sie gleich abholen.«

Die Rotgefärbte wandte sich von Simone ab, ihrem Computerbildschirm zu, und begann, Zahlen von einem Zettel abzutippen.

»Danke für Ihre Mühe«, sagte Simone und konnte nicht verhindern, dass es sarkastisch klang. Die Zeit erschien ihr lang, bis endlich ein junger Mann im Pflegeranzug auftauchte, sich mit »Mark« vorstellte und sie bat, ihm durch die Gänge zu folgen. Sie gingen durch den neuen Teil des psychiatrischen Klinikums in den alten Trakt, dessen Gebäude einen Park umschlossen.

»Vielleicht hätte es gereicht, mir den Weg mündlich mitzuteilen«, sagte Simone.

Mark lachte. »Bestimmt! Aber Vorschrift ist Vorschrift.«

Sie stiegen eine Treppe hinauf und folgten dem Korridor, der mit schwarz-weißen, alt wirkenden Fliesen ausgelegt war. Vor einer robusten Holztür blieben sie stehen, und Mark machte eine einladende Handbewegung: »Bitteschön!« Ohne sich weiter um Simone zu kümmern, ging er davon, die Kommissarin hörte ihn im Treppenhaus pfeifen. Sie klopfte an, wartete ein »Herein« ab, drückte die Klinke hinunter und trat ein.

Hinter einem spartanischen Schreibtisch aus dunkel gebeiztem Holz saß eine große Frau. Ihr Oberkörper überragte die Tischplatte, die Hände mit den kräftigen Fingern lagen verschränkt darauf. Der Kopf mit den eng anliegenden grauen Haaren und den ausdrucksstarken grauen Augen passte zu den übrigen Dimensionen des Körpers.

»Was kann ich für Sie tun?«, fragte die Ärztin mit lauter Stimme, die tief und scheppernd klang, wie Simone fand. Simone folgte der Aufforderung, sich zu setzen. Ihr Blick fiel auf die Regale an der Wand, die Psychiatriefachbücher versammelten. Bücher über gerontopsychiatrische Themen, psychische Erkrankungen im Alter, schienen Simone in der Überzahl. »Es geht um Elena Meyer«, sagte sie.

»Hat die Nacht in der Zelle verbracht, ich weiß.«

»Hat Sie Ihnen erzählt, warum?«

Dr. Scharf-Bodemann betrachtete sie nachdenklich. »Was wollen Sie wissen? Fragen Sie doch einfach, und ich antworte darauf, wenn ich es für richtig halte. Nur keine falsche Scheu.«

Simone konzentrierte sich. »Da Frau Meyer bei Ihnen in Behandlung ist, nehme ich an, dass sie Probleme hat. Ich wüsste gern, welcher Art diese Probleme sind. Wir ermitteln in einem Mordfall, Frau Meyer befand sich am Tatort, als die Leiche eines Mannes aufgefunden wurde. Sie hockte vor einem Lager, auf das sie einen toten Hund gebettet hatte.«

Die Psychiaterin zog eine Augenbraue in die Höhe. »Ist es wieder so weit? Das habe ich nicht gewusst, entschuldigen Sie bitte.«

»Was haben Sie nicht gewusst?«

»Möchten Sie einen Kaffee?«

»Gern.«

Die Ärztin stand auf und trat an das Fenster. Es hatte einen Holzrahmen und ein altmodisches Fensterkreuz und führte hinaus in den parkähnlichen Garten der Anstalt. Davor standen auf einem Tischchen eine Warmhaltekanne und mehrere dickwandige Steinguttassen. »Milch, Zucker?«

»Schwarz bitte.« Simone nahm die Tasse aus der Hand der Psychiaterin entgegen. »Danke, sehr freundlich.«

»Stellen Sie die Tasse ruhig auf dem Schreibtisch ab, das schadet ihm nicht.«

Simone gehorchte.

»Ganz kurz: Frau Meyer leidet an einer schizophrenen Psychose. Bei ihr äußert sich das so, dass sie manchmal eine Stimme hört, die außer ihr niemand wahrnehmen kann. Die Stimme befiehlt, dass sie sich sofort um geschundene Hunde zu kümmern hat.«

»Das ist sicherlich belastend.«

»Ja. Leider oder Gott sei Dank lassen sich hilfsbedürftige Hunde nicht an jeder Straßenecke auftreiben. Darunter leidet sie furchtbar, weil sie glaubt, sie müsse sterben, wenn sie den Befehl nicht ausführt. Deshalb bekommt sie von mir starke Medikamente, sogenannte Antipsychotika. Dann hört sie die Stimme nicht mehr so oft, und wenn, kann sie ihren Verstand einschalten und ignorieren, was von ihr verlangt wird. Elena Meyer ist eine hochintelligente Frau, studierte Soziologin, und die Intelligenz der Patienten wird von dieser Art der Erkrankung niemals in Mitleidenschaft gezogen.«

Simone dachte nach und sagte dann in abgehackten Sätzen: »Aber der tote Hund auf dem Altar! Das passt doch in das Bild! Ein ermordetes Tier, um das sie sich gekümmert hat.«

»Ich sage ja, ich wusste nicht, dass meine Patientin einen Krankheitsschub hatte. Das passiert. In solchen Fällen muss man die Dosis der Medikamente erhöhen, was wiederum die Nebenwirkungen verstärkt, ist ja logisch. Worüber grübeln Sie nach?«

Simone konnte nicht verhehlen, dass sie über die Frage leicht erschrocken war. Hatte sie sich nicht bemüht, aufmerksam zu sein? Offenbar nicht. »Ich überlege, ob Frau Meyer dem Hund die Kehle durchgeschnitten hat.«

»Das wäre nicht gut«, entgegnete die Ärztin auffällig schnell.

»Das Blut an ihren Händen stammte von dem Tier. Laut ihrer Aussage hat sie es tot neben dem Leichnam des Mannes gefunden. Beide wurden mit demselben Messer erstochen, aber an der Tatwaffe haben wir Elena Meyers Fingerabdrücke nicht gefunden. – Was meinen Sie damit: Das wäre nicht gut?« Erst jetzt realisierte Simone die letzte Antwort.

»Sie haben ja gerade bestätigt, dass meine Patientin den Hund nicht erstochen hat, oder?«

Simone nickte.

Die Ärztin trank einen Schluck Kaffee und blickte ihre Besucherin über die Tasse hinweg mit nachdenklicher Miene an. »Dennoch: Wir werden sie untersuchen und gegebenenfalls medikamentös neu einstellen. Besser ist besser. Mit den Nebenwirkungen wird sie leben müssen, so leid mir das tut.«

»Welche sind das?«

»Sitzunruhe. Manche Patienten haben den quälenden Drang, sich dauernd zu bewegen, und können kaum noch still sitzen, so wie Frau Meyer. Es hält sie nichts in ihrer Wohnung, sie läuft unablässig in der Stadt umher. Sogar nachts findet sie nur wenige Stunden Ruhe.«

»Das erklärt, warum sie zur Nachtzeit in der Innenstadt unterwegs war.«

»Genau. Geht es Ihnen nicht gut?«

»Bitte? Wie kommen Sie darauf?

Die Ärztin leerte ihre Tasse, stand auf und schenkte erst Simone, dann sich nach. »Trinken Sie! Kaffee ist gut gegen Kopfschmerz.«

»Woher wissen Sie ...?«

»Ich sehe es Ihnen an, dass Sie Kopfweh haben. Was quält Sie?«

Simone fühlte sich überrumpelt. Wie sollte sie darauf reagieren?

»Entschuldigen Sie«, erklärte Frau Dr. Scharf-Bodemann. »Berufskrankheit. Sie müssen nicht antworten.«

»Doch, doch«, sagte Simone, »es quält mich tatsächlich etwas, Sie haben recht!«

»Dann erzählen Sie mal, in Stichworten, den Rest reime ich mir zusammen.« Über das große Gesicht huschte ein Lächeln. »Bin es gewohnt, die Dinge zusammenzupuzzeln, die ich zu hören kriege.«

»Meine Mutter. Ich musste sie in ein Altenheim bringen und ihre Wohnung auflösen, alles völlig überstürzt. Jetzt sitzt sie in ihrem Zimmer im Heim und beschimpft mich, sobald sie mich sieht.«

»Der Klassiker also«, sagte die Ärztin. »Ist doch normal. Versetzen Sie sich in die Lage ihrer Mutter: Alles ist weg, sie ist krank, nehme ich an, die neue Umgebung, die Pflegebedürftigkeit!«

»Ja, ich weiß«, unterbrach Simone sie, »alles richtig. Aber ich halte die Vorwürfe nicht mehr aus, so ist es eben. Ich werde selbst krank davon.« Jetzt klinge ich wie ein trotziges Kind, dachte sie. Genau das ist ja der Konflikt: Ich bin das hilflose Kind meiner Mutter, wenn ich in ihrer Nähe bin, keine erwachsene Frau, die man ernst nehmen kann.

»Sie fühlen sich hilflos!«

Fassungslos starrte Simone die Ärztin an. »Ja. Es geht also allen Betroffenen so wie mir?«

»Vielen«, beschwichtigte Frau Dr. Scharf-Bodemann. »Aber ich weiß natürlich, dass diese Erkenntnis Ihnen nichts hilft. In welchem Heim lebt Ihre Mutter?«

»Im Luisenhof.«

»Dort habe ich oft zu tun. Ich habe mich auf psychiatrische Gerontologie spezialisiert. Wie heißt Ihre Mutter? Ich werde mich einmal mit ihr unterhalten.« Die Ärztin notierte sich einige Wörter auf einem Zettelblock, die Simone nicht lesen konnte, dann den Namen von Simones Mutter. »Und nun zu Frau Meyer: Momentan schläft sie, am Nachmittag werde ich das weitere Vorgehen mit ihr absprechen. Nach der Untersuchung werde ich mehr wissen, ich rufe Sie anschließend an.«

Sie wirft mich hinaus, dachte Simone, eigentlich will ich mir das nicht gefallen lassen. Aber weitere Fragen wollten ihr partout nicht einfallen. Sie nestelte in der

Innentasche ihrer Jacke, zog ihre dienstliche Visitenkarte hervor und überreichte sie der Ärztin. »Ich erwarte Ihren Anruf, unter der zweiten Rufnummer erreichen Sie mich mobil.«

Simone ergriff die ausgestreckte Hand der Frau, die sich nicht von ihrem Stuhl erhob. Freundlich lächelnd entließ sie ihre Besucherin: »So machen wir es.«

Kapitel 12

Im Büro der Mordkommission *Tanto* – der Name war dem Begriff für das japanische Kampfmesser entlehnt, mit dem Dominik Pohl erstochen worden war – standen die Kollegen Ackermann und Beyer am Tisch von B.P. und gaben zu Protokoll, was eine erste Vernehmung ergeben hatte. Der Raum lag im Halbdunkel, denn die Lamellen der Jalousien sperrten die Sonne aus. Simone trat hinzu und blickte interessiert auf den Bildschirm. Beide Männer traten einen Schritt zur Seite und machten Simone Platz. Ackermann, der ältere, wie immer in Jeanskleidung, zeigte mit dem Kopf auf den PC-Bildschirm. »Wir waren in dem Hotel *Zur Sonnenuhr* und haben uns mit dem Portier unterhalten. Die Kollegen von der Spurensicherung hatten sich noch in der Nacht das Zimmer des Toten vorgenommen. In seiner Tasche hatten wir einen Schlüssel mit dem Namenszug des Hotels gefunden.«

»Ihr habt nicht mit dem Besitzer gesprochen?«

»Es gibt einen Pächter, aber der war nicht im Haus.«

Regula Fach und Viktor Weiß betraten den Raum und ließen geräuschvoll die Tür hinter sich ins Schloss fallen. Regula trug ein angebissenes Wrap in der Hand. »Was gibt es Neues?«, erkundigte sie sich und biss in den dünnen Teigfladen, der mit Fleisch und gemischtem

Salat gefüllt zu sein schien. Viktor ließ sich auf einen Stuhl fallen, der, von seinem Gewicht beschleunigt, ein Stück weit nach hinten rollte.

»Ich denke, du willst abnehmen?«, lästerte Simone mit einem tadelnden Blick auf Regulas Snack.

»Ist doch nichts Gefährliches dran an dem Röllchen«, konterte Regula.

»Haha, Röllchen!«, sagte Viktor lachend. »Kleiner Scherz, was? Für mich, meine Lieben, ist das eine ausgewachsene Rolle. Rolle! Versteht ihr?«

Er betrachtete abschätzig die Figur von Ackermann und Daniel und sagte: »So wie ihr ausseht, lebt ihr wohl nur von Salat, ohne Teigfladen. Ihr Sixpack-Züchter!«

»Nur kein Neid!«, erwiderte Daniel, dem das dünne T-Shirt wie eine zweite Haut am Körper saß. »Musst eben öfter pumpen gehen, Kollege, dreimal die Woche ins Fitnessstudio, dazu Lauftraining, dann passt das.«

Viktor schaute Regula erstaunt an und zeigte mit dem Finger auf Daniel. »Der meint das ernst!«

Regula lachte. »Wenn er gesehen hätte, wie schnell du vorhin dein Frikadellenbrötchen gemampft hast, würde er noch mehr zurücklästern. Aber Schluss jetzt. Ackermann, was gab es in dem Hotel für uns?«

Ackermann setzte sich auf den Tisch neben den laufenden Computer, stützte sich mit einem Bein ab und schlug die Arme unter. »Der Portier, Schneemann heißt der, ich habe es B.P. schon diktiert, Name, Adresse und so weiter, also der kannte den Toten gut.«

»War er mit ihm befreundet?« Regula runzelte die Stirn und blickte zu Simone hinüber, die sich einen Kaffee aus der Maschine zapfte. Die zuckte die Achseln.

»Nein, so gut war er auch nicht mit Pohl bekannt. Er kannte ihn, weil er Gast war im Hotel, mehrmals im Jahr. Immer, wenn er seine Kunden besuchte.«

»Ärzte und Apotheker«, warf Daniel ein. »Der Mann arbeitete in der Medizinbranche.«

»Wissen wir ja«, bestätigte Regula kauend. »Pharmareferent, also schlicht beschrieben Vertreter für Arzneimittel.«

»Genau«, fuhr Ackermann fort. »Diesmal hatte er sich für zwei Nächte eingemietet, und jetzt kommt es: Einmal hat eine Frau bei ihm übernachtet, und es war nicht seine Frau, meinte Schneemann.«

»Woher wusste der das?«, hakte Simone nach.

»Er hat angedeutet, dass es wohl eine Dame des horizontalen Gewerbes war. Ja, und die hat Pohl zweimal ins Hotel bestellt und auch mit aufs Zimmer genommen.«

»Das wird seine Ehefrau nicht freuen«, sagte Simone und stellte den Steingutbecher ab.

»Muss sie ja nicht erfahren!«, rief Viktor aus. »Ist doch jetzt eh egal.«

Regula widersprach: »Ich fürchte, sie wird es erfahren müssen. Sieht so aus, als würde die Besucherin wichtig werden für uns. Ihr Name?«

»Tessa Schöller.« Ackermann zog sein Merkheft aus der Brusttasche des Hemdes, blätterte auf und las die Adresse vor, die er sich aufgeschrieben hatte.

»An den Rohnsterrassen wohnt die Lady, nobel«, sagte Regula. »Wenn es so ist, wie der Portier sagt, muss ihr Geschäft gut laufen.«

Viktor nickte anerkennend, sagte aber vorsichtshalber nichts dazu, nachdem er Regula angeschaut hatte. Lieber griff er sich ans Kinn und massierte seinen Vollbart.

»Habt ihr mit noch jemandem aus dem Hotel gesprochen?«, fragte Simone. Ihre Kopfschmerzen meldeten sich zurück, und sie setzte den Becher an die Lippen und trank mehrere Züge, ohne abzusetzen. Die Aussage der Psychiaterin war ihr eingefallen, Kaffee sei gut gegen Kopfschmerz.

»Nein«, antwortete Ackermann auf ihre Frage, »das Haus wirkte irgendwie ausgestorben. Viele Zimmer gibt es dort nicht, alles ist klein und nicht besonders modern.«

„*Zur Sonnenuhr*“, sagte Regula kauend, »merkwürdiger Name, findet ihr nicht?«

»Klingt doch irgendwie positiv«, sagte Viktor, »weiß jemand, warum der Laden so heißt?«

B.P. blickte nicht vom Bildschirm auf, als er antwortete: »Wegen der Sonnenuhr im Museum oder so. Vielleicht steht sie auch im Garten davor, keine Ahnung. Ist eine besondere Sonnenuhr, auf einem Sockel.«

»Ich kenne die Uhr«, sagte Simone, »wenn man im Lehrrestaurant der Berufsbildenden Schulen III sitzt, kann man durch die Verglasung in den Museumsgarten blicken. Zumindest im Winter, wenn kein Laub an den Büschen ist, und vorausgesetzt, man hat einen Tisch in einem dem Museum zugewandten Teil des Restaurants.«

»Ein Lehrrestaurant?«, fragte Viktor interessiert nach.

Simone nickte. »Dort lernen die Auszubildenden, wie man die Bestellung aufnimmt und korrekt serviert, abräumt und so weiter. Als Gast stellst du dich quasi als Versuchsobjekt zur Verfügung, damit die jungen Leute üben können. Belohnt wird das mit einem Menü auf dem Niveau eines Sternerestaurants.«

»Soso.« Viktor wiegte nachdenklich den Kopf hin und her.

»Vergiss es«, rief Regula laut. »So ein Gourmettempel mit viel Chichi wird mich niemals von innen sehen. Stofftischdecken, blankes Kristall, Deko – das ist nicht meins.«

»Nun denn«, rief Viktor schallend, »dann boxe ich vielleicht den guten René mal von seinem Platz und gehe mit Simone dorthin!«

Erst einmal boxte Regula Viktor, sodass er sich die schmerzende Stelle halten und laut »Autsch« rufen musste. Alle Umstehenden lachten laut auf. Sekunden später verschluckte jeder von ihnen sein Lachen, so gut es ging: In der Tür stand ein uniformierter Kollege und neben ihm eine schlanke Frau in tiefschwarzem Kleid und schwarzem Blazer.

Ackermann glitt vom Tisch und steckte sich das Jeanshemd in die Hose, das hinten am Bund herausgerutscht war. Daniel presste die Lippen aufeinander, Simone stellte den Becher ab. Viktor räusperte sich und strich sich einmal über den Bart, erhob sich dann von seinem Stuhl. Sogar B.P. hielt die Finger still und schaute vom PC-Bildschirm auf zu der bleichen Frau hinüber. Als Erste gewann Regula die Fassung zurück. Sie lief quer durch das Büro auf die Frau zu und reichte ihr die Hand. »Frau Pohl?« Die Frau nickte stumm. »Danke, Martin«, sagte die Kommissariatsleiterin zu dem uniformierten Kollegen, »nett von dir, dass du Frau Pohl heraufgebracht hast.«

»Ich habe versucht anzurufen, aber niemand ist an den Apparat gegangen. Hat es nicht geklingelt?« Suchend blickte er sich um und musterte die vier Telefone, die auf den Fensterbänken standen.

»Nein! B.P.? Was ist los mit den Fernsprechern?«

B.P. trat an eines der Fenster, hob zwei Hörer auf und hielt sie in Regulas Richtung. »Funktionieren!«

Regula schaute Martin nachdenklich an. »Ich werde die Techniker bitten, Simones und meinen Apparat hier aufzuschalten, danach passiert so etwas nicht mehr.«

Martin nickte und ging mit zufriedenem Ausdruck davon.

Daniel schüttelt den Kopf und fragte verständnislos: »Warum hast du ihn nicht gefragt, welche Nummer er gewählt hat? Ich meine, der Raum hier hat vier Anschlüsse, da werden die auf der Wache doch wohl in der Lage sein …« Er schwieg, als ihn Regula ansah, wortlos und ernst.

An Frau Pohl gewandt sagte sie: »Mein aufrichtiges Beileid zum Tod Ihres Mannes. Kommen Sie, wir gehen in mein Büro hinüber. Möchten Sie einen Tee oder Kaffee?« Die Tür fiel hinter beiden Frauen lautstark ins Schloss.

Daniel nahm einen Kugelschreiber auf und pfefferte ihn ärgerlich zurück auf die Tischplatte.

»Keine interne Kritik vor Außenstehenden«, sagte Simone begütigend. »Du weißt doch, dass die Chefin so etwas nicht ausstehen kann. Ist aber kein Beinbruch. Wie geht es jetzt weiter?«

Viktor meldete sich zu Wort. »Bevor wir in den Kaufpark gefahren sind – wir hatten Hunger, dieses nagende Gefühl im Bauch, das jedes Denken behindert, verstehst du – habe ich mich mit Pohls Handy beschäftigt. Ich habe aus seinen gespeicherten Kontakten die Nummern mit Göttinger Vorwahl abtelefoniert, Ärzte, Apotheker.« Er machte eine Pause.

»Und?« Simone zog die Brauen in die Höhe.

»Was soll ich sagen? Seit über einem Jahr hat keiner von denen Pohl zu Gesicht bekommen! Angerufen hat er auch niemanden, weder um seinen Besuch anzukündigen, noch um vereinbarte Termine abzusagen.«

Ackermann blätterte in seinem Merkheft. »Der Portier hat von drei Hotelaufenthalten Pohls in den letzten 12 Monaten gesprochen. Merkwürdig, was meint ihr dazu?«

Viktor holte zu einer größeren Rede aus. »Bevor ich den Raum nun verlassen werde, um mich im Umfeld des Tatortes bei den dortigen Anwohnern umzuhören, umzusehen oder sonst wie an Informationen zu gelangen, lasst mich euch noch diesen Hinweis geben: Einer der von mir am Telefon behelligten ehemaligen Kunden Pohls, ein Apotheker, ist gleichsam ausgerastet, als er dessen Name hörte! Wüste Beschimpfungen folgten: Mit dieser Person wolle er niemals, aber auch wirklich niemals wieder etwas zu tun haben, ich solle ihn gefälligst in Ruhe lassen, allein der Name sei für ihn eine Beleidigung! Ich bin zu ihm hingefahren.«

»Hast du ihm gesagt, dass Pohl tot ist?«

»Ja, ich habe ihn gefragt, ob er darüber etwas weiß. Daraufhin war er eine Sekunde lang still, dann hat er gefragt, *nein, woher denn*, und weiter geschimpft: Unmensch, das Schlimmste, was ihm je in menschlicher Gestalt begegnet sei – ich konnte sehen, wie er sich in Richtung Herzinfarkt bewegte. Deshalb habe ich behutsam auf ihn eingeredet, bis er sich beruhigt hatte.«

»Was noch, Viktor?«

»Er hat mir geschildert, dass Pohl ihm die Frau ausgespannt hat. Deshalb ist er mit seinen Finanzen in eine derbe Schieflage gerutscht.« Viktor verschränkte die Arme vor dem Brustkorb und sagte: »Wenn ihr mich fragt, hat er einerseits ein Motiv gehabt, Pohl zu beseitigen. Andererseits glaube ich nicht, dass er sich freiwillig noch weitere Schwierigkeiten anlachen würde.«

Kapitel 13

Frau Pohl lehnte alles ab, Kaffee, Tee, Wasser. Sie habe im Zug etwas getrunken, ihr sei jetzt nicht nach einem Getränk zumute.

»Das kann ich verstehen«, sagte Regula mitfühlend. »Gibt es denn niemanden, der sie hierher begleiten konnte?«

»Mein Mann wollte keine Kinder«, antwortete Frau Pohl.

Klingt nicht vorwurfsvoll, dachte Regula, eher resigniert. Warum gibt sich die Frau so kalt? Ich sehe ihr doch an, dass sie leidet. Laut sagte sie: »Ich muss Ihnen einige Fragen stellen, auch wenn ich es bedauere. Es ist möglicherweise wichtig, um herauszufinden, wer den Tod Ihres Mannes verschuldet hat.«

»Das weiß ich doch auch nicht! Ich weiß noch nicht einmal, wie er gestorben ist.«

»Er wurde erstochen.«

»Erstochen?«, fragte Frau Pohl. Ihre Augen weiteten sich.

»Ja, es tut mir sehr leid. Ich wollte Sie auch nicht angreifen oder unterstellen, dass Sie etwas mit der Tat zu tun haben. Hatte Ihr Mann vielleicht Probleme, Sorgen, Nöte? Hat er sich anders benommen als gewöhnlich?« Regula entsorgte beiläufig die leere Bäckertüte vom Tisch, in der sie das Wrap transportiert hatte.

Die Witwe hatte sich augenscheinlich gefangen. Sie entrüstete sich: »Was sollen diese Unterstellungen? Nein, er war ganz genau wie immer, keine Veränderung. Er ist morgens in die Firma gefahren, er hat Dienstreisen absolviert, und an den Wochenenden war er zu Hause. Wir haben einen großen Freundeskreis, das ist uns wichtig.«

Ein wenig von der Currysauce hatte wohl außen an der Tüte geklebt, jetzt saß es an den Fingern der Kommissarin. Regula zog das Schubfach ihres Schreibtischs auf, in dem sich ihre persönlichen Sachen befanden, und kramte ein benutztes Papiertaschentuch hervor. »Sie haben sich oft mit Freunden getroffen, meinen Sie?«

»Ja, regelmäßig.« Frau Pohl beobachtete irritiert Regulas Versuche, sich von der Currysauce zu befreien. Das Taschentuch wies bereits verschiedene gelbe Flecken auf.

»Und niemand von denen war bereit, mit Ihnen nach Göttingen zu fahren und Sie in dieser schweren Zeit zu unterstützen? – Currysauce!«, sagte Regula entschuldigend.

Frau Pohl schaute sie mit großen Augen an. Offenbar wusste sie nicht gleich, was sie darauf antworten sollte. »Wie bitte? Ach so, ja. Unsere Freunde müssen doch alle arbeiten!«, sagte sie gepresst.

»Wirklich niemand, der sich hätte freinehmen können?«

»Vielleicht doch, aber so etwas kann man doch keinem zumuten.«

»Das finde ich aber doch. Freunden kann man so etwas sehr wohl zumuten.« Regula hätte sich beinahe auf die Zunge gebissen, so sehr ärgerte sie sich über ihre Bemerkung. Sie hatte kein Recht, ihre Meinung in das Gespräch mit einzubringen, auch wenn sie noch so zutreffend war. Doch die Frau machte sie aggressiv. »Ein großer Freundeskreis, ein angenehmes Dasein kosten viel Geld«, sagte sie, »ich kann verstehen, dass die Arbeit oft vorgehen muss, wenn man das leben will.«

Frau Pohl blickte aus dem Fenster. »Ich weiß nicht, ob Sie das verstehen können.«

»Aber bei Ihrem Mann war es so?«

»Ist das nicht normal?«, fuhr die Witwe auf, »ich denke, bei fünfundneunzig Prozent aller Männer steht die Arbeit im Vordergrund.«

»Wahrscheinlich haben Sie recht. Sie müssen das auch gar nicht rechtfertigen. Ich versuche nur, mir ein Bild von Ihrem Mann zu machen, von seinem Umfeld vor allem. Hatte er Streit?«

Es klopfte. »Ja?«, rief Regula unwirsch. Wer störte sie ausgerechnet jetzt? Nicht umsonst hatte sie sich mit ihrer Besucherin in ihr Büro zurückgezogen. Die Tür flog auf. Viktor konnte gerade noch nach der Klinke greifen, sonst wäre das Türblatt mit Wucht gegen einen Stuhl gekracht. »Hoppla! Kommst du bitte für einen Moment? Es ist wichtig!«

Wie immer, wenn Viktor in ihre Nähe kam, fühlte sich Regula schlagartig wohl. Er tut mir gut, dachte sie auch jetzt. Alle Wut über die Störung war verraucht. »Entschuldigen Sie mich bitte, es dauert nur einen Moment.« Regula blickte Frau Pohl um Verständnis heischend an und folgte Viktor hinaus auf den Flur.

»Niemals hätte ich dich gestört, wenn das, was ich zu sagen habe, nicht immens wichtig wäre für dein Gespräch da drinnen!« Viktor suchte ihren Blick.

»Schon gut!«

Viktor lächelte erleichtert. Er schaute sich um, niemand war zu sehen. Bevor sich Regula wehren konnte, hatte er ihr einen Kuss auf die Stirn gedrückt.

»Nicht hier!«, protestierte sie, aber es klang nicht ernst, was Viktor zum Anlass nahm, sie diesmal direkt auf den Mund zu küssen.

»Also wirklich! Sag mir, was du mitteilen willst, und dann verschwinde!« Regula konnte nicht verhindern, dass sie lächeln musste.

Viktor seufzte, danach wurde er ernst. »Ich habe vor fünf Minuten bei Pohls Firma angerufen. Sie haben den Mann vor über einem Jahr entlassen. Die Gründe wollte man mir am Telefon nicht nennen.«

»Ach je. Dann werde ich das seiner Witwe erzählen müssen. Ich glaube nicht, dass sie davon gewusst hat. Beide haben auf großem Fuß gelebt, wie es sich anhört. Freunde, Feste – das Kleid, das Frau Pohl trägt, ist ein

Designerstück, wenn ich nicht irre. Hat sicherlich alles viel Geld gekostet.«

Viktor nickte, seufzte noch einmal tief und wandte sich zum Gehen.

»Viktor!«, rief Regula verschwörerisch.

»Ja?«

»Wenn wir den Fall gelöst haben, fahren wir zusammen in Urlaub!«

Viktor wollte sie in den Arm nehmen, doch Regula wehrte ihn ab und verschwand schnell in ihr Büro.

Sie musste sich zusammennehmen, um Frau Pohl gegenüber nicht zu glücklich zu wirken. Was war das zwischen Viktor und ihr? Tatsächlich Liebe?

Frau Pohl stand am Fenster und sah auf den Fluss hinaus. Die Leine wälzte sich sanft durch ihr Bett, von der Sonne beschienen. »Ein schönes Büro haben Sie«, sagte Frau Pohl nachdenklich, »ich wusste gar nicht, dass Landesbedienstete so verwöhnt werden. Die Firma, in der mein Mann tätig ist, stellt den meisten Mitarbeitern nur innen liegende Arbeitsräume zur Verfügung, mit einer verglasten Wand zum Innenhof hin. Alles ist so synthetisch, genau wie die Arznei, die der Konzern herstellt.« Sie lachte bitter. »Immerhin wird der Stress mit einem großzügigen Gehalt belohnt.« Sie setzte sich zurück an den kleinen Besprechungstisch.

Regula sah sie ernst an. Es war ihr unangenehm, der Frau einen weiteren Schrecken zufügen zu müssen, obwohl sie ihr noch immer nicht sympathischer geworden war. Wie wohl der Mann mit ihrer kalten Ausstrahlung zurechtgekommen war, fragte sie sich. Vielleicht hatte er sich deshalb mit Prostituierten eingelassen?

»Frau Pohl, Sie sagten ja, dass Ihnen am Verhalten Ihres Mannes nichts aufgefallen ist. Keine Veränderung, nichts, was seinen seelischen Zustand betraf, seine Gewohnheiten, seinen Lebensstandard?«

»Jetzt hören Sie damit auf! Warum fragen Sie immer das Gleiche? Es geht gar nicht voran, wie lange soll ich denn noch hier ausharren?«

»Ihr Mann war seit über einem Jahr nicht mehr bei diesem Arzneimittelhersteller beschäftigt.« Regula hatte es ihr schonender beibringen wollen, aber mit ihrer kratzbürstigen Art verdarb es sich ihr Gast zunehmend mit ihr.

»Sie lügen! Wie können Sie so etwas behaupten!«

»Das ist keine Behauptung, sondern Tatsache. Mein Kollege hat vorhin mit der Firma telefoniert und diese Auskunft erhalten.«

»Das kann gar nicht sein! Wir haben gelebt wie bisher, absolut ohne Unterschied. Wie lange, sagen Sie, soll mein Mann nicht mehr gearbeitet haben? Über ein Jahr lang?«

Regula nickte. »Jedenfalls nicht bei der Firma, deren Visitenkarten er bei sich trug, als wir ihn fanden. Vielleicht hat er ja die Stelle gewechselt, ohne es Ihnen mitzuteilen?«

Frau Pohl schüttelte den Kopf. »Ich weiß nichts von einer anderen Stelle.«

»Hatte Ihr Mann Vermögen angespart und davon die Kosten bestritten?«

»Wir haben etwas beiseitegelegt, für später. Mein Mann hat erst spät zu arbeiten begonnen. Zwei Studiengänge hat er abgebrochen, bevor er eine kaufmännische Ausbildung absolviert hat und anschließend den Lehrgang zum Pharmareferenten. Deshalb war uns bewusst, dass seine Rente später einmal nicht üppig ausfallen würde. Von dem hohen Gehalt hat er deshalb eine gewisse Summe gespart und bei einer Bank angelegt.«

»Haben Sie Kenntnis darüber, ob von dem Geld etwas abgehoben wurde?«

Frau Pohl verneinte mit einem Kopfschütteln. »Die Finanzen hat ausschließlich mein Mann geregelt.« Um ihren Mund hatte sich ein herber Zug eingegraben. »Er hat das Geld schließlich auch verdient«, setzte sie beinahe trotzig hinzu.

»Ich mache Ihnen ja auch keinen Vorwurf!«

»Das lassen Sie auch besser bleiben! Ich frage mich nur, wovon ich zukünftig leben soll, wenn ...« Sie hob das Kinn und sagte bestimmt: »Aber das ist kein Thema für die Polizei. Fragen Sie weiter.«

»Hat ihr Mann Drogen konsumiert?«

»Das wird ja immer bunter«, sagte Frau Pohl. »Nein, hat er nicht.«

»Sie meinen, Sie wissen es nicht?«

»Das hätte ich gemerkt! Hat man dabei nicht Ausfallerscheinungen, gesundheitliche Probleme?«

»Ja, das alles kann mit Drogenkonsum einhergehen.«

»Nichts! Niemals!«

»Gehandelt hat er auch nicht mit Drogen?«

Frau Pohl schnappte nach Luft. »Das ist eine unverschämte, völlig haltlose Anschuldigung!«

»Ich stelle lediglich Fragen, und die haben einen Grund. Wir haben an der Kleidung Ihres Mannes Kokain gefunden.«

»Das glaube ich Ihnen nicht.«

»Frau Pohl, ich weiß, das ist alles viel für Sie. Offenbar hat Ihr Mann ein Doppelleben geführt, wir wissen nur noch nicht, wie dieses Leben ausgesehen hat. Leider gibt es da noch etwas: Wissen Sie, ob Ihr Mann Umgang mit Prostituierten hatte? Es gibt einen Zeugen, der so etwas behauptet.«

Frau Pohl schienen einen Moment lang die Worte zu fehlen. Dann rang sie sich ein knappes Nein ab. »Noch weitere Fragen?«, erkundigte sie sich nach einer Weile stockend, augenscheinlich um Fassung bemüht.

Regula atmete tief durch. »Im Moment habe ich nur noch eine Frage an Sie: Soll ich Sie in die Gerichtsmedizin begleiten? Ich habe den Termin für mich eingeplant und fahre Sie auch gern dorthin.«

»Danke, nein.« Frau Pohl erhob sich. »Geben Sie mir die Adresse, ich fahre mit dem Taxi.«

Regula betrachtete nachdenklich die Frau, die sich so harsch gab. War es vielleicht nur vorgeschoben? Spielte sie Theater?

»Bedauern Sie eigentlich den Tod Ihres Mannes?«

»Was fällt Ihnen ein! Anstatt pseudopsychologische Gespräche zu führen und meinen Mann abwegiger Dinge zu verdächtigen, sollten Sie lieber seinen Mörder suchen!« Entrüstet griff Frau Pohl nach ihrem Blazer, den sie auf die Fensterbank gelegt hatte.

»Ich bin dabei, das zu tun.«

»Heißt das, Sie verdächtigen mich?«

»Ich verdächtige niemanden, ich suche nach Beweisen.«

»Die Adresse!«

Regula schrieb die Anschrift des Universitätsklinikums auf einen Zettelblock, riss den Zettel ab und reichte ihn der Witwe Pohls. »Unten auf der Wache wird man Ihnen ein Taxi rufen.«

»Danke.«

Ohne ein Wort des Abschieds rauschte Frau Pohl davon.

Regula griff zum Telefonhörer und wählte die Nummer des Gerichtsmediziners Arthur Bieler. Sein Mitarbeiter meldete sich, Dr. Sarafin, ein Mann aus Österreich, der nach Bielers Ausscheiden in einem Jahr dessen Nachfolger werden sollte. »Entschuldigen's, aber Dr. Bieler öffnet gerade einen Brustkorb und ist daher nicht abkömmlich.« Im Hintergrund war das Geräusch einer Säge zu hören. An diesen Ort wollte Frau Pohl also jetzt fahren, ganz allein. Glückwunsch, dachte Regula.

»Aber mit Dominik Pohl seid ihr fertig, oder?«

»Ja, sicher doch. Er ist genäht und gewaschen und kann jederzeit besichtigt werden.«

Schlechter Witz, dachte Regula.

»Die Witwe des erstochenen Mannes wird gleich bei euch auftauchen. Zur Identifizierung des Toten.«

»Und Sie, Frau Fach? Warum werden Sie nicht dabei sein?«

»Weil Frau Pohl es nicht gewollt hat. Mehr als anbieten kann ich mich nicht, oder? Können Sie schon etwas zum Obduktionsbericht sagen?«

»Moment, ich hole den Akt.«

Es dauerte eine Weile, bis Dr. Sarafin zurückkam. »Ein Stich, genau ins Herz. Der Tod ist sofort danach eingetreten, und zwar durch Herzbeuteltamponade, verursacht durch eine größere Menge Blut. Das Opfer, bitteschön, hatte keine Abwehrverletzungen an Hand oder Unterarm, es muss völlig überrascht gewesen sein. Oder der Mann hat seinen Mörder gekannt und sich deshalb nicht gewehrt.«

»Danke, Herr Doktor. Und grüßen Sie bitte Bieler von mir.«

Regula verließ ihr Büro und lief zu den Toiletten hinüber, wo sie sich im Waschraum die Hände wusch. Der Currygeruch störte sie. Mit einem der grauen Papierhandtücher trocknete sie sich ab und betrachtete sich dabei im Spiegel. Mit den gespreizten Fingern ihrer Rechten fuhr sie sich durch das kurze blonde Haar und zwinkerte sich zu. So sehr sie dieser Mordfall belastete: Seit Viktor im Haus war, seit sie und er sich nähergekommen waren, nahm sie alles nur noch halb so schwer. Es ist tatsächlich nie zu spät für die Liebe, oder was immer es auch ist, dachte sie, grinste sich im Spiegel an und löschte das Licht, bevor sie den Waschraum verließ.

Im Großraumbüro der MoKo *Tanto* fand Regula ihre Mannschaft komplett versammelt vor. In knappen Sätzen berichtete die Kommissariatsleiterin von dem Gespräch mit Frau Pohl, dann wurde die weitere Vorgehensweise besprochen.

Kapitel 14

Am frühen Nachmittag hielt Niko Bendith mit seinem klapprigen Fahrrad an der BBS am Ritterplan an. Seine Schicht in der Waschanlage war beendet, und er wusste, dass Irena heute um diese Zeit aus dem Blockunterricht kommen würde.

Vor dem Eingang zum Schulhof stieg er ab und schob das alte Rad die Einfahrt entlang. Beklommen betrachtete er im Vorübergehen die Stelle, an der der tote Dealer aus Frankfurt gelegen hatte. Noch immer war die Stelle mit einem rotweißen Band abgesperrt.

Niko stellte das Rad an die Hauswand neben der Treppe, die in das Gebäude führte, in dem auch das Ausbildungsrestaurant lag. Er lehnte sich gegen den Rahmen und wartete auf Irena. In Gedanken malte er sich ihre frauliche Figur aus, dachte an ihre roten Haare, ihre Stupsnase. Eigentlich war sie keine der üblichen Schönheiten, auf die die Jungs flogen. Dennoch hielt sie sich mit ihren Freundinnen immer in der Nähe irgendwelcher angesagten Typen auf, wohl in der Hoffnung, dass einer von ihnen sich auch einmal für sie interessieren würde. Niko gegenüber verhielt sie sich nicht unfreundlich, aber reserviert. Er sprach sie nur an, wenn sie ausnahmsweise einmal allein das Schulgebäude verließ.

Heute schien das der Fall zu sein. Niko stieß sich von der Wand ab, als er Irena auf sich zukommen sah. Sie erkannte ihn gleich, hob sogar die Hand und winkte ihm zu, und als sie bei ihm angekommen war, blieb sie stehen.

»Hi.«

»Hi, Irena. Schulschluss?«

»Ja. Und du? Feierabend?« Mit einer koketten Bewegung wischte sie sich die langen Haare über die Schultern. Nikos Herz begann zu klopfen.

»Allerdings, genug für heute. Hast du Lust auf einen Kaffee? Ich lade dich ein.«

»Kaffee?«, fragte Irena. »Ja, warum nicht? Im *Café Botanik*?«

Es war das erste Mal, dass das Mädchen eine Einladung von ihm annahm. Während sie nebeneinander hergingen, überlegte Niko, ob dieser Tag vielleicht ein Glückstag für ihn werden würde.

Im *Café Botanik*, das am Botanischen Garten lag und sehr beliebt war, ergatterten sie den letzten Tisch. Irena stellte ihre Tasche ab und blickte sich um. »Es gibt Zwetschenkuchen!« Sie zeigte mit dem Kopf zum Nachbartisch hinüber. »Lecker!«

»Möchtest du ein Stück?« Niko überschlug im Kopf seine mauen Finanzen. Für ein Stück Kuchen und zwei Kaffee würde es noch reichen.

Wie gerufen trat die Bedienung an den Tisch. »Ein Stück von dem Zwetschenkuchen und zwei Tassen Kaffee bitte«, bestellte Niko.

Irena unterbrach ihn: »Ich hätte lieber einen Latte macchiato mit Karamellsirup. Ist doch in Ordnung, oder?«

»Ja, natürlich«, sagte Niko stotternd, und die Frau mit dem Bestellblock ließ ihn mit seinem Gast allein. Für das teure Getränk würde sein Bargeld mit Sicherheit nicht ausreichen, und sein Dispo-Kredit war heillos überzogen. Aber das Problem würde er später lösen. Er betrachtete Irena: Wie hübsch sie war! Sie wusste, dass er älter war als sie, dass er einen Job hatte – warum sollte sie sich nicht etwas Schönes bestellen?

»Was hast du eigentlich gelernt?« Irena bückte sich zu ihrer Tasche hinunter, fischte ihr Handy heraus und legte es neben sich.

»Nichts. Leider. Ich wollte Automechaniker werden, aber nach der Schulzeit gab es keine Lehrstelle für mich.«

»Und später?« Irena rückte ein wenig zur Seite und ließ das hohe Glas mit dem Getränk und den Teller mit dem Zwetschenkuchen vor sich platzieren. »Danke!«

Niko bekam seine Tasse Kaffee, rührte sie aber vorerst nicht an. »Später habe ich gejobbt und Geld verdient, da wollte ich nicht mehr für wenig Kohle irgendwo zu lernen anfangen.«

Irena rührte im Latte-macchiato-Glas, damit der Inhalt schneller abkühlte. »Und jetzt arbeitest du in der Waschanlage?« Sie löste mit der Gabel ein Stück Kuchen und steckte es genüsslich in den Mund. »Magst du keinen Kuchen?«

»Antwort eins: Ja, in der Waschanlage. Und manchmal kellnere ich in der Kneipe meiner Tante. Antwort zwei: Nicht so gern.«

»Ach so.«

Niko beobachtete eine Weile, wie Irena es sich schmecken ließ. Es machte ihn glücklich. Niko lächelte sie an. Was sie wohl von ihm erwartete? Warum war sie heute nicht so abweisend gewesen wie sonst, wenn er sie angesprochen hatte?

»Hast du von dem Mord gehört?«, fragte Irena so unvermittelt, dass Niko beinahe die Tasse aus der Hand gefallen wäre. Vor Schreck trank er viel zu viel Kaffee und verschluckte sich. Hustend wurde er puterrot. Wie peinlich! Ich benehme mich wie ein Idiot, dachte er. Die anderen Gäste sehen auch schon her. Mühsam bezwang er den Hustenreiz, doch seine Stimme krächzte, als er antwortete: »Sicher. Die ganze Stadt redet davon.«

»Schrecklich! Genau hier vor unserer Schule. Hoffentlich wird der Mörder bald von der Polizei festgenommen. Die Frau, die immer so aufgeregt durch die Stadt rennt, war auch da, als der Tote gefunden wurde. Kennst du die? Immer schwarze Klamotten an, ganz kurze Haare, riesige Augen – die spinnt irgendwie.«

Niko sah Irena entgeistert an. »Wo war diese Frau?«

»Die hockte neben der Treppe, mit blutigen Händen! Ich weiß das, weil der Hausmeister einen Polizisten nach einem Blätterhaufen gefragt hat. Ob der weg kann oder so.«

In Nikos Kopf rotierten die Gedanken. »Wie heißt sie?« Er klang immer noch heiser.

»Weiß ich nicht. Aber du kennst die! Sie rennt jeden Tag durch die Innenstadt. Unser Ausbilder sagt, dass sie bestimmt ziemlich krank ist.« Irena tupfte mit dem Zeigefinger die Kuchenkrümel vom Teller, schloss die Augen und leckte sich die Fingerkuppe ab. Noch vor wenigen Augenblicken hätte Niko das als sehr erotisch empfunden, aber jetzt hatte er keinen Sinn mehr dafür. Was, wenn die Frau, von der Irena sprach, länger im Dunkeln gehockt und ihn beobachtet hatte? Ihn und den Mord? Aber nein, beruhigte er sich. Dann hätte sie bei der Polizei ausgesagt, und der Mörder wäre bereits eingesperrt. Bestimmt hätte sie ihn beschreiben können, die Straßenlaterne schien dafür hell genug.

»Kannst du mir noch einmal schildern, wie die Frau ausgesehen hat?«, fragte Niko.

Irena hob die Achseln. »Keine Lust. Aber wenn ich die wiedersehe, schicke ich dir ein Handyfoto von ihr.

Bist du bei WhatsApp? Komm, wir verbinden uns, bist du dabei oder nicht?«

Genau in diesem Moment klingelte Nikos verschrammtes Telefon. »Sorry«, sagte er und räusperte sich. Wann würde seine Stimme endlich wieder normal klingen? Er stand rasch auf, durchquerte das Café und trat vor die Tür.

»Frank, was gibt es? Ist gerade ganz schlecht.«

»Sag mal, ich gebe alles, um vielleicht deinen Hintern zu retten, und du willst mich abwimmeln?«

»Nein, können wir nicht später …? Frank?«

Das Gespräch war unterbrochen worden. War der Freund beleidigt, oder hatte ihn jemand beim Telefonieren gestört? Niko beschlich ein ungutes Gefühl. Er blickte in das Café und sah, dass Irena ihn zu sich her winkte. Er hatte also noch ein Problem, das er später lösen musste. Er verstaute das Handy in der Hosentasche und lief zurück an den Tisch.

»Warum läufst du weg? Keine Sorge, ich höre nicht zu, wenn du sprichst, ist mir völlig – ach, was soll's. Ist spät, ich muss nach Hause. Meine Mutter kommt von der Arbeit, sie will, dass ich dann da bin. Danke für die Einladung!« Irena kramte ihre Tasche unter dem Tisch hervor.

Niko fühlte sich überrumpelt, wehrte sich aber nicht gegen den plötzlichen Abschied, weil er sich wegen Irenas Tadel schuldig wähnte. »Sehen wir uns wieder?«

»Weiß nicht. Vielleicht.« Sie lächelte Niko zu. Was sollte er davon halten? Mochte sie ihn leiden oder nicht? Nur wegen der Einladung war sie bestimmt nicht mit ihm mitgekommen, sie verdiente selbst Geld und konnte sich den Besuch in einem Café bestimmt locker leisten.

Wie auf ein Stichwort kam bei dem Gedanken an Geld die Bedienung herbei und fragte, ob er noch Wünsche habe. »Zahlen bitte«, murmelte er und suchte in der Jacke, die über der Stuhllehne hing, nach seiner Börse, während die Bedienung die Zeche addierte.

»Ich habe mein Geld in der Waschhalle liegen gelassen. Könntest du mir etwas leihen?«

Irena zog die Brauen hoch. Dann angelte sie nach ihrer Geldbörse und beglich die Rechnung. Niko bedankte sich. Er fühlte sich schlecht. »Ich bringe dir das Geld in den nächsten Tagen in der Schule vorbei.«

Irena war aufgestanden. »Nicht nötig.«

»Dann lass es mich beim nächsten Mal wiedergutmachen. Treffen wir uns einfach wieder hier!«

Irena zuckte mit den Schultern. »Mal sehen.«

Mit gemischten Gefühlen sah er ihr nach, als sie zur Tür hinausging. Zögernd folgte er ihr nach. Sollte er ihr nachgehen? Besser nicht, dachte er, sie ist unzufrieden mit mir. Er würde sich etwas einfallen lassen, um diese dumme Sache aus der Welt zu schaffen.

Vorerst wartete das zweite Problem auf ihn: Frank. Er musste ihn unbedingt anrufen und fragen, was er denn vorhin hatte sagen wollen. Bestimmt ging es dabei um die Rechnungsprüfung und Franks Besuch bei dem Wächter.

Er war zu Hause angekommen, schloss die weiß gestrichene hölzerne Haustür auf, die keinem noch so geringen Sicherheitsstandard entsprach, und warf den Schlüsselbund einschließlich Fahrradschlüssel in die Schale auf dem Schuhschrank. Er ging ins Bad und entleerte sich, der Kaffee hatte mittlerweile einen mächtigen Druck auf seine Blase ausgeübt. Anschließend rasch die Finger unter den laufenden Wasserhahn gehalten, eingeseift, abgespült. Er fürchtete sich vor Viren und Bakterien, seit der jüngere Bruder seines Vaters nach einer Auslandsreise an einem exotischen Virus gestorben war. Damals hatten die Ärzte im Hamburger Tropeninstitut von mangelnder Hygiene geredet, das hatte sich Niko gut gemerkt. So etwas sollte ihm nicht passieren, und wer weiß, was für krankmachende Erreger es mittlerweile auch in Deutschland gab.

In der Küche holte er ein Bier aus dem Kühlschrank und ließ mithilfe eines Kapselhebers den Korken abfliegen. Er nahm ein umgestülptes Glas vom Spültisch, das dort seit dem letzten Abwasch wartete, ging hinüber ins Wohnzimmer und schenkte sich im Laufen das Bier ein. Flasche und Glas stellte er auf den altmodischen Beistelltisch neben dem Sofa. Er wischte sich den Schaum vom Mund, holte sein Handy aus der Hosentasche und wählte Franks Nummer.

»Ja?«, drang es unwirsch aus dem Telefon.

»Entschuldigung!«, rief Niko laut und deutlich. »Ich hatte einen Hasen am Start, ich konnte nicht reden vorhin. Was gab es denn?«

Frank schien zu überlegen. Nach einer Wartezeit sagte er: »Während du dir mit einer Frau einen schönen Nachmittag gönnst, war ich für dich in der Höhle des Löwen.«

»Mein Held!«, rief Niko.

»Idiot!«

»Nein, ganz im Ernst. Und?« Niko merkte, wie er zu schwitzen begann. »Nun sag schon!« Er fasste sich an den Kragen seines Poloshirts, weil er das Gefühl hatte, dass der eng anliegende Stoff ihm die Luft abschnitt. Angestrengt wartete er, das Smartphone fest gegen das Ohr gepresst. Warum antwortete Frank nicht?

Kapitel 15

»Ich habe mit offenen Karten gespielt.«

Niko lauschte, bis Frank endlich den Mund aufmachte. Kein Wort durfte er verpassen, schließlich ging es um seine Zukunft.

»Leider konnte ich nicht allein mit dem Wächter reden, das wäre einfacher gewesen. Wir haben uns noch einmal im Club getroffen. Mein Cousin ist wirklich der härteste Türsteher der Stadt.«

»Frank! Was soll das! Warum schwärmst du von dem Mann? Hast du vergessen, dass er dich schon ganz schön mies behandelt hat? Hä? Er hat damals deinen Job durch seine Banditen ruinieren lassen!«

»Banditen? Das ist gut, Niko. Ich dachte immer, du bist der Bandit.«

»Hör auf zu lästern! Nix ist gut! Hast du ihm gesagt, dass ich meinen Eigenanteil vertickt habe?«

»Christoph ist absolut erbarmungslos, wenn er sich angegriffen oder betrogen fühlt. Niemand kann ihn aufhalten, wenn er sich rächen will.«

»So. Also?«

»Er fand die Abrechnungen in Ordnung.«

»Sind sie ja auch!«

»Aber das mit dem Eigenanteil fand er skandalös. Weißt du, was dich gerettet hat? Henner, der Idiot, ist sofort angesprungen, nein herumgesprungen ist er, völlig rot im Gesicht vor Wut!«

»Aha.«

»Henner hat sich künstlich aufgespielt, dir Schläge angedroht als Vergeltung für deinen Betrug, hat dir eine Lektion erteilen wollen, mit den Fäusten natürlich und so weiter. Irgendwann hat ihn der Wächter am Schlafittchen gepackt, geschüttelt und gesagt, wenn er nicht gleich ruhig ist, würde er genau das alles zuerst einmal mit ihm machen. Außerdem solle er sich erst mal um diesen Robin kümmern und herauskriegen, ob der das Kokain genommen hat oder nicht. Du seist für ihn so was von erledigt, an dir würde er sich von keinen mehr die Finger schmutzig machen lassen.«

»Toll!«, rief Niko entrüstet.

»Wie, toll? Christoph will keine Rache mehr, verstehst du nicht? Okay, Henner ist jetzt noch saurer auf dich, weil er vom Wächter wegen dir so angegangen worden ist. Aber dem kannst du aus dem Weg gehen.«

»Aus dem Weg gehen! Ich brauche Stoff, den ich verkaufen kann. Mann! Ich bin Dealer, ich habe sonst nichts gelernt. Meine Kohle ist alle, ich musste mir heute schon Geld ergaunern.«

»Sag mal, merkst du eigentlich noch, was läuft? Drogenhandel ist ein Verbrechen, sei froh, wenn du aus dem Sumpf endlich herauskommst. «

Der kleine Bandit war außer sich. »Du hast gut reden, du mit deiner Aussicht auf einen feinen Versicherungsjob.«

»Wie wäre es mal mit einem Dankeschön?«

»Wofür? Dass du die Wahrheit gesagt hast?«

»Ach Niko, was bist du doch für ein ...«

Niko drückte die Taste und beendete das Gespräch, bevor Frank aussprechen konnte. Beleidigungen wollte er sich jetzt nicht auch noch anhören. Außerdem wurmte es ihn plötzlich, dass der Wächter ihn so schmählich hatte fallen lassen. Eine Chance zur Wiedergutmachung hätte er ihm geben müssen, das wäre nur fair gewesen. Nun, Fairness und der Wächter, das schloss sich aus, dummer Gedanke, und dennoch: Die Schmach schmerzte. Wie der sprichwörtliche Gedankenblitz fielen ihm Franks Worte ein. Was hatte der Wächter zu Henner gesagt: *Außerdem solle er sich erstmal um diesen Robin kümmern und herauskriegen, ob der das Ko-*

kain genommen hat oder nicht. Henner kannte Robin von früher, hatte er selbst erzählt, und schon zu Schulzeiten hatte er es auf ihn abgesehen. Der arme Hund ist für den Sadisten ein willkommenes Opfer, dachte Niko. Er holte sich ein volles Bier und ein neues Glas, und grübelnd schmiedete er an seinem Küchentisch einen Plan.

27. September

Simone und Viktor betraten das Büro der MoKo *Tanto*. Neben B.P. und Fachkommissariatsleiterin Regula Fach waren bis auf die Spurensucher alle Kollegen versammelt.

»Habe ich einen Bärenhunger«, sagte Viktor und zog den Teller mit dem Keksvorrat zu sich heran. »Gibt es noch Kaffee?« Er ging hinüber zur Maschine, füllte sich einen Becher, setzte sich vor die Kekse und begann zu mampfen.

»Hehe!«, rief Ackermann, »das ist die Gemeinschaftsration!«

»Sixpack-Männer essen keine Kekse!«, grinste Viktor.

»Denkste«, antwortete Daniel und stibitzte einen Waffelkeks.

Regula, die bisher wortlos vor ihrem PC-Bildschirm gesessen und konzentriert gelesen hatte, griff unter den Tisch in eine Einkaufstasche, zog eine ungeöffnete Tüte mit Keksen hervor und warf sie mitten auf den Tisch. »Auspacken müsst ihr selbst.«

Die Männer applaudierten lachend. Ihre Chefin winkte ab und ließ sich nicht bei ihrer Arbeit stören. »Ich habe gerade das Ergebnis der Befragung in Pohls ehemaliger Firma auf dem Bildschirm, die Frankfurter Kollegen waren so nett.«

»Und?«, fragte Viktor kauend. Die anderen im Raum sahen auf und hörten zu.

»Wie es aussieht, hat er es sich mit seinen Vorgesetzten verdorben, irgendwelche Geschichten mit Prostituierten, eine Party im Firmengebäude, ein Verhältnis mit der verheirateten Tochter eines Abteilungsleiters. Offiziell hinausgeworfen haben sie ihn wegen angeblicher Rationalisierungsmaßnahmen. Die Frankfurter Kollegen meinen, wohl völlig zu Recht, das sei lediglich vorgeschoben.«

»Offenbar war Pohl Sex mehr als wichtig«, warf Daniel Beyer ein.

»Ein Mann eben!«, dröhnte Viktor und griff nach zwei Keksen auf einmal.

»Angeber«, wies ihn Regula zurecht.

Daniel grinste schadenfroh. »Pohl hat es wirklich übertrieben, finde ich jedenfalls. Wir haben die Apotheker und Ärzte auf unserer Liste abgearbeitet und auch die Helferinnen und Labormitarbeiterinnen befragt: Die Frauen schwärmten unisono für ihn, die Männer fanden ihn mehrheitlich arrogant und unsympathisch.«

»Immerhin«, sagte Ackermann, »fachlich hatte er wohl genug auf dem Kasten. Über das, was er verkaufen wollte, wusste er kompetent Auskunft zu geben, das haben ihm seine Kunden bescheinigt.«

Eines der Telefone klingelte. Simone trat an die Fensterbank und hob ab. »Böhm am Apparat, was gibt es?«, fragte sie den Anrufer und hörte zu, was er zu sagen hatte. »Gut, danke. Ich sehe gerade, dass unsere Spurensucher aufs Gelände fahren und vor der Wache parken. Sie sollen die Frau mit nach oben bringen!«

Simone legte den Hörer auf und blickte triumphierend in die Runde. »Es gibt eine Zeugin, die in der Tatnacht einen Mann hat weglaufen sehen. Sie wird gleich bei uns sein.«

Simone bat die Besucherin, die sich als Zeugin im jüngsten Göttinger Mordfall gemeldet hatte, näherzutreten und sich zu setzen.

Die Frau war etwa sechzig Jahre alt und leicht übergewichtig, sie trug ein auffällig gemustertes knöchellanges Kleid mit einem Mantel darüber, der handgestrickt wirkte und gleichzeitig teuer. Die Haare der Zeugin waren dunkelrot gefärbt und bauschten sich in kleinen Locken um ihren Kopf. Ihre Haut war braungebrannt.

»Mögen Sie einen Kaffee?«

Die Besucherin nickte. Simone nahm eine Besuchertasse vom Tablett, das neben der großen Kaffeetherme stand, setzte sie auf eine Untertasse, legte zwei Portionsdöschen Milch daneben und ein Zuckertütchen und füllte Kaffee ein. Das Gedeck stellte sie vor der Frau auf den Tisch, die sich bei der Begrüßung mit Dora Davila vorgestellt hatte. Abschließend zog Simone den Porzellanteller, der frisch mit Regulas Keksen aufgefüllt worden war, zu sich herüber und bot das Gebäck an, während sie sich setzte: »Bedienen Sie sich bitte, wenn Sie mögen.«

»Danke sehr«, sagte Dora Davila und blickte mit einem strahlenden Lächeln in die Runde.

»Gern«, entgegnete Simone. »Nennen Sie meinem Kollegen hier vorn bitte noch ihre persönlichen Daten?«

B.P. tippte die Angaben in die Dokumentenvorlage für die Vernehmung, erklärte, er werde die Aussage auch gleich mitschreiben, und setzte sich dafür in Positur.

»Sind Sie eine männliche Sekretärin?«, fragte die Rothaarige erstaunt. »Es sind doch Frauen hier.«

Viktor unterdrückte ein Prusten. »Liebe Frau Davila, wenn auch bei der Polizei ein, ich möchte mal sagen, gewisses Hierarchiedenken noch nicht gänzlich ausgemerzt werden konnte – es gibt hier durchaus Männer, die das Zehnfingersystem beherrschen und …«, er hob mahnend den Zeigefinger, »und Frauen, die Chefinnen sind, oh ja!«

»Das ist ja auch gut so«, stimmte Dora zu.

»Genau«, bestätigte Viktor, »wo Sie recht haben, haben Sie recht!«

Bevor die Zeugin darüber nachdenken konnte, ob sie hier nicht ein wenig vorgeführt wurde, begann Simone mit der Vernehmung.

»Wo genau liegt Ihre Wohnung?«

»In der Jüdenstraße, genau gegenüber der Haupteinfahrt zum Schulhof, die von dort abgeht.« Mit dem abgespreizten kleinen Finger der rechten Hand hob Dora die Tasse und nippte an dem Kaffee. »Oh, stark!«, kommentierte sie. »Tut mir leid«, sagte Simone bedauernd. »Möchten Sie vielleicht noch etwas mehr Milch?«

Dora winkte ab. »Sehr freundlich, aber nein danke. In der Nacht also, in der das Unglück geschehen ist, konnte ich nicht einschlafen. Irgendwann bin ich aufgestanden und habe mich mit einem Glas Milch in der Küche an den Tisch gesetzt.«

»Die Küche führt zur Jüdenstraße hinaus?«

»Sehr richtig. Von dort habe ich einen direkten Blick hinüber zum Schulgelände. Leider sind die Fenster nicht besonders gut isoliert, sodass jedes Geräusch von der Straße aus zu mir hinaufsteigt.« Sie deutete eine schraubende Handbewegung an. »Lärm steigt nach oben, das ist ja bekannt.«

»Und in der Nacht haben Sie Lärm gehört?«

»Allerdings. Oder besser gesagt, ich habe Schritte gehört, eilige Schritte, ja und dann …«, sie sah sich entschuldigend um, »dann habe ich mich gereckt und nachgeschaut, wer da so schnell wegläuft, mitten in der Nacht.«

»Sie haben die Person noch gesehen?«

»Ja.« Dora hob bewusst langsam die Tasse an den Mund und nippte abermals genussvoll, augenscheinlich genoss sie ihren Auftritt. Tatsächlich blickten alle anwesenden Mitglieder der MoKo gespannt zu ihr hinüber.

»Schauspielerin!«, platzte Viktor heraus, »jetzt weiß ich es wieder. Ich habe Sie bei den Gandersheimer Domfestspielen auf der Bühne gesehen.« Seine Stimme klang triumphierend. »Stimmt das oder stimmt das nicht?«

Dora Davila blickte Viktor geschmeichelt an. »Dass Sie sich daran noch erinnern. Es ist doch so lange her.«

»Habe ich doch recht gehabt.« Viktor schlug sich aufs Knie und erntete dafür einen tadelnden Blick von Regula.

»Ich habe tatsächlich jemanden gesehen, als ich aus meinem Küchenfenster hinab auf die Straße blickte«, kam die Zeugin auf den Grund ihres Besuches bei der Polizei zurück. Sofort begann B.P. eifrig, jedes ihrer Worte in die Tastatur zu hämmern. »Es war ein Mann.« Die Zeugin machte eine Kunstpause, bevor sie weitersprach. »Ein ganz besonders kleiner Mann.«

»Ein Kind oder Jugendlicher?«, hakte Regula nach.

»Nein, nein, ein ausgewachsener Mann, nur eben von sehr kleinem Wuchs. Er rannte vom Schulhof herunter und bog nach rechts in die Jüdenstraße ein.«

»Ein Liliputaner?«, unternahm jetzt Viktor einen Klärungsversuch. Er zog die Kekstüte zu sich heran und angelte zwei darin zurückgebliebene Kekshälften heraus, während er Dora gespannt anschaute.

Die Gefragte wischte mit der Hand durch die Luft. »Nein und nochmals nein. Er war nicht minderwüchsig, das wäre mir sofort aufgefallen. Liliputaner darf man heute nicht mehr sagen, ebenso wenig wie kleinwüchsig.« Sie warf einen tadelnden Blick auf Viktor, der entschuldigend beide Hände hob.

»Sorry, ist mir herausgerutscht, in keiner Weise korrekt, bin im Bilde.«

»Er trug Schuhe mit Absätzen, nehme ich an. Absätze, die ihn größer wirken lassen sollen, als er ist, viele kleine Männer wenden diesen Trick an.«

»Deshalb waren seine Schritte so deutlich zu hören«, warf Oberkommissar Daniel Beyer ein.

Dora nickte. »Ich schätze, so war es. Aber er hat auch geredet und dabei mit den Fäusten herumgefuchtelt, sodass ich annehmen musste, dass er fluchte. Wenn ich mich recht entsinne, habe ich einmal das Wort *verdammt* gehört. Ach, dürfte ich wohl noch einen Kaffee haben?« Sie hielt B.P. ihre Tasse entgegen. Offenbar sah sie in ihm noch immer eine männliche Sekretärin. Viktor feixte. Behäbig stand er auf, ging um den Tisch herum, klopfte B.P. auf die Schulter, nahm der ehemaligen Schauspielerin die Tasse ab und ging hinüber zur Therme, um den Gast zu bedienen.

Simone überlegte. »Der kleine Mann ist also eilig davongegangen, hat mit den Fäusten gestikuliert und dabei geflucht?«

»Er schien sehr, sehr unzufrieden«, bestätigte Dora, während sie aus Viktors Händen Tasse, Untertasse, Milch und Zucker entgegennahm. »Danke schön. Es wirkte irgendwie anrührend.« Nachdenklich sagte sie: »Ich bin am nächsten Morgen verreist und erst seit heute wieder in Göttingen. Als ich in der Zeitung von dem schrecklichen Mord gelesen habe, habe ich sofort Ihre Kollegen informiert. Ich dachte, dass meine Beobachtung vielleicht wichtig sein könnte.« Sie hob die Tasse, zog genießerisch den Duft ein und trank. »Ist es wichtig?«

»Das können wir im Moment noch nicht sagen«, antwortete Simone. »Es kann viele Gründe geben, warum der Mann so aufgeregt war.«

»Aufgeregt? Nein. Wütend, ja. Womöglich verzweifelt. Wenn ich darüber nachdenke, bin ich mir sicher, dass er verzweifelt gewesen ist, völlig außer sich. Aber sollte er deswegen ein Mörder sein?«

»Keineswegs!«, rief Viktor, und Regula fügte an: »Mit Rückschlüssen sollte man vorsichtig sein. Können Sie den Mann genau beschreiben, ich meine, außer seiner Körpergröße, ist Ihnen noch etwas in Erinnerung?«

Dora dachte nach. »Braune kurze Haare, Seitenscheitel. Ponyfrisur, aber so, dass der Pony zur Seite gekämmt war. Bestimmt muss er sich die Haare dauernd aus der Stirn wischen, so eine Frisur hält nie, was der Friseur verspricht. Er trug eine hüftlange Jacke mit Reißverschluss und eine Hose mit nicht ganz engem Bein, sicherlich wegen der Absatzschuhe, damit er sie darunter verstecken konnte. Wenn Sie mich nach der Farbe der Kleidung fragen, würde ich an braun denken – aber sicher bin ich mir dabei nicht. Schließlich war es dunkel, und die Laternen geben bei uns skandalös wenig Licht, fast so schlimm wie früher im Osten.«

»Stimmt!«, rief Viktor laut. »Erst neulich war ich in Magdeburg, und soll ich Ihnen etwas sagen: Die Laternen dort verdienen diesen Namen nicht, auf gar keinen Fall, Funzeln sind das.«

»Somit haben Sie das Gesicht des Mannes nicht erkennen können?« Simone musterte die rothaarige Frau unauffällig. Sie inszeniert sich, dachte sie, inwieweit können wir ihr wohl glauben? Übertreibt sie, weil sie es als ehemalige Schauspielerin so gewohnt ist?

»Nein, leider, er war ja schnell weg und nicht mehr zu sehen. Die Tritte habe ich noch eine Weile gehört, dann war alles still.«

»Schade. Sonst hätte ich Sie gebeten, gemeinsam mit einem Kollegen ein Phantombild zu erstellen, es gibt dafür Computerprogramme«, sagte Simone bedauernd.

Dora Davila leerte ihre Tasse. »Leider kann ich Ihnen dabei nicht helfen. Aber ich denke, dass es ein kleines feines Gesicht sein muss. Bei einem so kleinen Mann!«

»Wissen Sie noch, wie spät es war, als Sie die Schritte hörten?« Es war das erste Mal, dass B.P. den Mund aufmachte. »Die Zeit fehlt mir noch«, sagte er zu Regula gewandt, es klang entschuldigend.

Dora zögerte nicht lange mit ihrer Antwort. »Es muss um Mitternacht herum gewesen sein. Vielleicht viertel nach zwölf, oder zwanzig nach, so genau kann ich es nicht sagen.«

Simone nickte. »Und wann ungefähr sind Sie wieder schlafen gegangen? Oder sind Sie die ganze Nacht aufgeblieben?«

»Nein. Ich habe eine Schlaftablette genommen, weil ich ja am nächsten Morgen verreisen und wenigstens einigermaßen ausgeschlafen sein wollte. So gegen halb eins lag ich im Bett, glaube ich. Jedenfalls bin ich rasch eingeschlafen.« Sie fasste mit beiden Händen in ihre Locken, als wenn sie die Frisur ordnen wollte, obwohl das gar nicht nötig schien, wie Simone fand. Eine Verlegenheitsgeste, dachte sie, aber warum nur? Es ist doch nichts dabei, eine Schlaftablette zu nehmen, wenn man nicht einschlafen kann, Tausende tun das. Wie auch immer, diese Vernehmung schien am Ende angekommen zu sein.

»Ich danke Ihnen sehr, dass Sie hierhergekommen sind.« Simone erhob sich. »Erst einmal haben wir keine Fragen mehr an Sie. Wenn Ihnen noch etwas einfällt ...«

»Ich weiß schon!« Dora stand auf und hob den Stoffbeutel vom Boden auf. »Dann rufe ich Sie an. Und herzlichen Dank für den Kaffee.« Sie winkte in die

Runde, überraschend für alle schien sie es jetzt eilig zu haben. Simone fand, dass die Zeugin erleichtert wirkte, als wäre eine Last von ihr genommen worden, die sie mit ins Polizeigebäude getragen hatte. Seltsam, dachte sie. »Ich begleite Sie hinaus.«

»Nicht nötig, ich finde den Weg allein!«

»Das glaube ich Ihnen gern, aber es gibt Vorschriften bei uns, die eine Begleitung vorschreiben, tut mir leid.«

»Auf Wiedersehen!«, rief Dora, drehte sich um, ohne eine Antwort abzuwarten, und schritt davon. Das Lächeln, das sie die ganze Zeit über gezeigt hatte, war verschwunden. Auf dem Weg durch den Glasgang und die Treppe hinunter sagte sie kein Wort zu Simone. Unten angekommen, betätigte die Kommissarin den Türdrücker und ließ die Zeugin hinaus. Mehr als ein Kopfnicken erntete sie nicht mehr.

Zurück im Großraumbüro, breitete Simone die Arme aus und rief in die Runde: »Habe ich ihr etwas getan? Sie war zum Schluss abweisend wie ein Eisberg.«

»Kein Wunder!«, rief Lars Schröder aus, einer der beiden Kollegen von der Spurensicherung. »Schaut mal her.«

Alle MoKo-Mitglieder standen auf und drängten sich um Schröders Platz. Der Beamte hatte ein Foto aus der Tatnacht auf den PC-Bildschirm geholt und vergrößert. Es zeigte den Fundort der Leiche und im Hintergrund einige Schaulustige, die mit betroffenen Gesichtern dastanden, die Hälse reckten oder sich unterhielten. Aus der Mitte der Gruppe heraus leuchteten deutlich Dora Davilas üppige rote Locken.

»Sie hat uns nicht die Wahrheit gesagt«, empörte sich Simone.

»Von wegen Schlaftabletten«, schnaubte Regula.

»Einmal Schauspielerin, immer Schauspielerin«, kommentierte Ackermann und schüttelte den Kopf.

»Aber warum hat sie uns nicht erzählt, dass sie am Tatort gewesen ist? Ist doch nichts dabei, oder?«

»Moment mal!« Viktor schob Ackermann und Beyer beiseite, um besser auf den Bildschirm blicken zu können. »Da wird doch der Hund in der Pfanne verrückt! Simone!«

»Ja?« Simone hatte sich abseits gestellt und grämte sich, weil sie die Zeugin so zuvorkommend behandelt und dennoch nur die halbe Wahrheit zu hören bekommen hatte.

Viktor machte eine wirbelnde Handbewegung. »Nun komm schon her!«

Zögernd trat Simone hinter Schröder, beugte sich über ihn und betrachtete die Stelle, auf die Viktor tippte.

»He, mach mit deinen Keksfingern keine Abdrücke auf das Glas«, murrte Schröder. »Wer ist denn das?«

»Stein!«, rief Viktor wütend. »Das ist der Apotheker, den ich vernommen habe und der so schlecht auf Dominik Pohl zu sprechen ist. Er hat geschworen, dass er nichts vom Tod des Vertreters wusste!«

»Lügenbolde«, sagte Simone. »Unglaublich! Die kaufen wir uns, alle beide!«

Kapitel 16

28. September

Niko fluchte leise. Was, wenn der Typ nicht direkt nach der Arbeit nach Hause gehen würde? Er drückte sich vor den dunklen Fensterscheiben der *Galerie Alte Feuerwache* herum und suchte Schutz in einer Hausecke neben einem schlanken Laubbaum, der sich dort an die Wand schmiegte. Er wusste gar nichts über diesen Robin Baumann, wie sollte er dessen Gewohnheiten abschätzen können? Immerhin hatte man ihm in seiner Firma bereitwillig Auskunft darüber gegeben, wann Herr Baumann heute Schichtende haben würde. Zum Glück hatte sich Niko Henners Mitteilung gemerkt, dass sein früheres Opfer bei Zeiss arbeitete. Der kleine Bandit hing so intensiv seinen Gedanken nach, dass er Robin beinahe übersehen hätte. Schließlich waren bereits mehrere Radfahrer vorbeigeradelt, und Niko hatte eigentlich mit einem Fußgänger gerechnet. Er drückte sich weiter in seine Ecke und beobachtete, wie Robin abstieg und sein Fahrrad auf eine Hauseingangstür zuschob. Offenbar wollte er das Rad mit hineinnehmen.

Schnell und leise wie eine Katze auf Beutezug huschte Niko hinter dem jungen Mann her. Niko hatte Franks Handyfotos oft genug betrachtet, um zu wissen, dass er es war. Robin drehte sich wie zufällig zu ihm um und vermutete offensichtlich nicht, dass der fremde kleine Typ wegen ihm hier stand. Er machte Anstalten, sein Fahrrad zur Seite zu schieben, um dem anderen den Weg frei zu machen. Anschließend bückte er sich über das Rad und begann damit, die Schnallen der Gepäcktasche zu lösen, in der er seine Einkäufe verstaut hatte.

»Robin Baumann?«

Robin blickte erstaunt auf. »Ja, und?«

»Ich muss mit dir reden, darf ich mitkommen?«

Robin schüttelte den Kopf. »Nein. Wenn du was sagen willst, tu es doch einfach.« Er musterte Niko misstrauisch, witterte aufgrund von dessen Körpergröße aber wohl nicht die Gefahr eines Überfalls oder ähnlicher Unannehmlichkeiten.

»Das dauert aber«, protestierte Niko ungeduldig. »Ist wichtig.«

Robin richtete sich zu seiner ganzen Größe auf. »Schieß los. Hier oder gar nicht.«

Niko überlegte krampfhaft, wie er das Gespräch beginnen sollte. Er hatte es sich anders vorgestellt, in Robins Wohnung und in Ruhe.

»Ich höre!«

»Ja doch. Es geht um den Toten, der vor der Schule gelegen hat.«

»Was hast du damit zu tun?«

»Nichts! Jedenfalls nicht mit dem Verbrechen. Aber ich weiß die Hintergründe.« Niko wurde immer nervöser. Ich rede mich um Kopf und Kragen, dachte er hektisch.

»Und die wären?«

»Ist egal. Ich weiß, dass du den Toten untersucht hast!« Niko wischte sich die Ponyhaare aus der Stirn, und weil das nichts nützte, gleich noch einmal.

»Untersucht? Hör mal, ich habe geguckt, ob der noch lebt. Und du hast das beobachtet? Was sollte denn das?« Robins Stimme wurde lauter.

»Schrei doch nicht so, müssen ja nicht alle mitkriegen!«, regte sich Niko auf. »Hast du irgendetwas bei dem Mann gefunden?«

»Gefunden? Was denn so?«

»Das sollst du mir sagen, kapiert? War da irgendetwas in seiner Jacke, und du hast es weggenommen?«

»Du spinnst wohl, Mann! Wenn da was gewesen wäre, hätte ich das der Polizei gesagt oder gezeigt, was denn sonst. Schließlich habe ich die 110 angerufen und alle alarmiert. So gut informiert bist du wohl doch nicht!«

»Och, meine Güte«, schimpfte Niko, »jemand hat mir erzählt, dass du den Toten untersucht hast. Er hat es sogar fotografiert!«

Ein dunkles Auto fuhr langsam die Straße hinauf, Niko bemerkte es erst, als es vorüber war. Es kümmerte ihn nicht. Er hatte sich dieses Gespräch so gut überlegt, und nun lief alles in eine falsche Richtung. Wäre ja auch zu schön gewesen!

»Du hast also nichts gefunden?«, fragte er.

»Was hätte ich denn finden sollen?«

»Es ist besser, wenn du das nicht erfährst, glaube ich.«

»Das glaube ich aber nicht! Raus mit der Sprache!« Robin fasste Niko am Arm und schüttelte ihn etwas. Wütend riss der kleine Bandit sich los.

»Ich will dir doch nur helfen!« Niko erschrak über seine eigenen Worte. Sein ganzes Konzept, alles hatte sich zerschlagen!

»Du mir? Da bin ich aber mal flitzebogenmäßig gespannt!« Robin schlug die Arme unter.

»Dann hör jetzt mal gut zu: Es geht um Drogen, und nicht nur ich denke, dass du die vielleicht geklaut hast!«

»Drogen?«

»Kokain!«, flüsterte Niko, »für eine Menge Kohle, und es ist dem Toten gestohlen worden, und von dir gibt es Bilder, wie du dem an der Jacke herumfummelst, kapiert?«

Robin legte den Kopf schief. »Willst du mich warnen? Spielen wir jetzt Fernsehkrimi? Was soll das eigentlich alles?«

»Mann, es gibt Leute, die dich bald besuchen werden. Und die geben sich nicht so leicht mit deiner Antwort zufrieden wie ich!« Niko wagte einen letzten Versuch. »Wenn du den Stoff doch geklaut hast, gibst du ihn besser mir! Dann haben die mich auf der Abschussliste, und dort stehe ich sowieso. Besser ich als du.«

»Oh, ein Held!«, höhnte Robin. »Selbst wenn ich das Zeug hätte, würde ich deine Masche durchschauen und nicht auf den Trick hereinfallen. Aber zum letzten Mal: Ich habe dem toten Mann nichts weggenommen!«

»Ich glaube dir das sogar. Aber die anderen …«

»Wer sind die denn? Böse Drogendealer?«

»Genau!«

Robin lachte schallend. »In Göttingen? Sorry, aber das hört sich für mich alles nach Räuberpistole an. Und wenn auch: Ich werde denen erklären …«

»Bevor du dazu kommst, sind deine ersten Zähne rausgeschlagen. Ich kenne die, vor allem den einen, ein Psychopath.« Niko fiel ein wichtiger Hinweis ein. »Du kennst den sogar auch! Mensch, das ist ja doppelt gefährlich! Henner heißt der, na, klingelt es bei dir?«

Robin stutzte. »Henner Kaufmann? Das war damals ein Idiot, stimmt. Hat sich gern geprügelt und hatte es mal auf mich abgesehen, aber das ist lange her. Und der ist also jetzt ein Drogendealer?«

»Vergiss es schnell wieder«, zischte Niko. »Aber nimm dich in Acht, wenn du dem begegnest. Meist hat er noch einen bei sich, so einen Schönling, der steht Schmiere, wenn Henner einen in seine Einzelteile zerlegt. Der hat übrigens ein Messer dabei, und das benutzt er, wenn es sein muss.«

»Warum erzählst du mir das alles?«

»Weil ich blöd bin!« Niko zuckte die Achseln. »Ach was. Pass einfach auf, du kannst ja nichts für den ganzen Mist.« Niko ging einige Schritte davon, drehte sich aber noch einmal um. »Wenn du zur Polizei gehst und mich verpfeifst, sage ich Henner, dass du mir das Kokain zum Kauf angeboten hast!«

Robin lachte auf, dann wurde er ernst. »Ist Henner der Mörder?«

Niko winkte mit beiden Händen ab. »Nein, im Gegenteil.«

»Was heißt das?«

Niko antwortete nicht, ihm war noch etwas anderes eingefallen. »Sag mal, hast du an dem Mordabend eine Frau auf dem Schulhof gesehen?«

»Ja. Eine Kranke. Saß auf dem Schulhof vor einem toten Hund und trauerte.«

In Nikos Gedächtnis begann der Film von dem Mord abzuspulen. Natürlich, da gab es noch den kleinen Hund, den die Mütze auch abgestochen hatte. »Hat die Frau etwas erzählt? Hat sie von dem Mord gesprochen?«

»Weiß ich nicht. Mit mir hat sie nicht viel geredet, und was sie der Polizei gesagt hat, keine Ahnung. Jedenfalls haben die sie mitgenommen.« Robin fiel etwas ein. »Wenn die den Mörder gesehen hätte und beschrieben, würde der jetzt sitzen, oder? Wenn das so wäre, würden auch nicht mehr jeden Tag so viele Polizisten hier herumlaufen und alle ausfragen, Fotos machen, nach Spuren suchen. Die Frau habe ich übrigens wieder in der Stadt herumlaufen sehen. Sie kann den Mord also auch nicht begangen haben.«

Niko schaute betreten auf den Gehweg. »Die wohl nicht, stimmt. Ich gehe jetzt. Pass auf, sage ich, und: Kein Wort zur Polizei.«

Der kleine Bandit drehte sich um und lief davon, am Museum vorbei, am Gothaer Haus, am gerade renovierten Gebäude des Einkaufszentrums *Carré*. Er ließ die neuen Wohn- und Geschäftshäuser am Robert-Gernhardt-Platz hinter sich und setzte sich endlich am Brunnen vor der Staatsanwaltschaft auf eine Bank. Sein Kopf war trotz der Kühle glühend heiß. Wie hatte er nur so viel ausplaudern können! Warum nur hatte er ihn vor Henner und Andy gewarnt? Wie hatte er Baumann vertrauen können? Vielleicht telefonierte der jetzt schon mit der Polizei? Was würden die Bullen aus seinen, Nikos, Worten schließen können? Niko spürte die Gefahr beinahe körperlich, in die er sich gebracht hatte.

Kapitel 17

29. September

Der Tag begann für die Mordkommission *Tanto* mit der schlechten Nachricht, dass Ackermann sich bei einem Benefiz-Fußballspiel seiner Feuerwehrmannschaft einen Bänderriss des vorderen Außenbandes seines rechten Sprunggelenks zugezogen hatte. Nach zweiundsiebzig Stunden würde er mit einem leichten Bewegungstraining beginnen dürfen, frühestens nach Abklingen der Schwellung würde er den Dienst wieder aufnehmen können.

Viktor erklärte sich sofort bereit, Ackermanns Part an der Seite von Beyer zu übernehmen. »In der *Galerie Alte Feuerwache* hat es am Abend vor der Tat eine Veranstaltung gegeben. Wir werden die Inhaber der Galerie befragen, ob ihnen beim Verlassen der Galerie etwas aufgefallen ist, wie lange sie überhaupt vor Ort waren und so weiter«, erklärte er. Daniel nickte zustimmend. »Und anschließend besuchen wir unseren Kranken.«

»Mit besten Genesungswünschen von uns allen«, bat Regula und knüllte eine Brötchentüte zusammen. Sie und Viktor hatten sich belegte Brötchen gekauft und erst im Büro gefrühstückt. Auch am Wochenende hatten sie sich hier mit B.P. getroffen und waren alle bisherigen Aufzeichnungen gemeinsam durchgegangen. Mit einem gezielten Wurf landete die zerknüllte Tüte im Papierkorb. »Simone und ich fahren ins Hotel *Zur Sonnenuhr*. Außer dem Portier ist noch niemand vom Personal befragt worden, das wollen wir nachholen.«

Nach und nach schwärmten alle Sonderermittler aus, die Aufträge außer Haus erfüllen wollten. Die Spurensucher begaben sich in die Räume des 5. Fachkommissariats, um das, was sie zusammengetragen hatten, entweder selbst auszuwerten oder an das LKA weiterzuleiten. Die Techniker am Waterlooplatz in Hannover verfügten über sensible Instrumente und weitrechende Möglichkeiten, um die Göttinger Kollegen zu unterstützen. Regula und Simone begleiteten die beiden Spurensucher bis ins Erdgeschoss. Sie liefen weiter ins Kellergeschoss und hinaus auf den Parkplatz und zu den Garagen, in denen die Zivilwagen parkten. Mit ihrer Chipkarte öffnete Simone das breite Tor, sodass sie eintreten konnten. Regula hielt den Autoschlüssel in die Luft, drückte auf das Öffnersymbol und freute sich, als die Lichter an dem neuen BMW aufblinkten.

»Anständig«, kommentierte sie die Tatsache, dass ihnen dieser Wagen zugewiesen worden war.

»Wusste ich schon«, antwortete Simone und hielt das Fahrtenbuch hoch. Regula stieg auf der Fahrerseite ein. »Seit wann freust du dich darauf zu fahren?«, wunderte sich Simone. »In letzter Zeit staune ich über dich«, erklärte sie.

Regula lachte. »Ich staune auch über mich«, sagte sie. Geschickt parkte sie aus und lenkte den BMW zügig aus der Garage. Die Ampel an der Ausfahrt zeigte rot.

Regula ließ die Fensterscheibe herunterfahren, um die abgestandene Luft aus dem Fahrzeug zu vertreiben. Simone vergrub sich in ihre Jacke. »Kalt heute.«

»Angenehm frisch«, grinste Regula sie an. »Ein ewiges Thema zwischen uns, du frierst, ich schwitze.«

»Schon gut. Aber wenn wir fahren, schließt du das Fenster, bitte.«

»Passiert!« Regula blinkte nach rechts, fuhr an und betätigte den Fensterheber. »Wie läuft es bei deiner Mutter?«

»Unverändert«, sagte Simone resigniert. »Sie verachtet mich.«

Sie parkten direkt vor dem Hotel, meldeten sich an der Rezeption bei dem Portier, der bereits seine Angaben zu Protokoll gegeben hatte. Die Kommissarinnen baten darum, mit dem Personal sprechen zu können, das während der Zeit von Pohls Aufenthalt im Hotel gearbeitet hatte. Sie erfuhren, dass eine Hotelfachkraft, die auch für das Reinigen der Zimmer zuständig war, sowie eine im Frühstücksraum tätige Servicekraft an diesem Morgen befragt werden konnten.

»Herr Schneemann, richtig?« Simone sah den Portier fragend an, und der Mann, der eine auffällige Narbe an der Stirn trug, nickte. »Sind Sie so freundlich und schicken mir als Erste die von Ihnen erwähnte Fachkraft hierher? Können wir irgendwo ungestört mit ihr reden?«

»Bitte kommen Sie mit.« Schneemann führte sie in einen Raum, der auf einem Schild als Clubzimmer ausgewiesen wurde. Ausladende Sessel mit gestreiftem Stoffbezug, Nussbaumtischchen, ein hohes Regal mit gebundenen Büchern und Taschenbüchern erwartete sie dort. Vor dem Doppelfenster eine kleine Couch mit Armlehnen. »Ich sage Frau Mirakowski Bescheid«, sagte der Portier und verschwand.

»Was hat Herr Schneemann am linken Arm? Es sieht aus wie nach einem Schlaganfall«, fragte Simone verblüfft.

»Ist der dafür nicht noch zu jung? Ist doch höchstens fünfzig, der Mann«, sagte Regula. Sie hob abwehrend die Hand. »Ich weiß, was du sagen willst, Schlaganfälle können auch Dreißigjährige bekommen.«

»Wenn ich mir seine Daten richtig gemerkt habe, ist er siebenundvierzig«, überlegte Simone. »Vielleicht hat er einen Unfall gehabt.«

»Mir ist aufgefallen, dass er angespannt wirkte.«

»Ist ja nicht alltäglich, dass die Polizei kommt, wahrscheinlich deswegen.« Regula sah sich um. »Alles etwas angestaubt hier«, kommentierte sie, »der Charme der siebziger Jahre des letzten Jahrhunderts, hier hat er sich gehalten.«

Es klopfte. Erst als Regula laut »Herein« rief, wurde die Tür geöffnet. Als die Hotelfachkraft eintrat, schauten die Kommissarinnen sie erstaunt an. »Frau Mirakowski?«, fragte Regula und spekulierte, ob Viktor beim Anblick der Frau wohl einen anerkennenden Pfiff durch die Zähne pressen würde. Aber welchem Mann würde dieser Anblick nicht gefallen? Die gewellten blonden Haare umrahmten ein Puppengesicht mit rot geschminkten Lippen und großen blauen Augen. Für den Körper der jungen Frau wäre kurvig wohl die richtige Beschreibung gewesen.

Simone wies auf einen der Sessel. »Bitte schön, setzen Sie sich doch.«

Die Angeredete durchquerte langsam den Raum und setzte sich in einen der Streifensessel, wie es Marylin Monroe nicht besser gekonnt hätte.

»Sie putzen hier?«, fragte Simone und konnte nicht verhindern, dass es ungläubig klang.

»Nicht nur«, antwortete die Blonde mit russischem Akzent. »Ich helfe an der Rezeption und serviere manchmal das Frühstück.«

»Arbeiten Sie schon lange in der *Sonnenuhr*?«

»Zwei Jahre, nein, fast drei Jahre. Vorher war ich Verkäuferin in einer neuen Herrenboutique, doch die hat schließen müssen. Die Göttinger kaufen nur dort, wo sie sich seit Jahren auskennen, glaube ich zumindest.« Sie schlug die Augen nieder.

»Das Hotelfach haben Sie also nicht gelernt?«

»In meiner Heimat habe ich auch im Hotel gearbeitet.«

»Darf ich fragen, woher Sie stammen?«

»Aus der Ukraine.«

»Frau Mirakowski …«, begann Regula, doch die Zeugin unterbrach sie.

»Sagen Sie ruhig Raisa.«

»Gut, also Raisa, Sie wissen, worüber wir mit Ihnen sprechen möchten?«

»Über den toten Herrn Pohl.« Raisa schaute traurig. »Alles ist so furchtbar.«

»Was können Sie über ihn erzählen?« Simone und Regula setzten sich ebenfalls. Simone zog ein kleines digitales Aufnahmegerät mit Mikrofon aus ihrer Jackentasche und baute beides auf einem Beistelltisch auf. »Wir müssen ein Protokoll anfertigen, deshalb zeichnen wir unser Gespräch hiermit auf.« Sie zeigte auf das Gerät.

Raisa stimmte mit einer Kopfbewegung zu, noch immer mit todtraurigem Blick, und die Kommissarin drückte die Aufnahmetaste. Die gelbe Leuchtdiode zeigte an, dass das Gerät arbeitete. Simone sah ihr Gegenüber an und nickte aufmunternd.

»Herr Pohl wohnte so zwei, dreimal im Jahr hier. Tagsüber ging er irgendwohin arbeiten, und abends …« Raisa senkte den Kopf. »Abends traf er sich mit Tessa Schöller. Jedes Mal.«

»Tessa Schöller?«, hakte Regula nach.

»So eine Escortdame."

»Verstehe. Kennen Sie den Namen des Escort-Services?«

»Es gibt keinen. Es heißt nur so. Tessa arbeitet frei.«

»Sie kennen sie näher?«

»Das hier ist ein kleines Hotel. Wer hier arbeitet, kennt sich.«

Simone zog die Brauen in die Höhe. »Sie arbeitet hier als – Prostituierte?«

»Als Begleitdame. Begleitet die Männer allerdings auch auf das Zimmer. Von Jörg Schneemann wird sie an interessierte Gäste vermittelt. Es kommen auch noch andere Damen hierher, aber meistens vermittelt er Tessa.«

Simone warf Regula einen bedeutsamen Blick zu. Die Kommissarin ging darauf nicht ein und forschte weiter: »Und bei seinem letzten Aufenthalt hat sich Herr Pohl auch mit der Dame getroffen? Hier im Hotel?«

»Ja. Wie jedes Mal, so habe ich doch vorhin gesagt.« Raisa betrachtete nachdenklich ihre rosafarben lackierten Fingernägel. »Aber diesmal war etwas anders als sonst.«

»Verraten Sie uns, was es war?« Regula legte erwartungsvoll den Kopf schief.

Raisa erwiderte ihren Blick und sagte: »Sprechen Sie mit Carolin Gutz, sie bedient im Frühstücksraum. Ich weiß alles auch nur von ihr. Und jetzt muss ich arbeiten gehen, Entschuldigung.«

Kapitel 18

Robin schloss die Wohnungstür sorgfältig ab. Er hatte Überstunden abgebummelt und seinen Arbeitsbeginn auf elf Uhr vormittags verschoben. In Gedanken war er noch bei dem Telefonat mit seiner Freundin Lilly, mit der er bis eben gerade gesprochen hatte. Für den Abend hatten sie sich zum Skypen verabredet, dabei würden sie sich beim Flirten sogar in die Augen sehen können. Er lief den Korridor entlang, die Treppen hinunter, von den Briefkästen zur Haustür hinaus – und sofort begannen alle Warnglocken in seinem Gehirn zu läuten. Hätte er sein Fahrrad nur hereingeholt! Auf und neben seinem Rad lungerten zwei Typen, ein geschniegelter im Sakko und einer, den er nur zu genau kannte: Henner Kaufmann.

»He, weg von meinem Rad.«

Robin ging mit langen Schritten auf die ungebetenen Besucher zu. Eigentlich wollte er Henner sofort an den

Kragen gehen und ihn von seinem Fahrradsitz herunterziehen. Doch dann erinnerte er sich an den kleinen Besucher, der ihn eindringlich vor Henner und seinem Kumpel gewarnt hatte. Er blieb dicht vor dem grinsenden Henner stehen, rührte ihn aber nicht an. »Was soll das?«, fragte er stattdessen.

Henner ließ das Grinsen nicht und hob beide Hände. »Nicht so unfreundlich umgehen mit einem alten Bekannten, wo kommen wir denn hin?«

»Meine Bekannten suche ich mir neuerdings selbst aus. Sag, was du willst, und dann verschwinde.«

»Schlechte Manieren«, bemerkte der Geschniegelte.

»Und wer ist das?«, wollte Robin mit einer geringschätzigen Kopfbewegung wissen.

»Mein Freund Andy. Auch selbst ausgesucht«, sagte Henner und grinste.

»Sag mal«, mischte sich Andy in die Unterhaltung ein. »Du besitzt nicht zufällig etwas, was vor Kurzem noch einem anderen gehört hat? Etwas Wertvolles, meine ich, keine Flasche Bier.« Er lachte gehässig.

»Gekauft oder gestohlen?«, ließ sich Robin auf das Spiel ein, das die beiden offensichtlich mit ihm treiben wollten. Hatte der kleine Typ doch recht gehabt.

»Nun, ich sage mal: entwendet«, grinste Henner.

Jetzt packte Robin ihn doch am Kragen. »Soll das heißen, du bezeichnest mich als Dieb?«

»He, he!«, rief Henner, »mach mal halblang. Andy hat doch nur gefragt.« Er versuchte, Robins Hand wegzuschlagen, doch der hielt fest. »Was immer ihr vorhabt, ihr könnt es vergessen. Das einzig Wertvolle ist mein Fahrrad, und das ist so was von ehrlich bezahlt! Und jetzt runter vom Sattel.«

Robin spannte seine Muskeln an und griff mit beiden Händen zu, um Henner vom Fahrrad zu ziehen, als er sah, wie der Geschniegelte in seine Hosentasche griff.

Hatte ihn der Kleine nicht vor einem Messer gewarnt? Er hob Henner ein Stück vom Sattel hoch, der wehrte sich jedoch und warf das Rad dabei um. Scheppernd schlug es auf dem Gehweg auf.

»Idiot!«, schrie Robin entrüstet auf und sah im selben Moment das Messer in der Hand des anderen Typen aufblitzen.

»Was ist denn hier los?«, rief eine helle Stimme. Die beiden Angreifer ließen von Robin ab und trollten sich. Vorher trat Henner noch einmal kräftig gegen das Rad. »Wir kommen wieder!«, versprach er von Weitem. »Wenn dir deine Feinoptiker-Hände etwas bedeuten, sagst du uns dann, was wir wissen wollen, sonst …«

Robin sah sich einer Frau gegenüber, und erst auf den zweiten Blick erkannte er, wer diese Schwarzgekleidete war. »Sie haben doch neben dem toten Hund gesessen! An dem Abend, als der Mann aus dem Hotel ermordet wurde.«

Elena Meyer ging darauf nicht ein. »Am hellen Tag! Was alles möglich ist! Und niemand schert sich darum, mindestens drei Leute sind vorbeigelaufen«, sagte sie erbost.

»Sie haben die ganze Zeit zugeschaut?«, wunderte sich Robin.

»Ich bin hier oft unterwegs und registriere, wenn etwas anders ist als gewöhnlich.«

»Aha.« Robin sah die Frau mit dem kurzgeschorenen Kopf und den riesig wirkenden Augen misstrauisch an. So verrückt wirkt sie heute gar nicht, versuchte er sich zu beruhigen.

»Am Freitag ist mir der kleine Mann aufgefallen, mit dem du dich unterhalten hast.« Elena schaute rasch nach links und rechts. »Kann es sein, dass du wegen des Toten Probleme hast?«

»Schnüffeln Sie hinter mir her? Hören Sie, ich habe der Polizei alles gesagt, was ich wusste, und jetzt will ich mit der ganzen Sache nichts mehr zu tun haben.«

»Erklär das am besten deinen unangemeldeten Besuchern. Weißt du, was das für Leute sind?«

»Den mit der Motorradjacke kenne ich von früher. Ein übler Schläger ist das. Der hat einen mal halb totgeschlagen, jeder wusste das, aber jemand hat ihm ein Alibi gegeben, und da waren Polizei und Richter machtlos. Von mir aus hätte der ruhig in den Knast wandern können, verdient hat er es allemal.« Robin verzog das Gesicht. »Warum erzähle ich Ihnen das überhaupt? Was geht es Sie an?«

»Ich schaue eben nicht weg wie so viele andere, die das für völlig normal halten.«

»Sie bauen Grasbetten für tote Hunde, das ist auch nicht normal.« Robin hätte sich beinahe auf die Zunge gebissen, das hätte er nicht sagen sollen. »Ich meine ...«

»Ich weiß, was du meinst. Ich liebe Hunde und kann es nur schwer ertragen, wenn ihnen etwas zustößt.«

Robin nickte. »Ich muss jetzt zur Arbeit, komme sowieso zu spät. Alles wegen dieser zwei Idioten.« Er hob sein Fahrrad auf und betrachtete es. Augenscheinlich hatten ihm zum Glück weder Henners Tritt noch der Sturz geschadet.

Elena war bereits einige Schritte weitergegangen. »Vielleicht solltest du der Polizei von deinen Besuchern berichten«, rief sie im Weggehen und drehte sich noch einmal um.

»Da gibt es nichts zu berichten«, sagte Robin ärgerlich, »das sind Spinner, alle drei. Außerdem ...«

Elena Meyer war mit langen Schritten eilig weitergezogen und hörte ihn nicht mehr, deshalb brach Robin den Satz ab und murmelte leise: »Außerdem kann ich mich wehren.«

Er stieg auf sein Rad und fuhr an. Bis er in die Königsallee einbog, in der seine Firma lag, konnte er sich nicht gegen seine düsteren Gedanken wehren. Warum hatte der kleine Typ ihn gewarnt? Was waren das für Drogen, auf die er und die beiden Spinner von heute morgen scharf waren? Hatte der Kleine nicht von Kokain gesprochen? Wenn alle glaubten, dass er das Zeug gestohlen hatte, war er dann nicht tatsächlich in Gefahr? Möglicherweise hatte Frau Meyer recht, er sollte die Kommissarin Böhm anrufen und ihr davon berichten. Aber das war das Problem: Er fand die Polizistin noch immer sehr attraktiv, und wegen Lilly ärgerte ihn das. Warum konnten einem Mann nicht alle anderen Frauen gleichgültig werden, sobald man in eine bestimmte verliebt war? Das würde vieles einfacherer machen. Als Robin bei den Fahrradständern auf dem Zeiss-Gelände angelangt war, stellte er sein Rad ab und beeilte sich, an seinen Arbeitsplatz zu kommen. Er beschloss abzuwarten, ob sich die Drohungen wiederholen würden. Erst dann würde er Simone Böhm anrufen.

Kapitel 19

»Einen Moment noch, Raisa«, bat Simone Böhm. »Wie gut kannten Sie selbst Dominik Pohl? Sie sind eine attraktive Frau, und wie wir wissen, hat er gern geflirtet. Hat er es bei Ihnen auch versucht?«

Raisa richtete sich auf. »Er war nicht mein Typ. Außerdem dürfen wir nicht mit den Gästen etwas anfangen, eine ist sogar deswegen entlassen worden, vor meiner Zeit. Der Chef ist ein warmherziger Mann, aber hier versteht er keinen Spaß. Auch wenn er oft in seinem Hotel in Uslar ist, er merkt alles.«

»Danke schön«, sagte Regula, weitere Fragen haben wir zurzeit nicht an Sie. Verraten Sie uns bitte noch, wo wir Frau Gutz finden können?«

»In der Küche oder im Frühstücksraum. Kommen Sie bitte, ich zeige Ihnen, wo das ist.«

Die Kommissarinnen folgten Raisa, die vorausging, an der Rezeption vorüber, und auf den Frühstücksraum zusteuerte. »Auf Sie kommen wir später auch noch zu«, sagte Regula im Vorübergehen zu Jörg Schneemann, der hinter dem Tresen mithilfe eines Taschenrechners Zahlen addierte. Der Portier blickte kurz auf und lächelte verbindlich.

Es befanden sich keine Gäste in dem Raum, der mit gestreiften Stuhlbezügen, gehäkelten Gardinen vor den Fenstern und Schirmlämpchen auf den Tischen altmodisch hergerichtet war. Die mit ausladenden Plastikhauben abgedeckten Servierplatten am kalten Buffet wiesen deutliche Lücken auf.

Frau Gutz, eine Frau in mittleren Jahren und mit braun gefärbten Haaren, die eine weiße Schürze um die Hüften trug, räumte Geschirr von einem der Tische auf ein Tablett. Als die Polizistinnen eintraten, wischte sie sich die Hände an der Schürze ab und kam auf die Besucherinnen zu. »Herr Schneemann hat mir gesagt, dass Sie mit mir sprechen wollen.«

»Das stimmt. Ich bin Regula Fach, das ist meine Kollegin Simone Böhm. Können wir uns setzen?«

Sie gruppierten sich um einen Tisch, der bereits frisch eingedeckt worden war. Die Mitteldecke leuchtete blütenweiß.

Simone sah sich um. »Wohnen gerade viele Gäste hier?«

»Momentan nicht. Aber es beginnt bald ein Kongress des Lebensmittelgewerbes in der Lockhalle, ab dann ist alles ausgebucht.«

Regula nickte. »Das ist gut. Gäste bedeuten Geld und sichere Arbeitsplätze für Sie und Ihre Kolleginnen und Kollegen.«

Frau Gutz nickte zustimmend. »Wir haben Stammgäste, davon und von den Kunden, die zusätzlich zu uns kommen, können wir gut leben.«

»Stammgäste? So wie Herr Pohl?«, fragte Simone und baute ihr Diktiergerät auf. »Sie sind doch einverstanden?«, erkundigte sie sich mit einem Fingerzeig auf das Gerät. Frau Gutz nickte zustimmend.

»Wir haben gerade mit Ihrer Kollegin Raisa geredet. Sie sagte, dass bei dem Aufenthalt Dominik Pohls diesmal etwas anders gewesen sei als sonst. Wissen Sie, was sie gemeint hat?«

»Den Streit wahrscheinlich. Wie immer hat Herr Pohl sich mit Frau Schöller hier getroffen. Das hat Raisa Ihnen bestimmt erklärt.«

Beide Kommissarinnen nickten.

»Aber sie haben sich gestritten, was das Zeug hielt. Das war neu.«

»Wann war das genau?«

»Am Abend zuvor war Herr Pohl angereist. Er hat sich mit Tessa Schöller getroffen. Beide haben hier übernachtet.«

»Ist denn das erlaubt?«

Frau Gutz schaute Simone erstaunt an. »Er zahlt doch immer ein Doppelzimmer. Könnte ja auch genauso gut seine Frau mitbringen.«

»Sie finden das normal?«

»Wenn ein Mann hier seine Frau betrügt, geht mich das nichts an«, lautete die spitze Antwort. »Am nächsten Morgen haben beide hier gefrühstückt. Besser gesagt, Herr Pohl hat gefrühstückt. Frau Schöller hat blass daneben gesessen und wohl nichts hinuntergekriegt. Sie waren die einzigen Gäste im Raum, es war spät und die anderen bereits gegangen.«

»Und dann haben beide zu streiten begonnen?«, hakte Regula nach.

»Allerdings! Sie haben wohl nicht vermutet, dass man in der Küche jedes Wort hören kann. Es gibt hier eine Durchreiche in der Wand, die nicht mehr genutzt wird und nur mit einem Tuch abgedeckt ist. Ich habe die Gäste mit Kaffee bedient und bin hinausgegangen, um die Spülmaschine einzuräumen, anschließend ging es los.«

»Worum ging es denn in dem Streit?«

»Eigentlich bin ich nicht der Typ, der lauscht«, rechtfertigte sich Frau Gutz, »aber wenn die Gäste anfangen zu schreien, kann ich nichts dafür, wenn ich jedes Wort verstehe. Sie haben darüber geredet, wie lange sie sich kennen. Dann hat Frau Schöller gesagt, dass sie ihr Leben ändern wolle, neue Arbeit, ein neuer Mann, wie das so ist.«

»Und das hat Herrn Pohl nicht gefallen?«

»Natürlich nicht! Ist ja auch eine hübsche Person, die Tessa, und noch jung! Herr Pohl hat sich aufgeregt, Sie glauben nicht, wie sehr! Aber er hat nicht von Zuneigung gesprochen oder von seinen Gefühlen, nein, nur von seinem Geld, das er für Tessa ausgegeben hatte. Ob sie überhaupt nicht anerkennen würde, dass er alles nur für sie gemacht habe in den letzten Jahren, und jetzt das! Er ist immer lauter geworden, und irgendwann ist Frau Schöller aufgestanden und gegangen.« Frau Gutz beugte sich zutraulich über den Tisch zu den Polizistinnen. »Was soll ich Ihnen sagen? Am Abend war sie wieder da, und sie ist mit ihm aufs Zimmer gegangen!« Sie lehnte sich zurück, als hätte sie gerade etwas Ungeheuerliches zum Besten gegeben. »Ich weiß das von Herrn Schneemann, der hat es erzählt. Ich arbeitete ja nur am Vormittag«, setzte sie erklärend hinzu.

»Vielen Dank, Frau Gutz. Ein persönliches Verhältnis hatten Sie wohl nicht zu Herrn Pohl?«

»Wo denken Sie hin? Er war Gast!«

»Ich weiß, ein privater Umgang zwischen dem Personal und den Gästen ist nicht gewünscht«, pflichtete Simone ihr bei.

»Das ist aber nicht nur in der *Sonnenuhr* so«, ereiferte sich Frau Gutz. »So etwas geht überhaupt nicht, in keinem Hotelbetrieb.«

»Aber dass Herr Schneemann Damen an Gäste vermittelt, das finden Sie in Ordnung?«

»Er verdient sich ein kleines Zubrot, obwohl unser Chef es nicht gern sieht, dass diese Frauen hierher kommen. Aber Jörg Schneemann kann sich hier viel erlauben.«

»So? Warum das denn?« Simone zog die Brauen in die Höhe.

»Mitleidbonus. Nach 20 Jahren hat Schneemanns Frau ihn mit seinem damaligen Chef betrogen. Daraufhin hat sich Jörg mit ihm geprügelt und dabei seinen Arm so schwer verletzt, dass er nicht mehr als Automechaniker arbeiten konnte. Er baumelt ganz schlaff, haben Sie gesehen? Seine Frau ist mit dem anderen weg, und Jörg war ganz unten, hat nur noch in der Kneipe gesessen. Die Arbeitsagentur hat ihm die Stelle hier vermittelt, und beim Einstellungsgespräch hat er dem Chef seine Geschichte erzählt.« Ein weiteres Mal beugte sich Frau Gutz über den Tisch und senkte die Stimme. »Dem Pächter der *Sonnenuhr* ist vor vielen Jahren auch die Frau weggelaufen, auch mit einem anderen Mann. Die beiden hatten sofort ein Thema und verstehen sich seitdem prima.«

Die Polizistinnen erhoben sich. »Sie haben uns sehr geholfen. Immerhin scheint das Verhältnis unter den Angestellten hier ausgesprochen kameradschaftlich zu sein.«

Frau Gutz nickte zustimmend.

»Einen schönen Tag noch und nochmals danke!«

Regula und Simone verließen den Frühstücksraum, traten an die Rezeption und warteten, bis Portier Schneemann einem Gast mithilfe eines Stadtplanes den Weg zum Landgericht Göttingen im Maschmühlenweg erklärt hatte. Der Mann bedankte sich und verließ eilig das Hotel.

»Wie kann ich Ihnen weiterhelfen?«, wandte sich Schneemann an die Kommissarinnen.

»Sie können hier wohl nicht weg?« Simone schaute sich um.

»Doch, für einen Moment geht das, einen Augenblick bitte.« Schneemann griff zum Telefon, tippte drei Zahlen ein und wartete, bis Raisas Stimme aus den Hörschlitzen drang. Er fragte: »Vertrittst du mich eine Weile an der Rezeption?«, und legte grußlos auf. Wenig später schwebte Raisa die Treppe herab, die zu den Zimmern im Obergeschoss führte. »Da bin ich«, hauchte sie.

»Wenn Herr Dr. Breeger anruft: In der angefragten Zeit steht das von ihm bevorzugte Zimmer zur Verfügung.« Schneemann wies mit der Linken in den Gang. »Ich darf vorausgehen?« Er führte die Ermittlerinnen wieder in das Klubzimmer. Höflich wartete er, bis die Damen sich gesetzt hatten, dann nahm auch er in einem der Streifensessel Platz und schaute erwartungsvoll von einer zur anderen.

»Herr Schneemann, wir haben tatsächlich noch einige Fragen an Sie. Auch für Sie die Information, dass wir das Gespräch aufzeichnen werden.« Simone platzierte das Aufnahmegerät auf dem Beistelltisch und blickte Schneemann fragend an. Er antwortete mit einer jovialen Handbewegung.

»Wir wurden darüber informiert, dass Sie gelegentlich Prostituierte an Hausgäste vermitteln, ist das richtig?«

»Prostituierte? So würde ich das nicht nennen. Begleitdamen ist wohl die richtige Bezeichnung.«

»Und als Dank bekommen Sie von den Damen Vermittlergebühr, nehme ich an?«

Schneemann nickte. »Eine kleine Anerkennung«, antwortete er knapp.

»Und Dominik Pohl haben Sie immer dieselbe Frau vermittelt.« Regula fragte nicht, sie stellte eine Tatsache fest. »Es wäre hilfreich gewesen, wenn Sie das meinen Kollegen gleich gesagt hätten. Auch von dem Streit zwischen Pohl und Frau Schöller hätten wir gern früher erfahren.«

»Ist das denn wichtig für Ihre Ermittlungen?«

»Alles ist wichtig, was mit Pohls Aufenthalt im Hotel zusammenhängt. Finden Sie die Frage nicht etwas naiv?« Regula sah Schneemann ernst an.

Der Portier hatte sich jetzt offenbar entschlossen, seine Wortkargheit zu beenden. »Jahrelang haben sich die beiden gut verstanden. Jetzt hat es Streit gegeben. Morgens im Frühstücksraum das erste Mal. Abends ist Tessa, ich meine Frau Schöller, dennoch wieder hierhergekommen.«

»Sie ist in Pohls Zimmer gegangen?«

»Richtig. Frau Schöller ist nach etwa zwei Stunden heruntergekommen und hat vom Eingangsbereich aus telefoniert. Sie ist dann von einem Mann abgeholt worden.«

»Kannten Sie den Mann?«

»Nein, nie gesehen. Ein Kunde, nehme ich an.« Er presste die Lippen aufeinander.

»Herr Pohl ist in seinem Zimmer geblieben?«

»Nein, er ist später heruntergekommen und hat das Haus verlassen. Bis Mitternacht habe ich meinen Dienst versehen, dann bin ich gegangen.«

»Die Gäste, die erst nach Mitternacht zurückkommen, erhalten einen Haustürschlüssel?« Regula blickte fragend auf die Wand mit den Schlüsselhaken.

»So ist es«, bestätigte Schneemann. »Um die Rezeption auch nachts besetzt zu halten, ist unser Haus zu klein.«

»Sie haben ausgesagt, dass Sie nach Feierabend in Ihre Wohnung gefahren sind.«

»Das stimmt. Aber da ich allein lebe, kann das niemand bezeugen.«

»Danke«, sagte Regula. Sie erhob sich. Überrascht schaltete Simone das Aufnahmegerät aus. Sie hatte weitere Fragen Regulas erwartet.

Die Kommissariatsleiterin stand auf. Sofort erhob sich auch der Portier. »Vielen Dank, Herr Schneemann. Wann ist es möglich, den Pächter der *Sonnenuhr* sprechen?«

»Ich werde Sie telefonisch informieren, sobald ich mit ihm gesprochen habe«, sagte der Portier und deutete eine Verbeugung an.

Schneemann geleitete die Polizistinnen bis zum Eingang des Hotels. Bevor sie das Haus verließ, drehte sich Regula noch einmal zu ihm um. »Wenn Sie uns noch etwas verschwiegen haben, rufen Sie uns an. Guten Tag, Herr Schneemann.«

Regula und Simone sahen noch, dass der Portier an seinem Platz stehen blieb, ohne sich von der Stelle zu bewegen.

»Kolossaler Laden«, sagte Viktor und deutete mit dem Daumen über seine Schulter auf die Fenster der Galerie. »Starke Bilder, nette Leute.«

Vor der *Galerie Alte Feuerwache* waren die Kommissarinnen auf Viktor und Daniel gestoßen. Die Begegnung zauberte ein strahlendes Lächeln auf Regulas Züge, und auch Viktor war anzusehen, dass er sich freute.

»Leider haben sie die Galerie am 25. September gegen 23.00 Uhr verlassen und nichts Auffälliges gesehen oder gehört«, ergänzte Daniel. »Wir gehen jetzt hinüber in die Schule und sprechen mit dem Restaurantmeister.«

»Wie bitte?«, protestierte Simone. »Wer ist denn auf die Idee gekommen? René und ich kennen Francois Bartand seit Jahren, wenn einer mit ihm spricht, dann ich!«

»Es war Viktors Vorschlag!«

»Simone«, begann Viktor, »schau dir diesen Körper an!« Er machte eine entsprechende Handbewegung. »Ein solches Prachtexemplar braucht immerfort Nahrung und ist ständig auf der Suche nach Abwechslung, nach etwas Besonderem. Deine Schilderung der exquisiten Auswahl in dem Lehrrestaurant hat mich dazu bewogen, nun, ich sage mal, meine sensiblen Fühler danach auszustrecken. Da mir gänzlich die Einblicke dort fehlen, dachte ich mir, ich verbinde einen Besuch dort mit dienstlicher Recherche.«

Viktor schaute Simone so treuherzig an, dass sie trotz ihrer Verstimmung über die Eigenmächtigkeit des Kollegen lachen musste. »Tut mir leid für dich, aber das Restaurant hat noch geschlossen. Der neue Schülerjahrgang muss erst einmal die Grundbegriffe erlernen, bevor er auf Gäste treffen kann. Vor Ende Oktober, Anfang November ist da nichts zu machen.«

»Wenn das so ist.« Viktor breitete die Arme aus. »Was hast du denn gerade vor, liebe Simone? Ich meine, ich habe das Erscheinen der Polizei bei Monsieur Bartand angemeldet!«

»Das nächste Mal bitte mehr Abstimmung, was die Hausbesuche angeht, Herr Kollege. Außerdem kannst du trotzdem mitkommen.«

Viktor blickte Regula verschmitzt an. »Ich glaube, ich suche mir mit Regula ein lauschiges Plätzchen für eine genussvolle Mittagspause.«

Offensichtlich hatte Regula gegen diesen Plan nichts einzuwenden. »Wir sehen uns später!«, sagte sie zu Simone und ging mit Viktor davon.

»Und du?«, wandte sich Simone an Daniel Beyer. »Hast du Lust, mich zu begleiten?«

»Ich wollte eigentlich rasch eine Besorgung erledigen«, antwortete der Angesprochene und sah dabei recht unglücklich aus. »Wo wir gerade in der Innenstadt unterwegs sind, würde das gut passen.« Er fürchtet wohl, dass ich ihm sein Vorhaben verderbe, dachte Simone.

»Verstehe. Bis nachher.«

Simone ging hinüber zu dem Gebäude, in dem das Lehrrestaurant der Berufsbildenden Schulen III lag, und sah hinauf zu dem wegen seiner großen Fensterfront lichtdurchfluteten Raum. Sie musste an der Stelle vorübergehen, an der Dominik Pohl gefunden worden war. Jemand hatte ein rotes Grablicht aufgestellt, das im Wind flackerte. Wer mochte das gewesen sein, überlegte Simone. Vielleicht eine der Frauen, denen er schöne Augen gemacht hatte?

In einem dem Restaurant vorgelagerten Bereich stand Restaurantleiter Francois Bartand und besprach etwas mit einem hoch aufgeschossenen jungen Mann. Beide hatten sich über einen Bestellblock gebeugt. Als Monsieur Bartand die Besucherin erkannte, drückte er dem Schüler den Block in die Hand und kam auf Simone zu. »Guten Tag! Ich habe mich schon gewundert, warum ein Kollege von Ihnen mich besuchen wollte. Möchten Sie sich setzen? Es gibt heute einen wunderbaren Nudelsalat, ich hole eine Portion aus der Küche! Warten Sie einen Augenblick!« Er verschwand halb in der Küchentür und rief etwas hinein, das Simone nicht verstand. Wenig später stand er mit einer Schale Nudelsalat vor einem der Holztische.

»Setzen Sie sich, bitte! Im Restaurant ist nicht eingedeckt«, setzte er erklärend hinzu. Er stellte den Salat vor Simone hin, legte eine Serviette neben die Schale und ein Besteck.

»Das ist so lieb von Ihnen, vielen Dank.« Simone begann zu essen.

Francois Bartand setzte sich ihr gegenüber. »Ein kleiner Vorgeschmack«, lächelte er. »Bis wir wieder geöffnet haben.«

»Darauf freue ich mich jetzt schon!« Simone schmeckte der frisch zubereitete Salat köstlich. Die jungen Leute, die hier das Kochen lernten, hatten offenbar Talent und gute Lehrer.

»Ihr Kollege hatte am Telefon gefragt, ob wir etwas zu der schlimmen Sache sagen können, die da unten geschehen ist. Ich habe meine Schülerinnen und Schüler gefragt, aber keiner von ihnen hielt sich zum besagten Zeitpunkt hier auf. Die meisten sind froh, wenn sie die Schule endlich verlassen können. Auf gar keinen Fall kommen sie am Abend freiwillig hierher zurück.« Der Restaurantleiter lachte auf.

»Das habe ich mir gedacht. Aber wir müssen allen Möglichkeiten nachgehen, um nichts zu übersehen.«

»Verstehe ich. Gibt es eine Spur zu dem Mörder?«

»Leider nein. Also dieser Nudelsalat – ein Gedicht.«

»Ich werde es ausrichten.«

»Was bin ich schuldig?«

»Ist billig. Deshalb lade ich Sie ein.«

Simone lachte. Sie mochte den feinen Humor des Mannes sehr, der aus Frankreich stammte und seit vielen Jahren deutscher Staatsbürger war. »Dafür bringe ich im Spätherbst einen neuen Gast mit, wenn ich darf, einen Kollegen. Es ist der, der Sie angerufen hatte. Er interessiert sich sehr für das, was Sie hier machen, das Essen, die Ausbildung.«

»Her mit ihm! Meldet euch aber rechtzeitig an. Sie wissen ja, der Andrang ist groß.«

Simone erhob sich und gab Monsieur Bartand die Hand. »Vielen Dank, und bis bald!«

»Eins noch! Beinahe hätte ich es vergessen, möglich, dass es etwas zu bedeuten hat.«

»Ja?«

»Eine Schülerin von mir, Irena Schneider, hat neulich erzählt, dass ein Bekannter von ihr ganz nervös geworden ist. Sie hat ihm von der Frau berichtet, die in der Mordnacht auf dem Schulhof gefunden worden war. Das hat ihn furchtbar aufgeregt, sagt sie.«

»Woher wusste Irena von der Frau? An die Zeitungen haben wir diese Nachricht nicht gegeben.«

»Der Hausmeister hat sich über die Blätter gewundert, die in der Ecke aufgeschüttet lagen, mit Blutflecken darauf. Deshalb hat er die Polizisten angesprochen, die am Vormittag nach der Tat dort noch Spuren sicherten, oder was weiß ich, was sie zu tun hatten. Die haben ihm von der Frau erzählt, und Schüler haben das gehört. Dann wussten es alle, so ist das.« Er breitete die Arme aus, als wollte er sich für die Schwatzhaftigkeit seiner Schüler entschuldigen.

»Wissen Sie den Namen des Bekannten von Irena?«

»Niko. Mehr weiß sie auch nicht. Er hat ein paarmal nach Schulschluss auf sie gewartet, und diesmal hat er sie ins *Café Botanik* eingeladen.«

»Das hat sie Ihnen alles erzählt? Sie haben wohl ein sehr gutes Verhältnis zu Ihren Schülern?«

»Man sagt so«, erwiderte Monsieur Bartand bescheiden. »Viele sind noch jung, sie brauchen manchmal jemand zum Reden.«

»Vielleicht muss ich auch mit Irena reden«, sagte Simone vorsichtig.

»Aber nur, wenn es unbedingt sein muss. Vertrauen ist eine zerbrechliche Sache.«

»Ich weiß. Vermutlich wird es auch nicht nötig sein. Nochmals vielen Dank für alles!«

Im Bereich der Garderobe angelangt, hörte Simone, wie Monsieur Bartand ihr »bis bald!« hinterherrief.

Kapitel 20

2. Oktober

Christoph Runge, der Wächter, trug bereits den langen schwarzen Ledermantel, sein Markenzeichen. Doch noch hielt er sich in seinem Büro im Nebengebäude des Clubs auf, noch musste er etwas klären, dann erst würde er seinen Platz am Eingang des *Hainberg* einnehmen. Am Abend vor dem Tag der deutschen Einheit erhofften sich die Betreiber des Clubs ein gutes Geschäft. Sie hatten einen der bekanntesten deutschen Clubhouse-DJs engagiert und kräftig die Werbetrommel gerührt. In einer halben Stunde sollte der Club *Hainberg* öffnen. Der Wächter lag in seinem Schreibtischstuhl, der geöffnete Mantel ließ den Blick frei auf ein enges schwarzes Shirt, das sich über seinem Brustkorb spannte. Er stieß in regelmäßigen Abständen einen Kugelschreiber in die Schreibtischauflage, schaltete den Schreiber mit lautem klack, klack ein, aus, ein, aus.

»Der lange Bengel hat den Stoff also nicht, meint ihr?«

Henner und Andy, die vor dem Schreibtisch standen, nickten synchron. »Wahrscheinlich nicht«, verbesserte Henner.

Die Miene des Wächters verdüsterte sich noch mehr. »Was heißt das, Mann?«

»Der Baumann war so ... entspannt«, versuchte Henner eine Erklärung.

»Entspannt, so?« Die tiefe Stimme des Türstehers klang gefährlich ruhig. »Sagt mal, wollt ihr mich verarschen?«

»Er ist gewarnt worden, das meinen wir.«

»Von wem?«

»Vom kleinen Banditen.«

Der Wächter hörte auf, mit dem Kugelschreiber zu hantieren, und setzte sich aufrecht hin. »Woher wollt ihr das wissen?«

»Wir haben gesehen, dass Bendith mit Baumann geredet hat. Zufällig sind wir durch den Ritterplan gefahren ...«

»Nicht zufällig!«, fiel Henner Andy ins Wort. »Wir wollten sehen, ob der Baumann dort irgendwo herumläuft.«

»Von mir aus!«, erwiderte Andy spitz und schlug die Arme unter.

»Und vor seinem Haus stand er tatsächlich, und neben ihm Niko.«

»Unterhielt sich mit dem Baumann, obwohl die beiden sich angeblich doch gar nicht kennen!«

»Ich sag euch, da ist etwas oberfaul. Vielleicht hatte der Baumann den Stoff doch und macht jetzt mit dem kleinen Banditen gemeinsame Sache.«

Henner sah Andy erstaunt an. »Du meinst, die beiden werden versuchen, das Koks zu verkaufen?«

»Das traut der sich nicht!«, rief der Wächter und kniff die Augen zusammen.

»Aber was hat er bei Baumann gemacht? Es muss doch mit der ganzen Sache zu tun haben, mit dem Mord, mit dem verschwundenen Stoff. Alles andere macht gar keinen Sinn!«

Grübelnd blickte der Wächter von einem zum anderen. Es schien, als wäre er sich seiner Sache plötzlich nicht mehr sicher. »Klärt das ab«, sagte er ernst, »aber lasst ihn am Leben.«

»Warum?«, grinste Henner, worauf Andy ihm den Ellenbogen in die Rippen stieß. Doch der Wächter war bereits mit wehendem Mantel an beiden vorbeigelaufen und auf dem Weg zu seinem Arbeitsplatz.

Als Henner und Andy den Club verließen, begrüßte der turmhohe Türsteher gerade zwei Kollegen, die ihn unterstützen würden, mit einem Handschlag.

Am Straßenrand vor dem Club parkten bereits die ersten Autos, der Wagen des Wächters ebenfalls. Wie selbstverständlich ließ Henner die Scheinwerfer des teuren Mercedes aufblitzen, öffnete lässig die Fahrertür und ließ sich in den Ledersitz fallen. Eigentlich war er ein Schrauber, eigentlich sollte er in einer ölverschmierten Werkstatt stehen und Motorräder auseinandernehmen, reparieren und wieder zusammensetzen. Das hatte er gelernt, und im Grunde liebte er Motorräder. Aber er machte sich nicht gern die Finger schmutzig, es sei denn, im übertragenen Sinne. Das hatte er mit Andy gemein.

»Was grinst du so?«, fragte Andy, als er sich auf den Beifahrersitz geschoben hatte.

»Ich habe gerade daran gedacht, dass wir beide uns nicht gern die Finger schmutzig machen, jedenfalls nicht, wenn es sich dabei um Öl und Fette handelt. Im übertragenen Sinne allerdings …«

»Was redest du da?«

»Na, Doppelsinn! Sich die Finger schmutzig machen, verstehst du?«

»Nein!«

»Einen verprügeln, das nennt man auch so! Oder ein krummes Ding drehen, wie es früher hieß.«

»Und heute?«

»Opfer sammeln!«

»Ach so.« Jetzt lachte Andy schallend, und Henner stimmte ein.

Zweimal fuhren sie am Haus des kleinen Banditen vorüber, um auszukundschaften, ob die Luft rein war. Zuschauer konnten sie nicht gebrauchen. Sie wussten, dass in Nikos unmittelbarer Nachbarschaft eine Rechtsanwaltskanzlei ihren Sitz hatte und dass die Anwälte nicht selten bis in die Nacht hinein arbeiteten.

»Heute feiern die Rechtsverdreher auch in den 3. Oktober.« Andy zeigte auf das Haus mit der Kanzlei. »Alle Fenster sind dunkel.«

»Umso besser.« Henner ließ den schweren Wagen ein drittes Mal an dem kleinen Häuschen vorbeigleiten, schaltete die Scheinwerfer aus und parkte am Ende der Straße. »Aber beim kleinen Banditen brennt noch eine Funzel«, sagte er.

»Umso besser. Dann müssen wir ihn nicht wecken.« Wieder lachten die Männer schallend. »Jetzt kriegt er eine Überraschung für jede Ische, die er mir verprellt hat«, sagte Andy freudig.

Sie schlichen im Schatten der Bäume zu Nikos Haustür und klingelten. Beim ersten Mal rutschte Henner vom Klingelknopf ab, deshalb presste er seinen Finger nochmals darauf. Angespannt lauschten sie auf die Geräusche, die aus dem Haus drangen, und drückten sich auf der linken und rechten Seite der Tür in die Dunkelheit. Sie hörten Schritte, kleine, eilige Schritte, das Drehen eines Schlüssels im Schloss. Noch bevor Niko irgendeine Bewegung machen konnte, hatten sie sich auf ihn gestürzt und trugen ihn ins Wohnzimmer, indem sie ihn an seinen Armen in der Luft hielten. Niko zappelte und strampelte, dann begann er zu schreien. Die Antwort war eine gewaltige Ohrfeige von Henner, die ihm fast den Hals brach. »Halt das Maul«, sagte der Bodyguard des Wächters langsam und betont. Sie setzten ihr Opfer auf das Sofa und sahen freudig zu, wie sich dessen Wange feuerrot färbte. Henner spürte in seinen Innereien eine unbändige Lust, dieses Kerlchen sofort und für alle Zeiten zum Schweigen zu bringen. Aber das hatte sein Chef verboten, und seine Verbote waren Gesetz. Außerdem wollte Henner Andy nicht die Freude verderben. Bestimmt dachte der sich gerade einige nette Foltermethoden aus, und der Abend war noch jung.

Beinahe hätten sie es doch übertrieben. Später hätten sie nicht mehr sagen können, was es genau war, dass dem kleinen Banditen fast das Lebenslicht ausgeblasen hatte: Henners Faustschläge in seinen Magen, Andys Schnitzversuche mit dem Messer in seinem Bauchfleisch oder die wirklich nur höchstens drei Mal durchgeführte Prozedur des Waterboarding.

Sie hatten ihre Rache gehabt. Dennoch waren sie unzufrieden, als sie Nikos Häuschen verließen, im Schutz der Schatten zu dem Mercedes schlichen und sich in die Sitze fallen ließen.

»Meinst du, dass er gelogen hat?« Andy kontrollierte noch einmal sein Messer auf Blutspuren, die konnten einem schnell die teure Jeans verderben, doch die Klinge war sauber. Er hatte sie an dem Tuch gereinigt, das sie Niko über Mund und Nase gelegt hatten. Durch das Übergießen mit Wasser, was den Atemwiderstand des kleinen Banditen stark erhöht und ihm das Gefühl des Ertrinkens beschert hatte, war das Tuch gut durchnässt gewesen. »Dreimal Waterboarding, und trotzdem hat er immer wieder gesagt, dass er den Stoff nicht hat.«

Henner startete den Motor und fuhr an. »Es gibt angeblich Berichte aus Amerika, dass dreimal nicht ausreicht, um die Wahrheit herauszukitzeln.«

»Quatsch! Der Wächter hat die Info von seinem Ausbilder bei der Bundeswehr: Dreimal, und jeder gesteht alles!«

»Ist lange her, dass der bei der Trachtentruppe war. Hat sich viel geändert seitdem.«

»Ja, und? Wollen wir zurückfahren und weitermachen?«

»Nein, das überlebt der nicht. Selbst wenn wir ihm fachmännisch den Kopf tiefer legen als den restlichen Körper, irgendwann würde er schlapp machen. Das Hirn macht dann nicht mehr mit.«

»Der Baumann hat das Koks angeblich auch nicht. Wenn das alles stimmt – wer zum Teufel hat es gestohlen?«

Henner gab Gas, um vor einer Gruppe junger Mädchen über den Zebrastreifen am Einkaufscenter *Careé* zu rasen, er hatte keine Lust anzuhalten. Kreischend sprangen die Teens zur Seite. »Wie aufgescheuchte Hühner«, sagte Henner grinsend nach einem Blick in den Rückspiegel.

»Mensch, spinnst du?«, fragte Andy, »wenn das die Bullen gesehen hätten, ist doch nicht unser Auto. Wenn die unangemeldet beim Wächter auf der Matte stehen, also danke.«

Die Ampel am Weender Tor sprang auf Rot. Henner ließ das Seitenfenster herunterfahren und zündete sich eine Kippe an. Der Wächter mochte es nicht, wenn es im Mercedes nach Qualm stank. »Eigentlich tapfer gewesen, der kleine Kerl«, sagte er. »Wir waren nicht zimperlich, und er hat nichts zugegeben.«

»Wenn es doch nichts zuzugeben gab?«

»Ach so. Stimmt. Aber ich glaube das nicht.« Henner dachte nach. »Weißt du was? Wir werden ihn weiterhin beobachten. Wenn ich recht habe, wird er sich irgendwann verraten, dann packen wir ihn.«

»Wenn der das Zeug hat und es vertickt, auf eigene Rechnung sozusagen – das überlebt der nicht. Dann schlägt ihn der Wächter eigenhändig tot.«

»Der schlägt nicht. Der lässt schlagen«, antwortete Henner mit Stolz in der Stimme. »Und zwar von mir.« Er bog in den Nikolausberger Weg ein und trat das Gaspedal durch. Sollten die Bullen doch kommen, sie würden ihn nicht erwischen. Aber er, er würde den kleinen Banditen erwischen, und was dann passieren würde, würde härter werden als alles, was er bisher durchgezogen hatte.

Kapitel 21

6. Oktober

Nachdem die zurückliegenden Tage für die Mitglieder der MoKo *Tanto* mit der Bearbeitung von Vernehmungsprotokollen, der Prüfung von Indizien und der Auswertung von gesicherten Spuren ausgefüllt waren, wurde heute die Arbeit außer Haus fortgesetzt. Während Viktor und Daniel Apotheker Stein und Zeugin Dora Davila auf dem Programmzettel vermerkt hatten, fuhren Kommissariatsleiterin Regula Fach und ihre Vertreterin hinauf zu den Rohnsterrassen. Sie folgten der Herzberger Landstraße, parkten auf dem Parkplatz der großzügigen Anlage und stiegen aus.

Simone sah sich um. »Nobel«, sagte sie anerkennend. »Von den Wohnungen aus kann man bestimmt weit über die Stadt blicken.

»Und im Rücken der Häuser liegt der Stadtwald, nicht schlecht«, pflichtete Regula ihr bei.

Simone sah an den mehrstöckigen Gebäuden nach oben. »Hier wohnen nicht wenige Menschen, und alle werden wohl über pralle Geldbeutel verfügen.«

Die Kommissarinnen überprüften die Adresse, die sie aufsuchen wollten, und schritten auf den entsprechenden Eingang zu. »Die wirklich wahren reichen Göttinger wohnen allerdings dort, wo euer Architektenhaus steht«, sagte Regula frotzelnd.

»Meinst du? Unser Haus ist schick und modern, aber was den Preis angeht, ist in dieser Stadt nach oben noch viel Luft«, gab Simone zurück.

Sie studierten die Klingelknöpfe. »Hier ist es: Schöller.« Simone drückte den Knopf.

»Ja bitte? Wer ist da?«, drang eine Stimme ungewöhnlich klar aus der Gegensprechanlage.

»Wir sind verabredet. Kriminalpolizei Göttingen.«

Einen Moment war es still, dann knackte es in der Anlage. »Ich komme herunter«, lautete die nächste Ansage.

Die Polizistinnen sahen sich erstaunt an. »Warum? Will sie im Treppenhaus mit uns sprechen?«, fragte Simone. Regula versuchte, die teuer aussehende Eingangstür aufzudrücken, doch vergeblich. »Habe ich mir gedacht«, knurrte sie und schimpfte: »Hier gibt es ja gar keine Vorrichtung zum Öffnen.«

Aus dem Treppenhaus waren Schritte zu hören, jemand lief leichtfüßig die Stufen herunter. Eine schlanke Frau, mittelgroß, bog um die Ecke. Sie trug ein rotschwarzes Desigual-Kleid, das Simone auf höchstens Größe 36 schätzte. Im oberen Bereich zeigte es ein lachendes Frauengesicht. Das Kleid war ebenso auffällig wie Tessa Schöllers gewellte braune Haare, die ihr bis zur Hüfte reichten. Sofort fühlte sich Simone dick und hässlich, aber zum Glück konnte sie ebenso schnell innerlich darüber lachen.

Tessa öffnete und ließ die Besucherinnen eintreten. Parfumduft umgab die schlanke Frau, und Simone war beeindruckt von deren Auftritt. Heimlich beobachtete sie, wie fließend ihre Bewegungen waren, wie anmutig.

»Regula Fach, ich leite das 1. Fachkommissariat der Kripo Göttingen, das hier ist meine Vertreterin, Frau Böhm«, sagte Regula. Nach dem Händeschütteln ging Simone an der Seite von Tessa Schöller voran. Ein Seitenblick auf Regula, die langsam hinter ihnen die Treppe hinaufstieg, zeigte Simone, wie wenig sich ihre Chefin für das Aussehen der jungen Frau interessierte. Teilnahmslos blickte sie auf die Stufen. Regula und sie, das waren zwei Welten, die aufeinandertrafen. Wieder einmal wurde ihr das bewusst.

Die Wohnungstür, vor der Tessa Schöller stehenblieb, besaß kein Schloss. Mit einem codierten Chip öffnete sie und ließ den beiden anderen Frauen den Vortritt. Der Ausblick aus dem Wohnzimmer war wie erwartet großartig. Die Stadt lag ihnen quasi zu Füßen.

»Ich habe Kaffee gemacht, mögen Sie einen?« Tessa hatte bereits drei Tassen in der Hand und platzierte sie auf dem niedrigen Tisch. Das Zimmer war ganz in Weiß gehalten, lediglich die Kissen auf den Sitzmöbeln brachten mit roten und orangen Tönen Farbe in die Einrichtung.

Tessa goss Kaffee ein und reichte Milch und Zucker an. Anschließend floss sie in einen der weißen Ledersessel, anders vermochte es Simone nicht zu beschreiben. Die Polizistin saß neben ihrer Chefin auf der ausladenden Couch und fühlte sich in ihrer Jeans und der Lederjacke deplatziert. Wie hätte sich erst Regula vorkommen müssen, wenn es ihr wichtig gewesen wäre, wie sie wirkte! Verwaschene Jeans, Turnschuhe und als Krönung eine verblasste halblange Jacke, für die sportlich ein zu ansprechender Ausdruck gewesen wäre. Jetzt zog sie das ehemals schwarze Stück auch noch aus und warf es zerknüllt neben sich auf das makellose Leder.

Tessa erhob sich. »Geben Sie mir Ihre Jacke, ich hänge sie in der Garderobe auf einen Bügel, damit sie nicht verknittert.« Sie streckte die Hand aus.

»Danke, sehr freundlich, aber nicht nötig. Meine Pistole steckt in der Jackentasche, auf die muss ich aufpassen.« Regula lachte auf, als sie Simones Entsetzen bemerkte. »Scherz!«, rief sie, und zu Tessa gewandt: »Keine Sorge, ich bin nicht bewaffnet, dennoch, die Jacke liegt hier gut. Ist nur zu warm, wenn ich sie anbehalte.«

Augenscheinlich wusste Tessa nicht, was sie von all dem zu halten hatte, und setzte sich zögernd wieder hin, diesmal allerdings vorn an den Rand des Sessels. Die Redepause, die entstanden war, empfand sie wohl als peinlich. Sie griff zu ihrer Tasse und trank vorsichtig mit gespreiztem kleinen Finger von dem heißen Kaffee.

»Ja«, sagte Regula laut, »jetzt wollen wir mal zur Sache kommen. Wann haben Sie erfahren, dass Dominik Pohl tot ist?«

Tessa wurde blass unter der gebräunten Haut, bemerkte Simone. Starke emotionale Beteiligung, stellte sie für sich fest. Ungewöhnlich, wo Pohl doch lediglich ihr Kunde war, der nur an den nicht häufigen Besuchen in Göttingen ihre Nähe gesucht hatte.

Tessa stellte die Tasse ab und erklärte leise. »Ich habe es aus der Zeitung erfahren. Es ist entsetzlich.«

Sie blickte die Kommissarinnen traurig an, und Simone rief sich dahingehend zur Ordnung, endlich die Musterung der jungen Frau einzustellen. »Wir wissen bereits, in welchem Verhältnis Sie zu Herrn Pohl standen, würden es aber gern von Ihnen geschildert bekommen«, sagte sie rasch.

Gerade zeichnete sich ein Anflug von Unmut auf Tessas Zügen ab. »Haben Sie ein gestörtes Verhältnis zur Prostitution?«, fragte sie überraschend scharf.

Regula blieb völlig entspannt. »Überhaupt kein Verhältnis«, sagte sie, »aber ich erfahre gern Neues. Erzählen Sie.«

Simone zog einen Notizblock aus der Jackentasche und einen Kugelschreiber und machte sich bereit, alles mitzuschreiben. Man macht Fehler, dachte sie resigniert, doch es blieb ihr keine Zeit, diesen Gedanken zu vertiefen, weil Tessa zu reden begann.

»Wie Sie möchten. Ich habe Firmenbosse auf der Kundenliste. Die laden mich und zwei, drei andere Frauen ein, wenn sie Geschäftsessen geben. Dann stehen wir auf der Speisekarte, als Zugabe, bis zum Dessert. Frauenfeindlich? Hören Sie doch auf. Männer wollen Sex. Entweder mit der eigenen Frau, mit der Geliebten oder mit einer wie mir, wenn sie es sich leisten können. Das schmückt! Mein Haus, meine Jacht, meine Edel-Prostituierte. Statussymbole, verstehen Sie? Dominik Pohl war genau so einer. Aber vor einigen Monaten hat er sich verändert. War weniger schick, nur noch teuer angezogen. Vernachlässigte sich. War fahrig und unkonzentriert. Hat mir erzählt, dass er genug Kohle verdient hat, jetzt solle sein Leben sich ändern. Mit mir. Er wolle mich heiraten und noch mehr Unsinn hat er erzählt. Seine Frau sei für ihn erledigt, die verstehe nichts vom Leben. Richtig unheimlich ist er mir geworden, hat zu viel Whisky getrunken und sich hingeflegelt, den Kragen offen, die Krawatte auf Halbmast. Ich dachte, was geht denn jetzt. Früher fand ich ihn attraktiv, aber so? Ich hab ihn angeschaut: Unsauber rasiert, raue Stimme, Zigarette im Mundwinkel, Manschettenknöpfe verloren, Schuhe ungeputzt. Ein Geschäft noch, und er sei er ein freier Mann. Ich sollte meine Sachen packen und ins Hotel kommen, damit wir zusammen wegfahren könnten. Nach Hannover zum Flughafen, dort würde der Flieger nach Kuba warten. Kuba! Pohl wusste nichts über mich. Aber er würde auch nichts mehr erfahren. Ich würde ihn von meiner Kundenliste streichen, habe ich ihm gesagt. Und dass ich jetzt gehen würde, für immer. Da ist er ausgerastet, von wegen des vielen Geldes, das ich ihn schon gekostet hatte. Ob ich nicht gemerkt hätte, dass er mich irgendwann ganz für sich haben wollte? Nein, hatte ich nicht. Warum auch? Das war nicht der Deal, der Deal war Begleitung und Sex gegen Bezahlung. Außerdem, habe ich gesagt, würde ich mich neu orientieren! Wie, gehe ihn nichts an, jedenfalls würden wir uns nicht wiedersehen.« Sie griff nach der Kaffeetasse, hob sie an und stellte sie sofort zurück auf die Untertasse. Ihre Hand zitterte. »Wir haben gestritten. Am Frühstückstisch im Hotel. Zum Glück waren keine anderen Gäste da und niemand hat zugehört. Warum bin ich nur am Abend wieder zu ihm gegangen? Der Streit begann im Hotelzimmer sofort von vorn. Als er mich angefasst und aufs Bett geworfen hat, habe ich ihm in den Bauch getreten, so mit voller Wucht, er hat sich gekrümmt. Das war es dann wohl, habe ich gedacht. Aber dass es so enden würde, das hätte ich niemals gedacht.« Tessa schwieg und sah aus dem Fenster, die Polizistinnen folgten ihrem Blick. Der Himmel hatte sich verschleiert, das gefärbte Laub der Bäume, auf die man von hier aus sehen konnte, leuchtete nicht mehr so hell wie zu Anfang des Besuchs.

Regula wartete ab, Simone kannte das Verhalten. Das Vernommene sacken lassen, keine voreiligen Schlüsse ziehen, das alles gehörte zu derlei Gesprächen dazu. Tessa war offenbar irritiert über die Stille, die nach ihrem langen Monolog im Raum lag. Sie begann, unruhig hin und her zu rutschen. »Entschuldigen Sie mich bitte einen Augenblick«, sagte sie und lief eilig hinaus. Vermutlich ins Bad, denn wenig später hörten die Kommissarinnen würgende Laute.

»Soll ich zu ihr gehen?«, fragte Simone besorgt.

Regula machte eine verneinende Handbewegung. »Wäre ihr unangenehm. Lass ihr Zeit.«

Sie behielt Recht. Jetzt völlig blass, tauchte Tessa wenig später auf, entschuldigte sich. »Es nimmt mich mit. Seit Tagen träume ich von dem Mord. Wenn wir uns nicht gestritten hätten, wäre Dominik vielleicht noch am Leben.«

»Davon würde ich nicht unbedingt ausgehen«, versuchte Regula einen beruhigenden Satz, doch er verfehlte seine Wirkung.

»Die Träume werden bald aufhören«, versuchte es nun Simone in warmherzigem Ton, und Tessa bedankte sich bei ihr mit einem scheuen Lächeln. »Es ist alles so ... unbegreiflich.«

»Vielleicht können Sie mithelfen, den zu fassen, der das getan hat. Wären Sie dazu bereit?« Regula ließ noch ein weiteres Stück Zucker so in ihren Kaffee plumpsen, dass sich winzige braune Spritzer auf der hochglanzpolierten Tischplatte verteilten.

Tessa schien es nicht zu bemerken. »Wenn ich kann, selbstverständlich«, stimmte sie zögernd zu und massierte ihre Fingerspitzen. »Aber wie Dominik gelebt hat, weiß ich nicht. Er hatte eine Ehefrau, Arbeit, Geld, Geschmack – mehr kann ich nicht über ihn sagen.«

»Sie erwähnten vorhin: *Ein Geschäft noch, dann sei er ein freier Mann,* habe Herr Pohl gesagt. Wissen Sie, worum es bei dem Geschäft ging?« Regula rührte heftig in ihrer Tasse, doch diesmal blieb der Kaffee dort, wo er hingehörte. »Kekse haben Sie wohl nicht zufällig?«

Tessa machte große Augen. »Nein. Ich esse keine Kekse.«

Regula winkte ab. »Kein Problem. Also: Welches Geschäft könnte er gemeint haben?«

»Ich weiß es nicht. Er hat nie über seine Geschäfte gesprochen. Wenn wir uns getroffen haben, wollte er Sex. Zuvor ein schnelles Abendessen, mehr nicht, auch nur manchmal. Er zeigte sich nicht gern mit mir in der Öffentlichkeit.«

»Können Sie sich vorstellen, warum das so war? Sie haben doch geschildert, dass Ihre Kunden gern mit Ihnen angeben, warum er nicht?«

»Hatte er Bekannte in der Stadt, von denen er nicht gesehen werden wollte?«, ergänzte Simone.

»Möglich«, überlegte Tessa. »Er hatte Kunden, die er besucht hat, ich glaube, aus dem medizinischen Bereich.«

»Hatte Pohl Probleme? Ich meine, wenn einer sich jahrelang schick und geschniegelt zeigt und unerwartet stoppelig und abgerissen daherkommt, macht man sich doch so seine Gedanken. Oder nicht, Frau Schöller?«

»Wie gesagt, ich habe diese Beziehung als rein geschäftlich angesehen. Es ist nicht gut für das Geschäft, Kunden auf ein verändertes Äußeres anzusprechen oder sie gar zu kritisieren und auszufragen.« Tessa verzog unwillig den Mund. »Er hat eine Grenze übertreten, und zwar bei mir. Das war es, was ich nicht tolerieren wollte. Alles andere hat mich nicht interessiert.«

»Dafür, dass es in Anführungszeichen nur ein Kunde war, hat Sie sein Tod sehr mitgenommen.« Simone bemühte sich, nicht vorwurfsvoll zu klingen.

»Der Tod an sich ist schrecklich«, sagte Tessa bestimmt.

»Frau Schöller, entgegen Ihrer Annahme hat doch jemand zugehört, als sie sich mit Herrn Pohl im Frühstücksraum gestritten haben. Sie sollen gesagt haben, dass Sie dabei sind, Ihr Leben zu ändern: Eine neue Arbeit, ein neuer Mann. Stimmt das?« Regula lehnte sich gegen das weiße Lederpolster und verschränkte die Hände vor dem Bauch.

»So? Hat das jemand gehört? Dann wird es wohl stimmen ... Ja, es stimmt«, fügte sie schnell hinzu.

»Verraten Sie uns Näheres?« Regula war noch immer die Ruhe selbst. Hierfür bewunderte Simone sie. Sie selbst wurde schon einmal ungeduldig, wenn die Antworten so spärlich fielen.

Tessa erhob sich und ging zum Fenster hinüber. Sie stellte sich seitlich davor und verschränkte die Arme. »Ich habe vor einigen Monaten einen kleinen Unfall gehabt, ein vertretener Knöchel. Im Krankenhaus hat sich der Arzt in mich verliebt, der mich behandelt hat. Zuerst wollte ich nichts von ihm wissen. Das kennt man ja: Ärzte, die mit ihren Patientinnen flirten, sind Hallodris. Aber Tibor hat mich nicht angeflirtet, er hat mich nur besonders liebevoll behandelt. Das ist mir erst später bewusst geworden. Da hatte er mich längst angerufen und mir seine Liebe erklärt.« Sie drehte sich abrupt um und setzte sich zurück in ihren Sessel. »Klingt kitschig, nicht wahr? Aber seitdem sind wir ein Paar. Tibor ist mein Verlobter. Und ja, mit seiner Hilfe werde ich mein Leben ändern, wenn ich kann. Aber was hat das mit dem Mord an Dominik zu tun?«

Regula ließ ihren Oberkörper nach vorn schnellen. »War ihr Freund der Mann, der Sie am 25. September aus dem Hotel abgeholt hat? Nach dem Streit mit Pohl?«

»Ja«, bestätigte Tessa. Sie wirkte erschrocken, wohl weil die Polizistin ihre ruhige Zurückhaltung aufgegeben hatte. »Er hat mich abgeholt und hierher gefahren. Anschließend ist er in seine Wohnung zurückgekehrt, weil er am nächsten Morgen früh aufstehen musste.«

»Wenn es so ist, hat er sehr wohl etwas mit unseren Ermittlungen zu tun! Nennen Sie uns bitte seinen vollständigen Namen und seine Anschrift.«

Tessa war offenbar so perplex, dass sie sich nicht wehren konnte. Ohne Widerworte nannte sie Regula die Daten. Die wiederum bat Simone, alles aufzuschreiben. »Wissen Sie, ich schreibe nicht gern«, sagte sie lapidar, nun wieder ruhiger. »Wir werden Ihren Freund hinsichtlich der Tatnacht befragen müssen.«

»Weiß er von Ihrem Verhältnis zu Pohl?«, erkundigte sich Simone vorsichtig.

»Ja doch, er weiß alles, was ich getan habe. Er hat damit kein Problem, wenn Sie das meinen. Außerdem ist alles bald Vergangenheit.«

»Sie haben eine andere Arbeit gefunden?« Simone blätterte den Notizblock noch einmal um, die Anzahl beschriebener Seiten war stattlich. Das Diktiergerät hatte sie in der Eile im Dienstgebäude vergessen, und Regula hatte ihr bereits angedroht, noch heute alles, was Tessa Schöller sagen würde, in einem Bericht festhalten zu müssen. Sie unterdrückte einen Seufzer.

»Ich bin dabei, mich arbeitsmäßig umzuorientieren, und Tibor hilft mir dabei sehr.«

»Dann ist es doch ganz praktisch, dass der wütende Kunde Pohl, der damit so gar nicht einverstanden gewesen war, nicht mehr dazwischenreden kann, oder etwa nicht?« Regula lehrte den letzten Schluck ihrer Tasse und machte ein zufriedenes Gesicht. »Schön süß.«

Tessa hob das Kinn. »Mit diesem Kunden wäre ich auch so fertig geworden!«, sagte sie hochmütig. »Oder meinen Sie, dass renitente Freier ausnahmslos umgebracht werden müssen?«

»Ausnahmslos nicht, aber …« Regula ließ den Satz im Raum stehen und hievte sich mühsam aus dem Sofa. Langes Sitzen bekam ihr nicht, sie bekam steife Glieder davon. »Wir melden uns bei Ihnen, wenn wir weitere Fragen haben. Erst einmal war es das von unserer Seite. Und danke für den Kaffee.«

Simone vermerkte eine letzte Notiz, klappte den Block zu und ließ den Kugelschreiber einschnappen. Sie vermisste ihr Diktiergerät. Wie sehr würde sie es erst nachher vermissen, wenn sie wegen ihrer Vergesslichkeit auch noch Überstunden schieben durfte. René würde nicht begeistert sein, dass sie so spät nach Hause kommen würde.

»Vielen Dank, Frau Schöller. Wenn Ihnen noch etwas einfällt, können Sie uns jederzeit anrufen.«

Beide Frauen gaben sich die Hand zum Abschied.

»Darf ich Sie etwas fragen?« Tessa blickte Simone in die Augen.

»Ja, sicherlich«, antwortete Simone leichthin.

Tessa nickte. »Gut. Ich habe bei der Vorstellung Ihren Vornamen nicht richtig verstanden, er lautet ...«

»Simone, Simone Böhm.«

»Ach ja, tatsächlich, danke und einen schönen Tag noch.«

Regula war bereits im Treppenhaus auf dem Weg nach unten. Was hatte die Frage nach ihrem Vornamen zu bedeuten, dachte Simone, als sie die Stufen hinablief. Wie eine Sympathiebekundung hatte es sich nicht angehört, eher misstrauisch oder lauernd. Merkwürdig. Vor der Eingangstür holte Simone ihre Chefin ein, und Regula mutmaßte: »Zwischen euch stimmt die Chemie aber, habe ich recht?«

Simone legte den Kopf schief. Sollte sie von der merkwürdigen Frage erzählen? Sie entschied sich, dem Ganzen nicht so viel Gewicht beizumessen. »Ja, kann man so sagen. Ich mag schicke Frauen mit Geschmack.«

»So, so«, brummelte Regula. »Dann verstehe ich jetzt auch, warum du mich so gut leiden kannst!«

»Genau!«, rief Simone, »du bringst es wie immer auf den Punkt!«

Kapitel 22

Drei Tage brauchte der kleine Bandit, um sich einigermaßen zu erholen. Drei Tage, an denen sein Magen schmerzte und er voller Sorge die fiesen Ritzer in seinem Bauch betrachtete – auch aus Angst davor, dass das Wort »Wichser« als Narbe zurückbleiben würde. Drei Tage, an denen er morgens schweißgebadet aufwachte, weil er wieder glaubte, knapp vor dem Ertrinken zu stehen.

Der vierte Tag hatte mit einer großen Wut begonnen, die nach und nach aus seinem Kopf verschwunden war und Platz gemacht hatte für, wie Niko fand, kristallklare Gedanken. Jetzt saß er an seinem Küchentisch, blickte hinaus in den Garten und beobachtete, wie sich der Himmel zunehmend verschleierte. Er hatte die Tortur überlebt. Er war stark geblieben. Jeder andere hätte diesen Schweinen gesagt, was sie wissen wollten, auch wenn er dafür hätte lügen müssen. Seine Schmerzen würden vergehen, auch die Albträume irgendwann vorüber sein. Zäh wie er war, durfte er jetzt nach vorn schauen, und was er sah, war nicht das Schlechteste. Die Schläger des Wächters würden ihn in Ruhe lassen, ihnen war die Munition für weitere Angriffe ausgegangen.

Dass es in seiner Zukunft keine Zusammenarbeit mit dem Wächter mehr geben würde, hatte er begriffen. Schließlich hatte der seine Bluthunde auf ihn losgelassen. Irgendwie mussten die herausgefunden haben, dass er den Baumann gewarnt hatte, sonst hätte das Verbot des Wächters gegolten, ihm etwas anzutun. Da war sich Niko sicher. Das Gutmenschentum zahlte sich eben nicht aus, hatte er das nicht immer gewusst?

In den drei Tagen, an denen er meistenteils auf dem Sofa gelegen und gewartet hatte, dass die Schmerzen langsam nachließen, hatte er viel nachgedacht. In den langen Stunden auf dem Sofa musste er anfangs Blut in einen Eimer spucken, und er hatte zu begreifen begonnen, dass das Leben endlich war. Wenn es jetzt vorbei sein würde – was hätte er davon gehabt? Jeder Mensch hatte doch das Recht, irgendwann im Leben glücklich zu sein, also auch er. Glück kam nicht von allein, so viel stand für ihn fest. Glück musste man sich besorgen. Mit einem Kokaindeal beispielsweise, der viel Geld abgeworfen hätte. Das war gründlich in die Hose gegangen. Doch da gab es noch diese geniale Idee.

Niko stand auf, langsam, weil ihm noch immer der Hals schmerzte von der Quälerei mit dem nassen Tuch auf dem Gesicht. Ewig lange überstreckt zu werden, war den Halswirbeln schlecht bekommen. Räudige Hyänen in Menschengestalt! Niko ballte die Fäuste und drückte sich vom Tisch hoch. Aber er war als Sieger hervorgegangen, nicht sie. Er schlurfte zum Kühlschrank, öffnete ihn, nahm einen Wurstteller heraus und Butter, schlug die Kühlschranktür zu und holte sich ein Paket mit Brotscheiben aus dem Küchenschrank. So bepackt trottete er zurück an den Tisch, den Kopf voller Bilder, die seine Idee ausschmückten. Inwieweit würde es möglich sein, alles in die Wirklichkeit umzusetzen? Er schmierte sich langsam ein Brot auf dem Holzbrettchen, das seit Tagen auf dem Tisch lag und vollgekrümelt war. Die Tischplatte glänzte fettig von Wurst und Käse. Aus einer Warmhaltekanne goss er sich Kaffee in eine fleckige Tasse. Niko betrachtete die Unordnung. So konnte es nicht weitergehen. Wenn er seinen Plan umsetzen wollte, musste er vorher sein Leben einigermaßen in Ordnung bringen. Und zwar allein. Womit er gedanklich bei seinem Freund Frank angekommen war. Den musste er unter allen Umständen aus seinen Überlegungen heraushalten. Er hatte es nicht verdient, als Mitwisser da hineingezogen zu werden.

An dem Abend, als die beiden Bluthunde über ihn hergefallen waren, hatte er auf Frank gewartet. Nur deshalb hatte er völlig ohne Argwohn die Haustür geöffnet. Die Schweine gebrauchten genau das Klingelzeichen, das er und Frank seit ihrer Schulzeit benutzten: einmal kurz, anschließend noch einmal länger. Woher kannten die das Zeichen? Frank hatte dafür auch keine Erklärung parat, als sie später darüber sprachen. Er kam an jenem Abend nicht mehr. Um abzusagen, rief er an, erreichte jedoch nur Nikos Mailbox und hinterließ eine Nachricht: Er hatte vergessen, dass er seine Eltern besuchen musste, gerade an diesem Abend. Erst als Niko auch den ganzen Vormittag nicht an sein Handy ging, wurde Frank misstrauisch und fuhr zu ihm. Er wusste als Einziger von dem Versteck für den Zweitschlüssel, hinten im Garten unter der Vogeltränke. Den holte er hervor, schloss auf und fand Niko, grün und blau geschlagen, verletzt und mit blutverschmiertem T-Shirt. Eigentlich wollte Frank ihn gleich ins Krankenhaus bringen, doch Niko wehrte sich dagegen, so gut er es in diesem Zustand konnte. Also versorgte ihn Frank, wusch ihn, klebte Pflaster, hörte zu. Anschließend fuhr er zu sich nach Hause, plünderte den Kühlschrank und brachte Niko zu essen und zu trinken. Einzukaufen war nicht möglich, es war ja Feiertag, der 3. Oktober, und selbst wenn: Niko konnte kaum laufen, geschweige denn das Haus verlassen.

Frank war sein allerbester Freund, und er würde ihn auf gar keinen Fall in Schwierigkeiten bringen, im Gegenteil. Wenn alles so lief, wie er es sich vorstellte, wenn sein neu geschmiedeter Plan funktionierte, würde er sich für Frank eine große Überraschung überlegen, etwas Gigantisches, aus Dankbarkeit. Niko biss in das

Wurstbrot. Zum ersten Mal spürte er wieder Appetit, und darüber freute er sich. Es ging bergauf, ein Wink des Schicksals, dachte er. Sogar der Kaffee schmeckte nicht mehr so bitter. Alles wird nicht nur gut, sondern besser, am besten, am allerbesten! Sein Leben würde sich gründlich ändern, und dann würde auch Irena mit ihm nicht nur ins Café gehen, sondern überallhin! Es gab viele Frauen, deren Partner kleiner waren als sie selbst und die das nicht störte. Geld, mit Geld konnte man sich das Dasein angenehm gestalten. Er besaß den Schlüssel für sein ganz persönliches Schlaraffenland, er musste ihn nur noch ins Schloss stecken und herumdrehen. Und zwar jetzt. Sonst würde er es sich womöglich noch einmal anders überlegen.

Der Gedanke beflügelte ihn, er konnte merken, wie die Energie in ihn zurückfloss. Der Weg ins Wohnzimmer fiel ihm heute viel leichter. Niko setzte sich und durchsuchte seine Kontakte im Handy nach der Nummer, die er vor einigen Tagen eingespeichert hatte. Er lauschte dem Rufton nach. Noch war er der kleine Bandit, aber vielleicht würde er bald ein großer, ernstzunehmender Verbrecher sein. Niko musste über seinen kindischen Wunsch lachen. Gleichzeitig musste er die Erkenntnis verdrängen, dass ihn dieser Weg vielleicht dorthin führen würde, wohin man von der Polizei gefasste Erpresser gemeinhin bringt: für Jahre hinter Gitter.

Kapitel 23

7. Oktober

Enttäuscht legte Simone den Hörer auf. Sie hatte gehofft, Dr. Scharf-Bodemann im Asklepios-Klinikum zu erreichen, doch vergeblich. Die Psychiaterin meldete sich nicht, und auch in der Vermittlung hatte man der Kommissarin nicht weiterhelfen können. Simone brauchte weitere Informationen über Elena Meyer. Es genügte ihr nicht, was sie bisher über die Soziologin herausgefunden hatte. Das Verhalten der Frau erschloss sich ihr nicht, und sie wollte sie nicht aus ihrem Blickfeld entlassen. Zu nah war Elena dem Geschehen in der Mordnacht gewesen, zu unschlüssig waren ihre Erklärungen, wie Simone fand. Entweder wollte sie nochmals mit der Zeugin sprechen oder aber mit ihrer behandelnden Ärztin. Es war keine konkrete Spur, der sie damit nachgehen wollte. Es war lediglich eine Intuition, die sie heute Morgen überfallen hatte. Einen weiteren Grund, warum Simone die Psychiaterin sprechen wollte, hatte sie sich längst eingestanden: Sie wollte nachfragen, ob Frau Dr. Scharf-Bodemann schon die Zeit gefunden hatte, im Luisenhof mit ihrer Mutter zu sprechen. Die ewigen Streitereien belasteten sie so stark, dass sie sich nach einer Lösung des Konfliktes sehnte. Eine Bekannte, die bei einer psychologischen Beratungsstelle beschäftigt war, hatte ihr sogar geraten, darüber nachzudenken, ob sie den Kontakt zu ihrer Mutter abbrechen sollte. Aus Selbstschutzgründen. Doch zu dem Schritt würde sie sich nicht entschließen können, das wusste sie. Schließlich war Hannah ihre Mutter, auch wenn sie sich momentan eher benahm wie ihr schlimmster Feind.

Lediglich Simone und B.P. arbeiteten an der Wirkungsstätte der MoKo *Tanto*. Der Oktober meinte es wettermäßig mehr als gut, und so hatten die Kollegen nichts gegen Außenermittlungen einzuwenden. Zumal es ihnen nichts genutzt hätte, im Büro weiterzuarbeiten. Die Ermittlungen traten auf der Stelle. Spuren, auch Hinweise aus der Bevölkerung, waren bisher ins Leere gelaufen. Simone trat an die Stellwand, die mittlerweile mit beschriebenen Moderationskarten, Fotos, Vergrößerungen der Straßen im Bereich des Leichenfundortes und Spickzetteln nahezu gefüllt worden war. Dazwischen prangten rote und grüne Pfeile, die mögliche Aussichtslosigkeit oder Chancen symbolisierten. Von Dora hatte B.P. ein Foto aus dem Internet heruntergeladen und ausgedruckt. Eine attraktive Frau, fand Simone. Dennoch hätte sie nicht zu lügen brauchen, dachte sie mit einem leichten Grollen. Viktor und Daniel hatten sich ihrer noch einmal angenommen. Tatsächlich war sie in der Tatnacht trotz des Schlafmittels vom Lärm der anrückenden Einsatzfahrzeuge aufgewacht. Neugierig darauf, was wohl geschehen war, hatte sie sich rasch angezogen und war eilig die Treppe hinab und auf die Straße gelaufen. Der Tatort lag bei ihr um die Ecke, und außer ihr sammelten sich rasch weitere Schaulustige, die die Polizei erst nach einiger Zeit zum Gehen aufforderte. Dora war danach zurück in ihr Bett gegangen und hatte den kleinen Mann, den sie vom Fenster aus beobachtete hatte, völlig vergessen. Deshalb hatte sie sich geschämt und nichts von ihrem nächtlichen Spaziergang erzählt. Wenn ihr gleich eingefallen wäre, was sie gesehen und gehört hatte – vielleicht hätte der Mörder des armen Mannes aus Frankfurt längst eingesperrt werden können! Viktor hatte sie dahingehend beruhigt, dass der Kleingewachsene nicht im Mindesten als tatverdächtig feststehen würde. Allerdings könne man es auch nicht hundertprozentig ausschließen, hatte er hinzugesetzt, was Dora einmal mehr in Gewissensnöte gestürzt und die Hände vor das Gesicht hatte schlagen lassen. Wenn sie das alles nur geahnt hätte! Simone seufzte tief auf. Eine Schauspielerin eben, immer eine Spur zu theatralisch, dachte sie.

»Alles in Ordnung?«, rief B.P. zu ihr herüber.

»Ja, warum?«

»Weil du so stöhnst.« B.P. nahm nicht den Blick von seinem Bildschirm.

»Ich habe mich mal wieder über unsere rothaarige Diva aufgeregt.« Simone rückte Doras Foto gerade, doch es rutschte zurück in seine schiefe Position.

»Überdrehte Spinnerin«, sagte B.P.

»Keine Vorurteile, bitte«, sagte Simone mit gespieltem Ernst.

»Wieso Vorurteile? Ich habe sie doch erlebt.«

»Apropos Spinnerin«, sagte Simone. »Du hast dich doch so vorbildlich mit dem Verhalten von Elena Meyer beschäftigt.«

»Yes, habe ich.«

»Wo, meinst du, könnte ich sie finden, wenn ich sie sprechen wollte?«

»In ihrer Wohnung jedenfalls nicht. Jetzt warst übrigens du es, die die Political Correctness missachtet hat!«

»Stimmt, das war nicht okay. Wo, meinst du, hält sie sich auf?«

»Sie läuft mit einem Affenzahn durch die Innenstadt, irgendwohin. Dort bleibt sie eine ganze Weile, bevor sie einen neuen Spurt einlegt. Ist schon heftig, das Verhalten.«

»Das heißt, ich müsste die Innenstadt nach ihr absuchen, Marktplatz, Fußgängerzone, Nebenstraßen …«

»Yes, so sieht es aus.«

Simone wandte sich nochmals der Tafel zu. Bis auf B.P.s Klappern mit der Tastatur war alles still im Raum. »Stein«, stand auf einer der Karten, der Name des Apothekers: Er hatte ausgesagt, zufällig am Ritterplan vorbeigekommen und stehengeblieben zu sein, weil in der Straße wegen der Fahrzeuge und der Menschenansammlung kein Durchkommen möglich gewesen sei. Jetzt haben wir ihn, hatte Daniel frohlockt, doch dann hatte Stein einen Zeugen aus dem Hut gezaubert. Er sei mit einem Bekannten unterwegs gewesen und habe die historische Aula am Wilhelmsplatz fotografiert, ein Hobby von beiden: Fotografieren bei Nacht. Tatsächlich war der Zeuge ebenfalls auf dem Foto der Spurensicherung zu sehen, auf dem Viktor den Apotheker erkannt hatte. Auch die Befragungen in der Nachbarschaft des Tatortes hatten zu keinerlei Ergebnissen geführt. Zwischen dem Mord und dem Auffinden des Toten durch Robin Baumann schien der Ritterplan vollständig verwaist gewesen zu sein. Bis auf Elena Meyer, die noch nicht schlüssig hatte erklären können, warum sie sich dort aufgehalten hatte. Simone ging zu dem alten Garderobenständer, angelte nach ihrer Jacke und zog sie rasch über.

»Ich versuche mein Glück«, sagte sie zu B.P., der wieder einmal in die Arbeit versunken war und verzögert reagierte, ohne aufzusehen.

»Tu, was du nicht lassen kannst. Ich glaube nicht, dass Frau Meyer etwas mit der Tat zu tun hat.«

»He, he, warum klingt das so vorwurfsvoll?«, fragte Simone lächelnd. »Du denkst wohl, ich will nur an die frische Luft, weil die Herbstsonne heute so apart scheint?«

»Warum?«, knurrte B.P. »Weil ich neidisch darauf bin? Mir gefällt es im Gebäude besser, ich brauche auch keine Sonne, wenn ich arbeite.«

»Dann bist du ja hier genau richtig!«

»Yes!«

Lachend verließ Simone das Büro.

*

Der Verkehr auf der Groner Landstraße begleitete Simone mit seinem Lärm und seinen Abgasen bis zur

Kreuzung Groner Tor. Sie lief zu Fuß in die Innenstadt. War es Eingebung oder Zufall, dass sie ihre Suche am Ritterplan beginnen wollte? Bevor sie in die Straße einbog, glaubte sie, von fern Dora Davila zu sehen, die eilig die Jüdenstraße entlangging und kurz darauf in Richtung Gothaer Haus verschwand. Diese roten Haare! Damit fiel Dora jederzeit und an jedem Ort auf. Am Städtischen Museum wurde immer noch gebaut. Im Garten stand die berühmte Sonnenuhr zurzeit wie verloren in dem Durcheinander. Überall verstreut befanden sich Holzbretter, Farbeimer und Maurerkübel, aus dem Haus drangen Klopfgeräusche. Simone hob den Blick zum Gebäude der Berufsbildenden Schulen und versuchte, durch die Glasfassade des Ausbildungsrestaurants einen Blick ins Innere zu erhaschen. Vielleicht übte Monsieur Bartand gerade wieder mit seinen Schutzbefohlenen? Doch der Raum lag verwaist da. Wie schade, bedauerte Simone, als etwas ihre Aufmerksamkeit erregte. Eine Bewegung nur, ein dunkler Schatten. Sie beschleunigte den Schritt und trat auf die steinerne Treppe zu, die zum Eingang des Gebäudes hinaufführte. Noch immer sperrte eine rot-weißes Flatterband die Unglücksstelle ab.

»Observieren Sie mich?«

Simone erschrak und ärgerte sich darüber. Als sie Elena Meyer erkannte, übertrug sie ihren Ärger auf sie. »Habe ich nicht allen Grund dazu?«

Elena ließ sich durch den scharfen Ton nicht irritieren. »Natürlich nicht! Es gibt keinen Anlass, der ein solches Vorgehen rechtfertigen würde!«

Die Kommissarin betrachtete die Frau. Sie trug trotz der nur in der Sonne angenehmen Temperatur einen kurzen Rock. Immerhin schützte eine blickdichte Strumpfhose ihre ausgemergelten Beine, und der Oberkörper war in eine ehemals modische Jacke gewickelt.

»Ich habe nach Ihnen gesucht«, erklärte Simone, »das stimmt, aber von einer Observation kann nicht die Rede sein.«

»Warum suchen Sie mich?«

»Weil Ihre Ärztin nicht so viel über Sie berichtet hat, wie Sie es mir versprochen hatten.«

»Versprochen habe ich ganz bestimmt nichts. Vermutet habe ich, dass Frau Scharf-Bodemann Sie bestens über mich aufklären würde, das ja. Normalerweise gibt sie sich so, als ob sie alles wüsste und zu allem etwas zu sagen hätte.«

»Sie können sie nicht leiden!«, rief Simone erstaunt.

»Ich respektiere sie, mehr nicht.«

»Na, dann hat die Psychiaterin ja Glück«, sagte Simone sarkastisch. »Sie will Ihnen doch nur helfen, gesund zu werden!«

Elena hob abwehrend die Hand. »Da irren Sie sich aber, und zwar gründlich. Sie sorgt mit Tabletten dafür, dass mich meine Krankheit nicht umbringt, und achtet gleichzeitig darauf, dass die Pillen das nicht ihrerseits erledigen. An der Krankheit selbst ändert sich dadurch nichts, glauben Sie mir, Frau Böhm. Ich bin Fachfrau geworden, seit ich krank bin, ich weiß alles über schizophrene Psychosen und noch ein bisschen mehr.« Elena zeigte auf ein Haus auf der gegenüber liegenden Straßenseite. »Wissen Sie, wer dort wohnt?«

»Wer denn?«

»Der Junge, der erst den Toten gefunden hat und anschließend mich.«

»Ja, und?«

»Ich könnte mir vorstellen, dass er in Schwierigkeiten ist.«

Simone wurde hellhörig. »Robin Baumann?«

»Wer sonst? Über wen reden wir denn gerade?«

Die Polizistin verschluckte einen bissigen Kommentar. »Verraten Sie mir, was Sie zu der Annahme veranlasst?«

»Sonst hätte ich wohl kaum davon angefangen! Also: Zuerst passt ihn einer ab und will ihn überreden, dass Robin ihn mit hinauf in die Wohnung nimmt. Der lehnt ab. Wundert sich augenscheinlich, was der Kleine von ihm will.«

»Der Kleine?« Dora Davilas Beschreibung fiel Simone sofort ein, als sie das Wort hörte: *Ein ausgewachsener Mann, nur eben von sehr kleinem Wuchs.*

»Ja, es war ein junger Mann, eher ein Männlein, so zwischen zwanzig und fünfundzwanzig Jahre alt. Er hat mit Händen und Füßen gestikuliert. Immer aufgeregter ist er geworden. Leider konnte ich von hier aus nicht verstehen, worüber die beiden gesprochen haben. Erst als der Kleingewachsene fortging, habe ich gehört, wie er rief: *Kein Wort zur Polizei.* Verstehen Sie nun, warum ich glaube, dass Robin in Schwierigkeiten ist?«

Simone nickte nachdenklich.

»Am nächsten Tag wurde Robin ein zweites Mal abgepasst, auch hier vor seiner Wohnung.«

»Und Sie haben auch diesmal alles beobachtet?«, fragte Simone erstaunt, doch die Befragte ignorierte den Einwurf.

»Zwei junge Kerle. Einer in Motorradkleidung, schwarze Lederkombi, der andere in Jeans und Sakko, so ein Möchtegern-Eleganter. Merkwürdiges Paar. Es gab einige Wortwechsel und Tätigkeiten ...«

»Tätigkeiten? Haben sie sich geschlagen?«

»Nicht direkt. Ich würde es als Rangelei bezeichnen. Jedenfalls bis zu dem Zeitpunkt, als der Kerl im Sakko ein Messer zückte.« Elena fixierte einen Punkt in der Ferne. »Ich habe die Angreifer verjagt und Robin geraten, den Vorfall der Polizei zu melden. Er schien über meinen Vorschlag nicht begeistert. Ich nehme an, er hat nicht bei Ihnen angerufen?«

»Bisher nicht. Wann war das?«

»Am 28. und 29. September.«

»Vielen Dank für die Hinweise.« Simone wollte eigentlich hinzusetzten, dass auch Elena hätte anrufen und ihre Beobachtungen mitteilen können, doch sie verbiss sich die Bemerkung. »Sie wissen tatsächlich genau, was in der Göttinger Innenstadt geschieht, ich bin beeindruckt«, sagte sie stattdessen. »Ich würde mich gern noch eine Weile mit Ihnen unterhalten. Haben Sie einen Vorschlag, wohin wir gehen können?« Simone schaute auf die Unglücksstelle. »Dieser Ort ist nicht der richtige für ein angenehmes Gespräch.«

»Nein«, entgegnete Elena barsch. »Ich habe keinen Vorschlag, und ich habe keine Zeit. Was ich wusste, habe ich Ihnen gesagt, und jetzt Schluss.«

»Sie interessieren mich!«, unternahm Simone einen letzten Vorstoß, um mit ihrem Gegenüber weiterzusprechen.

»Nicht nötig. Ich komme zurecht. Als Studienobjekt tauge ich nicht.«

»So habe ich das auch nicht gemeint! Frau Meyer!«

Die schwarz gekleidete Frau hörte Simones Worte nicht mehr. Mit langen Schritten strebte sie davon, wechselte die Straßenseite, lief am Hotel *Zur Sonnenuhr* vorüber und verschwand um die nächste Straßenecke.

Kapitel 24

Zufällig hatte Simone einem der Drogenfahnder gegenüber einen sehr kleinen Mann erwähnt, der zunehmend in den Fokus der Fahnder geraten war. Die lapidare Reaktion des Kollegen, »den kenne ich«, hatte zu der jetzt stattfindenden Besprechung geführt. Kommissariatsleiter Harald Berger und einer seiner Mitarbeiter vom Fachkommissariat für Drogenkriminalität saßen mit am Tisch im Domizil der Mordkommission. Neben Regula, Simone und B.P., der alles Gesprochene in den PC eingeben würde, befanden sich noch Viktor Weiß und Daniel Beyer im Raum. Gerade berichtete Drogenfahnder Mogler, der eigentlich Reiner hieß, aber von allen nur Willi genannt wurde, Einzelheiten über die Zielperson. Sein Haupthaar war rötlich, die Wimpern fast weiß, und auf den Armen hatte er unzählige Sommersprossen.

»Niko Bendith ist schon als Schulkind aufgefallen, weil er geklaut hat wie ein Rabe. Das Diebesgut hat er zum günstigen Preis an seine Mitschüler verkauft. Heute kennen wir ihn als Kleindealer, hauptsächlich verkloppt er wohl Hasch an Jugendliche. Lässt sich aber nicht erwischen und hat daher keine Vorstrafen. Soviel wir wissen, gehört er zu den Dealern um den Türsteher im *Hainholz*.«

»Hainholz?«, hakte Viktor nach.

»Ein nobler Club«, klärte Regula ihn auf, »gibt sich elitär, angeblich nur ausgewähltes Publikum.«

»Angeblich, stimmt«, bestätigte Willi. »Die lassen jeden rein, weil sie ihren Stoff verkaufen wollen. Wenn bei denen ein bekannter DJ auflegt, möglichst noch Techno-Musik, konsumiert ein Großteil der Gäste synthetische Drogen wie Crystal Meth. Hauptakteur im Göttinger Drogengeschäft ist Christoph Runge, und der arbeitet als Türsteher im *Hainholz*. In Berlin war er eine große Nummer, als Türsteher und als Drogendealer. Dort wie hier konnte man ihm bisher nichts nachweisen. Alle wissen, dass er im Kilobereich Stoff kauft und verkauft, aber die Verkäufe laufen nur über seine Leute, und auch die sind ausgesprochen diskret und vorsichtig. Wenn uns nicht ab und an durch einen Zufall ein Kunde auffallen würde, weil er zugedröhnt durch die Straßen läuft, würden wir so gut wie nichts von den Geschäften mitbekommen.«

»Runge ist sozusagen der Chef von Bendith?«, fragte Simone.

»So sieht es aus«, nickte Harald Berger. »Allerdings scheint es in der Truppe um Runge, den übrigens alle den Wächter nennen, Unstimmigkeiten zu geben. Ein Kollege aus der Verfügungseinheit hat so etwas gehört. Leider ist er in der Szene so bekannt, dass er als verdeckter Ermittler nicht mehr eingesetzt werden kann. Aber er hat noch seine Kontakte.«

»Robin Baumann ist von zwei Männern attackiert worden, die ungefähr so ausgesehen haben sollen.« Simone, die neben der Tafel mit den Tatortfotos, Stadtplänen, Notizen und Hinweispfeilen stand, zog die Magnete von zwei Zeichnungen und schob sie über den Tisch. Sie zeigten am Computer erstellte Umrisse zweier männlicher Gestalten, die eine im Sakko, die andere in Motorradmontur. Simone hatte sie nach den Angaben von Elena Meyer anfertigen lassen.

»Keine Gesichter?«, fragte Harald Berger enttäuscht.

»Henner Kaufmann«, sagte Willi wie nebenbei, was ihm sogar von seinem Fachkommissariatsleiter einen anerkennenden Blick eintrug. Den im Sakko kann ich noch nicht einordnen, aber Kaufmann ist der Bodyguard von Runge, hat eine Akte bei uns – gefährliche Körperverletzung, räuberische Erpressung. Er hat einen Mann halb totgeschlagen, und Runge hat ihm ein Alibi beschafft und so vor dem Knast bewahrt. Seitdem arbeitet Kaufmann für ihn und ist treu wie ein Hund.«

»Und bedrohlich wie ein Bullterrier«, ergänzte Daniel, »wenn der Runge den von der Leine lässt, wird es bedenklich.« Für diese Bemerkungen kassierte Daniel einen tadelnden Blick von Regula. »Nur als Beispiel!« Er hob beschwichtigend die Hände.

»Wenn ihr das so genau wisst, warum habt er den nicht festgenommen?«, fragte Viktor verblüfft. »Ich meine, ein falsches Alibi lässt sich doch beweisen, es gibt Methoden – oder nicht?« Er schaute Zustimmung heischend in die Runde, blickte jedoch in versteinerte Mienen.

»Dem Runge weist niemand auch nur irgendetwas nach«, sagte Berger gepresst, »und seinen Leuten auch nicht. Der Wächter ist nicht nur gefährlich und schlau, der hat auch noch Beziehungen in die Führungsetagen, sei es der bedeutenden Firmen oder der Verwaltungen.« Wohl um einer weiteren Frage Viktors vorzubeugen, setzte er hinzu: »Aber auch das kann ich nicht beweisen.«

»Da staune ich aber«, kommentierte Viktor und massierte mit der Rechten seinen Vollbart. »Bei uns in Northeim …« Er brach ab, als er Regulas Gesichtsausdruck sah.

»Bendith wohnt in der Oberen Karspüle«, führte Willi weiter aus, »das ist nicht weit entfernt vom Fundort der Leiche.« Er blickte hinüber zu den Fotos, die den toten Dominik Pohl auf dem Gelände der Schule liegend zeigten.

»Sein Wohnort gehört damit auch noch zu dem Bereich, den Elena Meyer im Blick hat«, sinnierte Simone. »Merkwürdig, dass sie nicht gesagt hat, ob sie ihn vom Sehen her kennt. So ein besonders kleiner Mann fällt doch auf. Allerdings habe ich sie auch nicht danach gefragt.«

Regula erhob das Wort: »Viktor und Daniel, ihr holt uns Niko Bendith hierher. Simone, du besuchst bitte Robin Baumann. Es wäre schön, wenn Willi mitgehen würde. Als Drogenfachmann wird er die für diesen Bereich wichtigen Fragen stellen. Einverstanden?«

Simone nickte. Sie war froh, dass sich Regula wieder als Führungskraft zeigte. In den letzten Tagen hatte sie das Gefühl gehabt, die Chefin würde andere Schwerpunkte ihres Daseins ausleben als den intensiven Dienst. Wenn Viktor in ihrer Nähe war, wirkte sie zeitweise wie abwesend von der Dienststelle. Aber vielleicht fiel ihr verändertes Verhalten auch nur deshalb auf, weil es ungewohnt war. Für Simone war Regula immer die Ausnahmepolizistin gewesen, die regelmäßig Spitzenleistungen erbrachte und alle Gefühle außen vor ließ. Sie jetzt mit Viktor flirten zu sehen, passte so gar nicht in das Bild, das Simone von ihr hatte. Gern würde sie einmal mit der Chefin über all das reden, doch hierfür hatte bisher die Gelegenheit gefehlt.

Robin würde jetzt auf der Arbeit sein, wie Simone nach einem Blick auf ihre Armbanduhr feststellte. Sie überlegte, wie sie es anstellen konnte, ihn zu treffen, ohne dass es zu viel Aufregung verursachen würde. »Willi? Was hältst du davon, wenn wir bei Zeiss essen gehen?«

»Nur, wenn wir nicht beim Präsidenten am Tisch sitzen müssen. Wäre mir zu anstrengend.« Willi grinste in seinen rotblonden Dreitagebart.

»Keine Sorge, der Polizeipräsident ist heute nicht im Haus. Das habe ich vorhin im Fahrstuhl von seiner Vorzimmerdame gehört.« Simone lächelte in sich hinein. »Gehen wir?«

Willi griff nach seiner Jacke, die über dem Stuhl hing, und folgte Simone hinaus. Viktor und Daniel waren bereits vorausgegangen und nicht mehr zu sehen. Wahrscheinlich besorgten sie sich gerade ein Dienstfahrzeug, um zu Niko Bendith zu fahren, vermutete Simone. Viktor hatte bei der Waschanlage angerufen, die Willi ihm als Bendiths Arbeitsplatz genannt hatte, und erfahren, dass der Autowäscher krank und zu Hause sei.

Auch Simone telefonierte, und sie hatte Glück: Robin Baumann ging an sein Handy. Das sprach dafür, dass er gerade Pause hatte. Zuerst klang seine Stimme erfreut, doch als er hörte, dass Simone ihn sprechen wollte, wurde er deutlich zurückhaltender. Dennoch sagte er zu, in die Kantine zu kommen und sich mit den beiden Polizisten an einen Tisch zu setzen.

Als Simone das Gespräch beendete, waren sie und Willi bereits vor dem Haupteingang der Firma für feinmechanisch-optische Produkte angelangt. Die Nähe des Werkes zum Polizeidienstgebäude in der Groner Landstraße hatte zu der Kooperation geführt, aufgrund der die Polizeibeschäftigten die Zeiss-Kantine nutzen konnten.

Es war noch früh, die Kantine nur spärlich besetzt. Auch von den Kollegen, die regelmäßig hier aßen, erblickte Simone niemanden. Umso besser, dachte sie und sah sich um. Als sie Robin entdeckte, gab sie Willi einen kleinen Stoß. Sie gingen zu dem jungen Mann an die Essensausgabe und nahmen sich jeweils ein Tablett.

»Hallo Robin«, sagte Simone laut. »Das ist ja ein Zufall. Dürfen wir uns zu dir setzen?«

Der lange Feinoptiker ging auf das Spiel ein und begrüßte die Polizistin wie eine alte Bekannte. Ihm war es nur recht, wenn die Befragung möglichst unauffällig vor sich gehen würde. Er ließ sich Schnitzel und Leipziger Allerlei geben und dazu eine große Portion Salzkartoffeln. Willi tat es ihm gleich, man sah ihm an, dass er sich auf das unverhoffte Essen freute. Simone wählte einen Salat.

Zu dritt steuerten sie einen Tisch an, der von unbesetzten Plätzen umgeben war, und setzten sich. Es roch im Raum angenehm nach gekochten Speisen, und die gedämpften Unterhaltungen der wenigen Gäste störten nicht.

»Guten Appetit!«, wünschte Simone, doch während Willi sofort begann, sein Schnitzel zu zerlegen und es sich schmecken zu lassen, zögerte Robin mit dem Essen. »Worum geht es denn?«, fragte er besorgt.

»Es hat uns jemand angesprochen, der sich Sorgen um dich macht. Er meint, du könntest in Schwierigkeiten stecken.«

Robin ereiferte sich »Er? Nein, ich weiß schon, wer das war: Diese Frau Meyer, die tote Hunde auf Blätter legt. Sie hat mir nachspioniert! Und jetzt hat sie auch noch bei Ihnen angerufen?«

»Nein, so war es nicht. Ich habe sie zufällig getroffen, bei dir vor dem Haus, und da hat sie mir von deinen Besuchern erzählt.«

»Schnüffeln Sie also auch hinter mir her? Warum denn nur? Ich habe doch alles gesagt, was ich gesehen habe.«

»Ich schnüffele nicht, ich ermittele, genau wie meine Kolleginnen und Kollegen von der Mordkommission. Mord, Robin, keine Lappalie! Es wäre schön, wenn du bereit wärest, uns zu helfen.«

»Wie denn noch?«

»Was hat der kleine Mann von dir gewollt?«

»Weiß ich nicht mehr.« Robin schob seinen Teller von sich.

»Doch, du weißt es noch sehr genau. Und weißt du was? Wenn du Informationen zurückhältst, die möglicherweise zur Aufklärung eines Verbrechens führen könnten, machst du dich damit strafbar!«

Robin dachte angestrengt nach. Offensichtlich machten die Worte der Polizistin Eindruck auf ihn. Er erzählte nun, dass der kleine Mann ihn vor dem Angriff der beiden Männer, von denen er den einen kannte, gewarnt habe, dass es um eine große Menge Kokain gehe und dass sie ihm gedroht hätten, seinen Händen etwas anzutun.

Simone betrachtete besorgt Robins feingliedrige Finger. »Mit Typen wie diesen ist nicht zu spaßen.«

»Der zweite heißt wahrscheinlich Andy Engel. Der fummelt gern mit einem Messer herum«, sagte Willi.

»Andy, so hat der Henner den genannt«, bestätigte Robin.

Simone sagte: »Wenn sich noch einmal einer von denen bei dir zeigt, sag uns bitte sofort Bescheid.«

»Was wollen Sie jetzt unternehmen? Wenn die merken, dass Sie von den Besuchen wissen, denken die doch, ich hätte sie verpfiffen.«

»So ungeschickt sind wir nicht«, sagte Simone. Regula würde sich der Gefahr für Robin bewusst sein und ihn bei Nikos Vernehmung außen vor lassen, da war sie sich sicher.

Kapitel 25

Zufällig sah der kleine Bandit den dunkelblauen Opel an seinem Häuschen vorbeifahren. Für zivile Streifenwagen hatte er einen sechsten Sinn, er brauchte nicht einmal in ihre Nähe zu kommen, und als es wenig später klingelte, reimte er sich blitzschnell alles zusammen: Es war also vorüber, bevor es angefangen hatte.

Was war diesmal wieder schiefgelaufen?

Sollte er versuchen zu fliehen? Aber erstens wäre er wegen seiner Blessuren nicht schnell genug, und zweitens würden die Polypen ihn früher oder später sowieso erwischen.

Er schlurfte zur Haustür und öffnete. Draußen standen ein großer Stämmiger mit Vollbart und Bierbauch und ein kleinerer Drahtiger mit definiertem Körperbau.

»Guten Morgen«, sagte der Große mit, wie Niko fand, gewaltiger Stimme. »Herr Bendith?«

Niko hob die Schultern und ließ sie wieder fallen. »Wer sonst?«

Der Drahtige blickte über ihn hinweg. Offenbar versuchte er zu erkunden, ob sich noch jemand in der Wohnung aufhielt.

»Ich bin allein«, sagte Niko deshalb. Er fühlte sich völlig mutlos. Warum funktionierte es nie, wenn er etwas wirklich Kolossales anzufassen versuchte?

Der Große ergriff erneut das Wort: »Mein Name ist Weiß, das hier ist mein Kollege Beyer. Wir sind von der Kriminalpolizei und würden Ihnen gern einige Fragen stellen, der Einfachheit halber im Dienstgebäude. Dort wartet nämlich unsere Chefin auf uns, die möchte gern zuhören.«

Sicherlich warten die jetzt, dass ich frage, warum und weshalb und worum es eigentlich geht, dachte Niko. Aber ich sage nichts, wenn ich nicht gefragt werde. Durch Reden mache ich vielleicht alles nur noch schlimmer. Er nickte stumm, nahm seine Jacke vom Garderobenhaken, griff nach dem Haustürschlüssel, wartete, bis die Polizisten ihm Platz gemacht hatten, zog von außen zu und schloss sorgfältig ab.

»Sehr ordentlich«, lobte Viktor.

Der kleine Bandit wusste nicht, ob der Kripomann ihn aufziehen wollte, aber es hatte sich eigentlich nicht so angehört. Er ließ sich auf die Rückbank des Zivilwagens setzen und blickte während der Fahrt aus dem Fenster. Was er dort sah, nahm er nicht wahr. Er stellte sich vor, was ihm passieren würde. Sofortige Untersuchungshaft? Warum hatten die ihn nicht gleich festgenommen? Fragen wollten sie ihm angeblich stellen, mehr nicht.

Niko dämmerte, dass diese Polizeiaktion nichts mit seinem Plan für ein besseres Leben zu tun hatte. Unmöglich, dass die Bullen ihn so zuvorkommend behandeln würden, wenn sie davon wüssten. Aber was war dann der Grund dafür, dass sie ihn abholten und durch die Stadt kutschierten? Drogen hatte er seit längerem nicht mehr verkauft, gestohlen auch nicht. Es war ein Rätsel.

Die Polizisten parkten direkt vor dem Polizeigebäude. Na prima, können alle, die in ihren Büros sitzen, zugucken, wie ich hineingeführt werde, ärgerte sich Niko. Er blickte an den Fenstern hinauf, doch nirgendwo konnte er ein neugieriges Gesicht entdecken. Offenbar waren es die Polizeibeschäftigten gewohnt, dass jemand vorgefahren und ausgeladen wurde.

»Kommen Sie, Herr Bendith, wir müssen die Treppe nehmen. Oder möchten Sie lieber Fahrstuhl fahren?«

Offensichtlich hatte der Große mitbekommen, dass es Niko nicht gut ging. Die Hämatome auf den Knien, die Henner ihm beigebracht hatte, schmerzten bei jedem Schritt, das konnte man wohl an seinem Gang erkennen.

»Geht schon«, sagte Niko knapp und kroch zwischen den beiden Kripobeamten die Treppe hinauf. Hier war er noch nie gewesen. Der Glasgang war beeindruckend, der war ihm beim Vorbeifahren am Polizeigebäude mehrfach aufgefallen. Wenn Menschen darin hin und her liefen, sah es aus, als würden sie in der Luft schweben, wie in einem Science-Fiction-Film. Nun trabte er selbst hier entlang, und es war kein Film, sondern die Wirklichkeit.

Sie führten ihn in einen großen Raum. Tische standen zusammengeschoben da, Computer waren darauf aufgebaut. Vor einem PC saß einer mit einem schmalen Mausgesicht, ihm gegenüber eine große Frau mit kurzem blonden Haar, die einige Pfunde zu viel auf den Rippen trug.

Die Frau nickte ihm zu. »Herr Bendith?«

»Ja.«

»Bitte setzen Sie sich doch. Möchten Sie etwas trinken? Kaffee, Tee, Wasser, Saft?«

Niko hob sich auf einen der Bürostühle. Er war so eingestellt, dass er mit den Füßen nicht den Boden erreichte, ein Gefühl, dass er gut kannte und gleichzeitig hasste. »Nein, ich möchte nichts trinken.«

»Achtung!«, sagte es hinter ihm, und ehe er reagieren konnte, hatte der große Polizist sich gebückt, den Verstellknopf ertastet und den Sitz des Stuhles tiefer gestellt. Mit einem Ächzen richtete er sich auf. »So, das hätten wir«, sagte er, und wieder klang es nicht spöttisch oder ironisch. Wie viel Spott hatte Niko wegen seiner Größe schon ertragen müssen! Wie seltsam, dachte er, dass gerade ein Polizist wie selbstverständlich damit umging. Aber vielleicht wollten sie ihn mit dem ganzen Getue nur einlullen, wer wusste? Niko straffte seinen Körper, um größer zu wirken. Erst jetzt fielen ihm die Stelltafeln am Ende des Raumes auf, die mit Tüchern verhängt waren.

»Herr Bendith«, begann die bepackte Frau zu reden, »mein Name ist Regula Fach, ich bin die Leiterin des 1. Fachkommissariats. Der Kollege am PC ist Kriminaloberkommissar Stoll, die anderen beiden kennen Sie ja bereits. Wir ermitteln zurzeit in einem Mordfall, vielleicht haben Sie davon gehört: Am Ritterplan ist ein Mann erstochen aufgefunden worden.«

Es ging also doch um den Mord! Niko wurde heiß und kalt. Was sollte er sagen, was nicht? Was, wenn die ihn jetzt als Mörder verdächtigten?

»Wissen Sie von dem Vorfall?«, hörte Niko die Stimme der Blonden.

Er räusperte sich. »Die ganze Stadt spricht ja davon.«

Niko beobachtete den Mann mit dem schmalen Gesicht, wie hieß er noch, Stoll. Was tippte denn der andauernd in seinen Computerkasten?

Die Polizistin folgte seinem Blick und erklärte: »Herr Stoll wird unser Gespräch mitschreiben, für die Akten.«

Niko ging das gegen den Strich, doch er wehrte sich nicht. Wie hieß es in den Fernsehkrimis immer: *Das kann gegen Sie verwandt werden*. Er wollte nicht, dass die Bullen etwas gegen ihn verwenden konnten.

»Herr Bendith, wo waren Sie in der Nacht vom 25. auf den 26. September?«

»Zu Hause. Nachts schlafe ich meist.«

»Ist es möglich, dass Sie in dieser Nacht erst am späten Abend heimgegangen sind?«

»Nein.«

»Sie waren also in Ihrer Wohnung. Gibt es dafür Zeugen?«

Niko überlegte eine Sekunde lang, ob er Frank als Zeugen angeben sollte, doch er entschied sich dagegen. Den Freund wollte er aus allem heraushalten, das hatte er sich geschworen. »Nein, gibt es nicht. Ich wohne allein. Mein Vater ist vor Kurzem gestorben.«

»Das tut mir leid. Sie leben nicht weit vom Ritterplan entfernt. Überlegen Sie bitte: Ist Ihnen in der Nacht nicht doch irgendetwas aufgefallen? Irgendetwas, das im Zusammenhang mit dem Mord stehen könnte?«

Die Blonde blickte ihn scharf an, aber vielleicht bildete er sich das auch nur ein. Die wissen nichts, dachte Niko, gar nichts. »Nein, mir ist nichts aufgefallen, wie auch?«

»Es ist in der Nacht recht laut geworden dort: Polizeiwagen, ein Rettungswagen, ein Leichenwagen, Schaulustige, die von den Kollegen aufgefordert wurden, in ihre Häuser zurückzugehen, die Gespräche unter den Kriminalbeamten. Wir wissen, dass sogar Anwohner der Jüdenstraße die Aufregung mitbekommen haben«, sagte Regula.

»Die liegt ja auch näher am Ritterplan.«

»Sie meinen, näher am Fundort der Leiche?«

»Das auch, ja. Lag die nicht auf dem Schulhof?« Ich bin schlau, dachte Niko.

»Nicht ganz, Herr Bendith. Sie kennen die Örtlichkeit, nicht wahr? Sie kommen bestimmt öfter an dem Schulgelände vorbei, nehme ich an.«

»Ja.«

»Haben Sie gelegentlich dort zu tun?« Die Polizistin lehnte sich zurück, sie wirkte jetzt entspannt. Was meinte sie? Die Sache mit Irena? Die konnte er zugeben, die war harmlos.

»Ich warte dort manchmal auf ein Mädchen, wenn sie Feierabend hat.«

»Feierabend?«

»Ja, oder Schulschluss. Sie macht so eine kombinierte Ausbildung, glaube ich, halb Schule, halb praktische Arbeit.«

»Dürfen wir ihren Namen erfahren?«

»Irena.«

»Und weiter?«

»Das weiß ich nicht. Ich kenne sie nicht wirklich, würde ich zwar gern, aber sie ... Wir reden miteinander, mehr nicht.« Niko freute sich: Er hatte etwas zu sagen gehabt, und es würde ihm nicht schaden.

»Haben Sie sich mit Irena über den schrecklichen Vorfall unterhalten? Den muss sie doch mitbekommen haben, direkt vor ihrer Berufsschule.«

»Hat sie auch. Sie war entsetzt, ja, das war sie. Wir haben geredet. Sie will, dass der, der das gemacht hat, bald gefunden wird.«

»Und Sie? Wollen Sie das auch?«

»Ja, selbstverständlich. So einer darf doch nicht frei herumlaufen«, antwortete Niko wie aus der Pistole geschossen, und diesmal hatte er gelogen.

Die Polizistin schlug mit den flachen Händen auf den Tisch, es knallte wie ein Schuss und Niko zuckte zusammen. War das jetzt die Falle? Wollte die prüfen, ob er nervös war und ein schlechtes Gewissen hatte? Er merkte, wie ihm der Schweiß ausbrach.

»Herr Bendith, ich danke Ihnen. Wenn Sie sich an noch etwas erinnern oder erfahren, was uns weiterhelfen könnte, melden Sie sich bitte bei uns. Herr Weiß wird Sie ins Erdgeschoss begleiten, die Kollegen dort möchten Ihre Fingerabdrücke nehmen. Auf Wiedersehen, einen schönen Tag noch.«

Niko stand auf. Er spürte Schweiß in seinen Kniekehlen. Mit einer so schnellen Entlassung aus dem Verhör hatte er nicht gerechnet. Deshalb hinterfragte er auch nicht die Geschichte mit den Fingerabdrücken, obwohl sie ihm merkwürdig vorkam. Er wollte nur weg von hier.

»Kommen Sie bitte!« Der Große mit dem Vollbart geleitete ihn zur Tür, öffnete sie und ließ ihm den Vortritt.

»Auf Wiedersehen«, rief Niko in den Raum und ging. Hoffentlich nicht, dachte er dabei und wunderte sich über seinen Galgenhumor. Eigentlich war ihm nicht zum Lachen zumute, weil er das, was da drinnen geschehen war, nicht einordnen und interpretieren konnte.

»Was fehlt Ihnen eigentlich?«, fragte der Große, als sie durch den Glasgang zurück zum Treppenhaus gingen.

»Was meinen Sie?« Niko verzog die Stirn und sah zu dem Vollbärtigen auf. In den Scheiben spiegelte sich ihr Bild. Es sieht aus wie Gulliver im Land der Zwerge, dachte Niko sarkastisch. Wie gut, dass ich noch über mich selbst lachen kann.

»In der Autowaschanlage hat man mir erzählt, Sie seien krank. Außerdem hinken Sie, das sieht ein Blinder! Wer hat Ihnen das angetan?«, fügte der Polizist leiser hinzu.

Niko fühlte sich gleichzeitig verwirrt und verärgert. Verwirrt, weil ein Bulle, der eigentlich sein Feind war, ihn so väterlich ansprach, und verärgert, weil er das nicht als unangenehm empfand. Fast wären ihm Tränen in die Augen gestiegen. Meine Güte, die Prügel hatten ihn offenbar schlimmer fertig gemacht, als er bisher angenommen hatte. Diese verdammten Schweine! Er nahm sich zusammen. »Ich hatte einen Fahrradunfall. Morgen gehe ich wieder zur Arbeit.«

»Dann ist es ja gut«, sagte sein Begleiter, und Niko spürte, dass er ihm nicht glaubte.

»Kommen Sie, die Jungs vom 5. Fachkommissariat warten auf Sie. Es dauert nicht lange.«

Nach der erkennungsdienstlichen Prozedur, bei der neben den Fingerscans auch von drei Seiten Fotos angefertigt wurden, brachte der fürsorgliche Polizist Niko zurück zum Eingang neben der Wache.

»Ich fahre Sie rasch zurück in Ihre Wohnung.«

»Nicht nötig!«

»Doch, los, ich stelle auch keine Fragen mehr, versprochen!«

Erst als sie vor dem Polizeigebäude angelangt waren, beschloss Niko, das Angebot anzunehmen. Aber nur deswegen, weil ihm die Knie beim Hinabsteigen auf der Treppe und danach beim Laufen so schrecklich wehgetan hatten. Der Schmerz war ihm bis in die Haarspitzen gestiegen.

Der Polizist hielt sein Versprechen. Schweigend fuhr er ihn durch die Stadt und bis vor sein Häuschen. Von innen öffnete er die Beifahrertür und ließ ihn aussteigen. Möglicherweise hatte er die grün und blau schillernden Flecke auf seinen Fingern gesehen, die ein Zugreifen momentan gelinde gesagt erschwerten. Ein Wunder, dass sie nach der Behandlung durch Henner nicht allesamt gebrochen sind, dachte Niko verbittert. »Danke«, murmelte er und stieg aus.

Erst auf dem Gehweg, als er dem davonfahrenden Zivilwagen nachschaute, fiel ihm der Name des Polizisten wieder ein: Weiß. Sein Namensgedächtnis war wirklich mies, immer schon. Er nestelte den Schlüssel aus der Jackentasche und trat an sein Haus heran, um aufzuschließen. Eigentlich war doch alles glimpflich abgegangen, dachte er. Von nun an geht es nur noch bergauf, frohlockte er.

Eine Sekunde später sah er die Hebelspuren unter seinem Türschloss.

Kapitel 26

»Wo warst du denn so lange?«, fragte Regula erstaunt.

Als Viktor in das Großraumbüro zurückkehrte, waren Simone und Willi ebenfalls dort. Gemeinsam mit Regula und Daniel warteten sie darauf, dass Viktor zu ihnen stieß.

»In einem Anfall von übergroßer Großmut, angeregt durch den desolaten körperlichen Zustand des Delinquenten sowie der Winzigkeit desselben, fühlte ich mich geradezu verpflichtet, Niko Bendith dahin zurückzubringen, woher wir ihn zuvor geholt hatten: in sein Heim, das von den Proportionen her übrigens überragend gut zu ihm passt. Gibt es hier etwas zu essen?«

Ein allgemeines Geraune setzte ein, als Viktor geendet hatte. »Du wieder«, »und wir warten uns hier zu Tode«, »ein kurzer Anruf hätte genügt« und der vergnügten Sprüche mehr sprangen hin und her.

»Er tut dir leid!«, rief Regula plötzlich, »das ist es – soll ich dich von dem Fall abziehen?«

»Also bitte!«, protestierte Viktor und schielte nach einer Tüte, in der sich offenbar Nahrung befand. »Du hast ihn ja wohl auch mit Samthandschühchen angefasst, meine Liebste! Darf ich ein Brötchen haben?«

Der Rest der Mannschaft feixte, sogar B.P. verzog die Mundwinkel, allerdings wie gewohnt ohne vom Bildschirm aufzublicken.

Regula schob ihm die Tüte über den Tisch zu. Viktor setzte sich, wickelte das Papier auseinander und zog ein belegtes Schinkenbrötchen hervor. »Im Ernst, Regula: Warum hast du ihm nicht die Fragen gestellt, die wir alle erwartet haben?«

Regula erhob sich zu ihrer vollen Größe. »Zuerst einmal etwas ganz anderes, damit das Grinsen ein für alle Mal aufhört: Ja, Viktor und ich sind ein Paar!«

Viktor blickte sie an und kommentierte kauend: »Phantastisch!«

»Wir versichern euch«, fuhr Regula fort, »dass sich diese Tatsache in keiner Weise auf unseren Dienst auswirken wird. Jetzt nicht, und wenn Viktors Abordnung endet und er wieder in der Polizeiinspektion Northeim tätig sein wird, erst recht nicht mehr.«

»Wir suchen übrigens eine Wohnung. In Göttingen«, warf Viktor ein. »Wenn jemand einen Tipp hat? Und was bei Regulas Sachlichkeit etwas untergegangen ist: Wir lieben uns!« Viktor strahlte, und Regula kapitulierte vor seiner offenen Art und begann ebenfalls zu lächeln. Applaus brandete auf, Klopfen auf die Tische folgte.

Nachdem sich alle beruhigt hatten, kam das Gespräch auf Niko Bendith zurück. Regula bat Simone, noch einmal zusammenzufassen, was sie bisher über den Mann erfahren hatten. Simone trat neben die Schautafeln, zog die Tücher, mit denen sie abgedeckt waren, um sie vor Bendiths Blicken zu schützen, herunter und legte sie auf einen der Stühle. »Wir wissen von der Zeugin Davila, dass sie in der Tatnacht einen klein gewachsenen Mann beobachtet haben will. Er soll laut schimpfend die Jüdenstraße entlanggelaufen sein.«

»Dagegen steht die Aussage von Bendith, zu Hause geschlafen zu haben«, sagte Daniel Beyer.

»Ferner habe ich von Ausbildungsleiter Bartand erfahren, dass Niko gegenüber einer Schülerin Erschrecken gezeigt hat. Und zwar in dem Moment, als sie ihm von Elena Meyer erzählte, die sich am Tatabend auf dem Schulhof aufgehalten hat.«

»Irena!«, rief Viktor, »von der hat Niko uns doch erzählt.«

»Ja«, bestätigte Simone, »diesen Namen hat Francois Bartand erwähnt.« Sie zeigte auf die Karte mit Robins Namen, die neben allem anderen an der Pinnwand hing. »Seine Aussage ist das nächste Teil im Puzzlespiel. Ein kleiner Mann hat ihn vor zwei Schlägern gewarnt, die auf der Suche nach einer großen Menge Kokain sind. Elena Meyer«, sie tippte mit dem Zeigefinger auf deren Namenskarte, »hat den kleinen Mann und Robin bei dem Gespräch beobachtet. Das wäre es, was wir wissen, oder besser: nicht genau wissen.«

»Korrekt«, pflichtete Daniel ihr bei und schob die Ärmel seines Shirts hoch. »Wir vermuten, dass es sich bei dem beschriebenen Kleinen jeweils um Niko Bendith gehandelt hat, mehr nicht.«

»Gegenüberstellungen«, schlug Viktor vor. »Wenn er es tatsächlich war, der nachts in der Nähe des Tatorts herumgeschlichen ist – haben wir dann nicht in ihm einen Tatverdächtigen?«

»Möglich«, gab Regula zu. »Aber ich glaube nicht, dass er der Mörder ist.«

»Auf Glaubensfragen hat die Staatsanwaltschaft noch niemals positiv reagiert«, sagte Simone. »Wenn beispielsweise Staatsanwalt Lenz von diesem Verhör erfährt, wird er wenig Verständnis dafür haben, dass wir Niko Bendith haben laufen lassen.«

»Er steckt in der Sache drin, keine Frage«, führte Regula weiter aus, »aber was würde es uns nutzen, wenn ihn Frau Davila, Frau Meyer und Robin wiedererkennen würden? Dann wissen wir auch nur, dass er nachts in der Jüdenstraße unterwegs war und Tage später Robin Baumann gewarnt hat. Vielleicht könnten wir, wenn wir mit der Auszubildenden Irena gesprochen haben, zusätzlich ahnen, dass Bendith von dem Mord gewusst, den Toten möglicherweise sogar gesehen hat. Aber auch das müssten wir beweisen.«

Daniel widersprach: »Wenn er darüber erschrickt, dass sich Elena Meyer auf dem Schulhof befunden hat, ist das ja wohl keine bloße Vermutung mehr. Warum sollte ihn das interessieren, wenn er nicht dort gewesen ist? Meine Interpretation ist, dass er Angst davor hat, dass ihn jemand gesehen hat.«

Regula trat zur Fensterbank, nahm den Hörer von einem der Telefone auf und wählte die Nummer der Gerichtsmedizin. Diesmal hatte sie Arthur Bieler sofort am Apparat.

»Arthur, wir beraten gerade intensiv im Mordfall Dominik Pohl. Nur eine Frage: Wie groß muss der Täter ungefähr gewesen sein, um Pohl den tödlichen Stich versetzt haben zu können? Du weißt, was ich meine? Die Körpergröße, genau. Tatsächlich? Und das weißt du so genau und kannst es mir spontan aus dem Kopf beantworten? Ich bin beeindruckt. Danke dir.«

Regula legte auf und kehrte an den Tisch zurück. »Der Täter kann nur wenig kleiner als sein Opfer gewesen sein, sagt Bieler. Sonst käme es mit dem Einstichwinkel nicht hin. Somit können wir nahezu ausschließen, dass Bendith die Tat begangen hat. Demnach werden wir nichts unternehmen.« Regulas Tonfall brachte ihr erstaunte Blicke der anderen MoKo-Mitglieder ein. »Lediglich beobachten lassen wir ihn, und zwar von den Kollegen der Verfügungseinheit. Die Drogenfahnder wird Bendith kennen, wenn er in der Szene unterwegs ist, die sind für den Auftrag verbrannt.«

»Was versprichst du dir davon? Das hat doch einen Hintergrund!« Viktor grinste wissend.

Regula erläuterte: »Niko Bendith führt uns vielleicht zu dem Mörder. Er wird sich jetzt sicher fühlen, weil wir ihn so gut behandelt haben. Mein Gefühl sagt mir, dass er eine Menge weiß, und zwar über das gesamte Geschehen, das mit dem Besuch Dominik Pohls in Göttingen und mit seinem Tod zu tun hat.«

»Pohl war ein Dealer«, sagte Willi und drehte sich eine Zigarette, die er wohl später vor dem Hinterausgang des Gebäudes rauche wollte. »Frankfurt, logisch. Die Frankfurter Schiene. Habt ihr nicht gesagt, der hat seinen Job geschmissen? Von irgendetwas musste er doch leben, und vom Kokainverkauf funktioniert das wunderbar. Offenbar ist etwas schiefgegangen bei der Übergabe des Stoffes, und jetzt ist die Szene aufgeregt.«

»Schiefgegangen? Was meinst du?« Simone setzte sich zu den anderen an den großen Tisch.

Willi leckte das Blättchen an und drückte die Enden zusammen. »Er hat die Ware nicht dabeigehabt. Oder sie ist ihm tatsächlich nach seinem Tod geklaut worden, wie es Bendith, Kaufmann und dieser Andy behauptet haben. Muss ja nicht falsch sein, warum auch? Klingt doch plausibel. Möglich, der Frankfurter ist erstochen worden, weil jemand von dem hochpreisigen Zeug Wind gekriegt hatte, das er mit sich herumtrug.«

»Genau das werden wir mit Bendiths Hilfe herausfinden. Vielleicht, Garantien kann ich nicht übernehmen.« Regula schaute in die Runde.

Viktor starrte vor sich hin. Er wirkte betrübt. »Ich habe so meine Vermutung, dass der kleine Kerl selbst ordentlich in Schwierigkeiten steckt. Er hat von einem Fahrradunfall gefaselt. Meiner Meinung nach ist er aber vertrimmt worden, und nicht zu knapp. Irgendwie ist der in Gefahr, glaubt mir.« Er drückte auf seine Nasenspitze. »Die hier sagt mir das.«

Regula sah ihn mit einem Blick an, den die anderen an ihr nicht kannten, weich und mitfühlend. »In diesem Fall ist es umso besser, wenn wir ihn bewachen. Mögliche Gefährdungen können dann möglicherweise abgewehrt werden.«

»Möglicherweise, ja«, orakelte Viktor besorgt. »Ob das genügen wird?«

Kapitel 27

Obwohl die Tür zu seinem Haus verschlossen war, traute sich Niko nicht hinein. Was, wenn Henner und Andy, diese Schweine in Menschengestalt, bei ihm eingebrochen waren und in der Wohnung auf ihn warteten? Das Risiko wollte er nicht eingehen. Frank. Er würde ihn anrufen. Sein bester Freund musste ihn nach Hause begleiten und nachsehen, ob die Luft rein war. Oder besser noch: Er musste mit seinem Cousin sprechen und bewirken, dass ihn die Truppe endlich in Ruhe ließ.

»Frank? Hast du Zeit für mich?«

»Was? Warum?«

»Ich glaube, die beiden Affen vom Wächter waren ein zweites Mal an meiner Haustür.«

»Du glaubst es? Also hast du zum Glück nicht geöffnet?«

»Das hätte ich beim letzten Mal auch nicht, wenn ich nicht gedacht hätte, dass du geklingelt hast!«, rief Niko aus.

»Wo bist du denn herumgelaufen? Ich denke, dir tut noch alles weh!«

»Das ist auch so! Die Bullen haben mich abgeholt und zu sich abtransportiert. Die haben lauter dämliche Fragen gestellt, aber ich habe denen nichts erzählt.«

»Besser so. Und dann?«

»Dann hat mich einer von denen nach Haus gebracht. Als er weg war, habe ich gemerkt, dass jemand an meinem Türschloss herumgewürgt haben muss, alles ist verkratzt. Und nun weiß ich nicht, ob die Typen in meiner Wohnung hocken und auf mich warten!«

»Glaube ich nicht, am hellen Tag halten die sich zurück.«

»Glaubst du nicht! Ganz toll! Und was, wenn dein Glaube nicht funktioniert? Willst du, dass die mich totschlagen?«

»Warum musst du immer so übertreiben? Und auch noch diese Unterstellungen!«

Niko verlegte sich aufs Betteln. »Kannst du nicht herkommen? Wenn du dabei bist, traun die sich nicht, weil sie dann Angst vor dem Wächter haben. Ist ja schließlich dein verdammter Cousin.«

»Ich komme«, drang Franks Stimme an Nikos Ohr, »in einer Viertelstunde bin ich da.«

*

Frank hatte Wort gehalten, wie immer. Seite an Seite hatten sie den kurzen Weg bis zu Nikos Häuschen zurückgelegt. Jetzt saßen sie auf dem Sofa. Vorher hatten sie die Schlafdecke und das Kissen zurück in Nikos Bett gebracht. Der kleine Bandit hatte beschlossen, ab sofort wieder ein normales Leben führen zu wollen: Schlafen im Bett, essen, sitzen und fernsehen auf dem Sofa.

Bevor sie das Haus betreten hatten, hatten er und Frank sich angeschlichen und von der Terrasse aus ins Küchen- und Wohnzimmerfenster geschaut. So hatten sie herausgefunden, dass niemand dort auf Niko lauerte. Frank hatte sich anschließend die Kratz- und Hebelspuren unter dem Türschloss angesehen und festgestellt, dass der oder die Einbrecher gestört worden sein mussten. Sonst hätte die Tür zweifellos nachgegeben.

Die Freunde ließen die Bierflaschen aneinanderschlagen.

»Super, dass du sofort hierhergekommen bist.«

»Ja.«

»Ich hatte die Hosen gestrichen voll, wenn ich ehrlich bin.«

»Wäre mir genauso gegangen an deiner Stelle.«

Niko stand auf und humpelte ans Fenster.

»Was ist denn los?«, erkundigte sich Frank.

»Ich habe ein dunkles Auto vorbeifahren sehen.«

Frank schaute Niko mitleidig an. »Und jetzt denkst du, die ... Schweine kommen wieder?«

Niko drehte sich zu ihm um. »Siehst du! So weit ist es schon! So ein verdammter Mist!« Er blickte nochmals aus dem Fenster, schob die Übergardine weiter zur Seite und drückte den Kopf an die Scheibe, um besser nach rechts sehen zu können. »Das ist doch ... ja, sag mal ... das wird doch nicht ... tatsächlich!«

»Was stammelst du da?«

»Da draußen, das war eben ein Zivilwagen der Bullen. Die überwachen mich! Frank, kapierst du: Ich werde von der Kriminalpolizei ausspioniert!«

Als Frank gegangen war, saß Niko da, eine Bierflasche vor sich, und starrte an die Wand. Ob es schlau war, seinen Plan weiter durchzuführen, obwohl die Bullen ihn beobachteten? Er blieb sich die Antwort schuldig und griff zum Telefon, um etwas abzuklären.

Nach mehrmaligem Läuten hatte er seine Tante an der Leitung, die Wirtin von *Giselas Eck*.

»Ich wollte fragen, ob ich dir mal wieder helfen soll.«

»Brauchst du Geld, Junge?«

Niko überlegte. Nein, eigentlich brauchte er keine zusätzliche Einnahmequelle mehr. Zum wiederholten Mal hatte er das vergessen, aber er verzieh sich die Nachlässigkeit. Schließlich war es ganz normal, dass er sich an die neuen Umstände erst einmal gewöhnen musste. Er schüttelte den Kopf. »Ich komme zurecht. Dachte nur, vielleicht würdest du dich freuen, wenn ich frage.«

»Die Jule hilft mir manchmal, weißt du.« Sie dämpfte die Stimme. »Die Kerle sind immer hin und weg, weil sie so jung ist und so hübsch.«

»Ach so, kann ich verstehen. Das ist die Tochter deiner Freundin, richtig?«

»Enkeltochter«, verbesserte Gisela.

»Sag mal«, fragte Niko, »kommt eigentlich der Rübe noch in deine Wirtschaft?«

Gisela kicherte. »Du meinst den Rübe, der dich immer Ratz genannt hat?«

»Na ja, so war das wohl. Nach der Kinderserie von früher, eine Alberei.«

»Macht ja auch nichts. Ich fand das witzig.«

»Geht so.«

»Der war in letzter Zeit ein paarmal hier. Dem geht es wohl nicht so gut. Sah schlecht aus und hat zu viel getrunken, harte Sachen. Warum fragst du? Weißt du, was mit dem los ist?«

»Nein, gar nicht. War nur so eine Frage.«

»Wenn er auftaucht, kann ich ihn ja von dir grüßen.«

»Nee, lass mal, Tante Gisela, ist nicht nötig.« Niko griff zu seinem Bier und trank einen großen Schluck. »Schönen Abend noch.«

Kapitel 28

13. Oktober

Simone erschien pünktlich zu dem mit dem Arzt Dr. Horvath verabredeten Termin. Das Portal des vornehmen Mehrfamilienhauses im Ostviertel, ein Bau aus dem vorvergangenen Jahrhundert, schmückten weiße Säulen. Simone folgte der geschwungenen Treppe bis in den ersten Stock. Hier befanden sich zwei der vier Wohnungen, und der aus Ungarn stammende Arzt empfing sie an seiner Wohnungstür. Er war groß und schlank, hatte dichtes kastanienbraunes Haar und haselnussbraune Augen in einem fein geschnittenen Gesicht.

»Kriminalhauptkommissarin Böhm, guten Tag.« Simone ergriff die ihr entgegengestreckte Hand und zog mit der anderen ihren Dienstausweis hervor.

»Erfreut, Tibor Horvath. Bitte schön!« Der Mann trat einen Schritt zur Seite und wies ihr mit lässig ausgestrecktem Arm den Weg ins Wohnzimmer. Ein attraktiver Typ, dachte Simone. Anfang vierzig, das hatte sie herausgefunden, ledig, Single, keine Kinder. Als Arzt im Göttinger Klinikum würde er zudem gut verdienen.

»Darf ich Ihnen etwas zu trinken anbieten?«

»Wie bitte? Ach so, nein, danke. Ich werde Ihre Zeit nicht lange in Anspruch nehmen müssen.«

Dr. Horvath bot ihr einen Platz auf seiner weißen Couch an und setzte sich ihr gegenüber auf ein Zweiersofa. Simone sah sich um: Hohe Wände, unter der Decke Stuckverzierungen. An einer Seite ein imposantes Bücherregal, daneben ein halbhoher Schrank aus grauem Stein. Ein Kamin mit zwei Sesseln davor, am Fenster ein Esstisch mit vier hochlehnigen Stühlen. Auf dem Parkett dämpften wollweiße Vorleger, denen Simone den gehobenen Preis sofort ansah, die Schritte. »Schöne Wohnung«, sagte sie beiläufig, als sie bemerkte, dass Horvath ihre Musterung beobachtete.

»Gefällt Sie Ihnen? Sie wird frei, sobald ich mit Tessa zusammenziehe.«

»Wegen Frau Schöller bin ich hier«, lenkte Simone ab, »einer ihrer Bekannten ist in der Nacht vom fünfundzwanzigsten auf den sechsundzwanzigsten September erstochen worden.«

»Ich weiß. Meine Verlobte ist deswegen noch immer völlig mitgenommen.

Es war übrigens ein Kunde von ihr, dem das passiert ist.« Horvath goss sich aus einer Karaffe, in der Zitronenscheiben schwammen, Wasser in ein Glas. »Möchten Sie nicht doch?«

Simone machte eine abwehrende Handbewegung. »Dann wissen Sie also über Frau Schöllers berufliche Kontakte Bescheid?«, fragte sie.

»Allerdings. Wir haben keine Geheimnisse voreinander.«

Simone nickte. »Woran erinnern Sie sich, wenn Sie an den Abend denken, als Sie Ihre Verlobte aus dem Hotel *Zur Sonnenuhr* abgeholt haben?«

»Tessa rief recht spät bei mir an und bat mich, sie abzuholen. Es habe Streit gegeben und sie fühle sich nicht in der Lage, selbst mit ihrem Auto nach Hause zu fahren.«

»Kommt so etwas öfter vor?«

Horvath sah Simone fragend an. »Was meinen Sie?"

»Ich meine, hat sie öfter Probleme mit den Nerven und kann deshalb nicht mit dem Wagen fahren?«

»Nein, noch nie! Aber der Mann hat ihr wohl so zugesetzt, dass sie völlig außer sich war.« Horvath trank sein Glas in einem Zug aus und stellte es vorsichtig auf dem gläsernen Couchtisch ab.

»Finden Sie das nicht merkwürdig?«

Horvath sagte: »Wissen Sie, Tessa wird diesen Beruf aufgeben, und das muss sie ihren Kunden nach und nach erklären. Ich glaube, es ist nur natürlich, wenn es dabei zu Spannungen kommt.«

»Was ist an dem besagten Abend weiter passiert?«

»Da ich Rotwein getrunken hatte, bin ich mit einem Taxi von hier aus zu dem Hotel gefahren. Tessa wartete an der Rezeption auf mich. Ich habe sie nach Hause gebracht und bin in meine eigene Wohnung zurückgekehrt, weil ich am nächsten Morgen sehr früh in der Klinik erscheinen musste.«

»Wie spät war es, als Sie daheim ankamen?«

Abermals überlegte der Arzt lange, bevor er antwortete. »Genau kann ich mich nicht erinnern. Wenn ich mich nicht irre, muss es gegen halb zwölf gewesen sein.«

»Gibt es dafür einen Zeugen?«

»Nein. Sie sehen ja, ich lebe allein.« Horvath bedauerte mit einem Kopfschütteln. »Noch«, setzte er mit einem kleinen Lächeln hinzu.

Simone konnte dies nicht deuten. Warum ging der Mann so locker damit um, dass seine Partnerin Liebesdienste angeboten hatte und offenbar noch immer anbot? »Waren Sie nicht furchtbar wütend auf den

Kunden, weil er ihrer Verlobten, so wie Sie es nennen, zugesetzt hatte?«

»Tessa hat mir nicht viel erzählt von dem Streit, und das Wenige auch erst, nachdem sie von Pohls Tod erfahren hatte. An dem Abend, als es passierte, wollte sie nicht ausführlich über die Vorfälle reden.«

»Verstehe. Wussten Sie, dass Frau Schöller am Vortag ebenfalls mit dem Kunden zusammen war? Sie hat in seinem Zimmer übernachtet, und am Morgen ist es das erste Mal zum Streit gekommen.«

»Ja, aber auch das weiß ich erst aus unserem Gespräch am nächsten Tag.«

»Herr Horvath, da Sie für den fraglichen Zeitpunkt kein Alibi haben, muss ich Sie leider bitten, mit mir mitzukommen. Wir brauchen Ihre Fingerabdrücke.«

»Besteht denn gegen mich ein hinreichender Tatverdacht?«

»Nein, den will ich durch die erkennungsdienstlichen Maßnahmen ja gerade ausschließen. Ihre Mitarbeit wäre rein freiwillig, würde uns aber sehr helfen. Wenn sich alles als nicht relevant herausstellt, wovon ich ausgehe, werden Ihre Daten selbstverständlich gelöscht.«

»Ich sehe die Maßnahme offen gesagt nicht ein. Ich habe den Mann nicht gekannt, ihn nicht ein einziges Mal zu Gesicht bekommen. Wollen Sie von allen Menschen, die das Hotel an dem Tag betreten haben, Fingerabdrücke nehmen?«

»Das könnte durchaus so kommen.« Simone setzte sich aufrecht hin und schob sich auf der Sitzfläche nach vorn.

»Dann laden Sie mich zur gegebenen Zeit gemeinsam mit den anderen vor. Entschuldigen Sie bitte, aber ich möchte mich nicht wie ein Straftäter behandeln lassen. Mein Gewissen ist ziemlich rein.«

Wenn es so ist, brauchst du ja auch nichts zu befürchten, dachte Simone, verbot sich jedoch einen Kommentar. Um erkennungsdienstliche Maßnahmen anzuordnen, bedurfte es Fingerspitzengefühl. Die Vorgaben hierfür waren streng, und zu oft geriet man mit dem Bürger aneinander, weil er sich ungerecht behandelt fühlte. Auch Horvath hatte ein Widerspruchsrecht, und Simone würde bei einer zwangsweisen Anordnung sehr genau begründen müssen, warum gerade welche durchgeführten Maßnahmen wie Fingerabdruck, Dreiseitenbild oder Personenbeschreibung die künftige Strafverfolgung erleichtern würden. Immerhin, Horvath verfügte nicht über ein Alibi.

»Mir fällt da gerade etwas ein«, riss der Arzt Simone aus ihren Gedanken. »Es gibt doch einen Zeugen, der gesehen hat, wann ich nach Hause gekommen bin. Klingeln Sie bei meinem Nachbarn im Haus nebenan. Er stand auf seinem Balkon und hat geraucht. Ich habe ihm sogar zugewinkt, er muss sich erinnern!«

»Wir werden das überprüfen.« Simone erhob sich, Horvath ebenfalls. »Meine Kollegen oder ich werden uns wieder bei Ihnen melden.«

»Damit ist die Sache mit der erkennungsdienstlichen Kontrolle erledigt?«

»Noch ist gar nichts erledigt, Herr Dr. Horvath. Aber vielen Dank für das Gespräch.« Simone erhob sich.

»Dafür nicht«, antwortete der Arzt knapp. »Ich begleite Sie hinaus.«

»Nicht nötig, danke, ich kenne den Weg.«

Simone trat in den Korridor. Was war denn das? In einer Nische fiel ihr etwas auf, das sie beim Hereinkommen offenbar übersehen hatte. In ihrem Kopf begannen sich die Gedanken zu jagen. Horvath musste davorgestanden und es verdeckt haben. Die Kommissarin wusste sofort, worum es sich handelte, obwohl sie ihren Augen kaum glauben wollte. Sie wandte sich um und blickte Tibor Horvath entgeistert entgegen. Der Arzt schritt langsam auf sie zu.

»Was schauen Sie denn so entsetzt?« Er blieb dicht vor der Polizistin stehen und schaute auf sie hinab. »Ist es eigentlich üblich, dass Kriminalbeamtinnen allein Hausbesuche durchführen?« Er machte eine kleine Pause und brach dann in ein Gelächter aus, das Simone in den Ohren schallte. Von der vornehmen Zurückhaltung ihres Gastgebers war nichts mehr zu spüren.

»Nein«, sagte sie rasch, »das ist an der Tagesordnung. Auf Wiedersehen.«

Noch im Treppenhaus zog Simone ihr Handy aus der Hosentasche, nachdem sie sich vergewissert hatte, dass der Arzt in seine Wohnung zurückgekehrt war und sie nicht mehr beobachtete. »Ich brauche hier uniformierte Kollegen und die Spurensicherung«, sagte sie leise in das Telefon und nannte Horvaths Adresse. Anschließend beeilte sie sich, zu ihrem BMW zu kommen.

Kapitel 29

Simone wartete in ihrem Cabrio darauf, dass die Kollegen endlich eintreffen würden. So konnte sie beobachten, ob Dr. Horvath das Haus verließ, und würde es zu verhindern wissen. Sie fühlte nach, ob ihre Dienstwaffe an ihrem Platz im Holster steckte. Es kam vor, dass sie die Pistole mitzunehmen vergaß, heute hatte sie die Waffe dabei.

Im Haus nebenan trat ein rundlicher, weißhaariger Mann im ersten Stockwerk auf seinen Balkon und zündete sich mit einem Streichholz eine Zigarette an. Eingerahmt wurde er von zwei Blumenkästen, in denen gelbe und rostrote Chrysanthemen leuchteten. Das musste der Zeuge sein, den Horvath benannt hatte. Sollte sie aussteigen und den Mann deswegen befragen?

Die Entscheidung wurde ihr abgenommen: Mit Blaulicht rauschten zwei Streifenwagen heran, gefolgt von dem Wagen der Spurensicherung. Mit Verzögerung parkte ein blauer Passat neben Simones BMW und Regula stieg aus. Auch Simone kletterte aus ihrem Fahrzeug.

Gemeinsam stiegen die Polizistinnen hinauf zu Horvaths Wohnung, die uniformierten Kollegen folgten ihnen. Simone klingelte. Merkwürdig, dass der Arzt durch die Unruhe vor seinem Haus nicht aufgescheucht worden war und im Hausflur auf uns wartete, dachte sie. Er musste doch ahnen, dass es dabei um ihn ging. Sie legte das Ohr an die Wohnungstür. Kein Geräusch drang nach außen. Ob sie den Befehl geben sollte, das Schloss aufzubrechen? Doch jetzt hörte sie Schritte, die sich näherten. Sie trat rasch zurück, und in dem Moment öffnete sich die Tür. Horvath stand da, nackt, nur von einem Handtuch bedeckt, das er sich locker um die Hüfte geschlungen hatte. Sein braunes Haar glänzte nass, offenbar hatte er geduscht oder gebadet.

»Was gibt es denn noch?«, fragte er unwillig.

»Ich habe mir Ihren Einwand zu Herzen genommen«, sagte Simone, »deshalb habe ich meine Kollegen mitgebracht. Hier ist der Durchsuchungsbefehl.« Regula hielt dem Arzt das amtliche Schriftstück entgegen und drängte sich an ihm vorbei in die Wohnung.

»Darf ich mich zuerst einmal anziehen?«, fragte Horvath unfreundlich.

»Selbstverständlich. Mein Kollege Reuter wird Sie begleiten.«

Unter Protest zog sich der Arzt in sein Schlafzimmer zurück. »Das wird ein Nachspiel haben«, schimpfte er, doch es klang nicht überzeugend. Polizeioberkommissar Reuter blieb diskret im Türrahmen stehen, um abzuwarten, bis sich Horvath angezogen hatte.

»Fluchtgefahr«, sagte Simone laut, damit alle es hören konnten. Die Männer der Spurensicherung warteten auf ihren Einsatz.

»Schaut euch das hier mal an«, sagte Simone und trat zu der Nische im Korridor. Sie zeigte auf eine beleuchtete Vitrine.

»Verstehe«, sagte Regula, »das sind japanische Kampfmesser. Mit einem solchen Messer wurde Dominik Pohl erstochen.«

»Mit einem Tanto«, ergänzte Simone. »Und so ein Tanto fehlt in der Vitrine.« Sie zeigte auf die untere der Reihen. Vor den gesammelten Stichwaffen standen Schilder mit Bezeichnungen. Dort klaffte deutlich sichtbar eine Lücke.

Dr. Horvath trat zu ihnen, begleitet von Oberkommissar Reuter. Er trug jetzt eine schwarze Jeans und einen schwarzen Pullover, den das Emblem eines Polospielers zierte.

Die Kommissariatsleiterin wandte sich ihm zu. »Regula Fach, ich leite die Ermittlungen wegen des Mordfalles Dominik Pohl. Herr Dr. Horvath, ich vermute, es handelt sich hierbei um Ihre Messersammlung?

Der Arzt nickte stumm. Keine Regung war in seinem Gesicht auszumachen, kein Muskelspiel, kein nervöses Zucken der Augenlider, registrierte Simone, während Regula das aussprach, was jetzt unweigerlich folgen musste.

»Ich nehme Sie fest wegen des dringenden Verdachts, mit dem Tötungsdelikt zum Nachteil des Frankfurter Pharmareferenten Dominik Pohl in Verbindung zu stehen.«

Als die Kommissarinnen und die Polizisten gemeinsam mit Horvath das Haus verließen, steckte sich der beleibte Weißhaarige auf seinem Balkon gerade eine neue Zigarette an. Offenbar fand er das Geschehen in seiner Nachbarschaft höchst interessant.

»Ich komme gleich nach«, sagte Simone zu Regula und zeigte mit einer Kopfbewegung zu dem Balkon hinauf. »Dr. Horvath hat seinen Nachbarn als Zeugen für die Tatnacht benannt, ich werde ihm mal ein paar Fragen stellen. Woher hast du so schnell einen Durchsuchungsbefehl bekommen?«

Regula feixte: Es gibt keinen. Den Zettel hat B.P. in aller Eile gebastelt.«

*

Im Arbeitsraum der Mordkommission befand sich neben Regula nur B.P., der eifrig seinen Computer malträtierte, als Simone hereinstürzte. »Ihr habt auf mich gewartet, das ist gut«, keuchte sie außer Atem.

»Deine Kondition lässt zu wünschen übrig! Vernachlässigst du dein Laufprogramm?«, fragte Regula und grinste.

»Allerdings. Wegen dieser Mordsache komme ich ja zu nichts anderem mehr, kein Dienstsport seit dem Tag, an dem Pohl zu Tode gekommen ist. Aber vielleicht können wir die MoKo bald beenden, wer weiß. Wo ist Horvath?« Simone hängte ihre Jacke auf den Garderobenständer, ordnete ihre Halskette, die sich auf dem flaschengrünen Pullover verhakt hatte, und zog ihre Perlenarmbänder unter dem Jackenärmel hervor. Dann ließ sie sich auf ihren Bürostuhl fallen und blickte unternehmungslustig um sich. »Wo ist er?«

»Hast du ein Problem mit dem Mann?« Regula verzog kritisch das Gesicht.

»Nein! Wie kommst du denn darauf? Im Gegenteil.«

»Wie, im Gegenteil?« B.P. hob interessiert den Kopf.

»Horvaths Nachbar hat dessen Aussage übrigens bestätigt«, lenkte Simone ab. »Gegen 22.30 Uhr hat er auf seinem Balkon geraucht und gesehen, dass der Arzt nach Hause kam. Nachdem der aus dem Taxi gestiegen war, hat er zu ihm hinaufgewunken.«

»Wir müssen den Taxifahrer finden und nachfragen, wo Horvath eingestiegen ist.« Regula notierte sich diesen Auftrag, um ihn später an einen ihrer Mitarbeiter weiterzugeben.

»Wo ist er denn nun?«, fragte Simone ungeduldig.

»Der Erkennungsdienst dreht ihn durch die Mangel, Viktor ist dabei. Er bringt ihn anschließend mit.«

Bei dem Namen ihres Freundes huschte ein Lächeln über Regulas Züge, stellte Simone fest. Fast wäre sie neidisch geworden auf das Glück ihrer Chefin. Bitter dachte sie an René und ihre Ehe, in der es oft genug Reibereien gab. Im letzten Moment gelang es ihr, einen tiefen Seufzer zurückzuhalten. Sie war froh, als sich die Tür öffnete und Viktor mit Dr. Horvath das Büro betrat. Viktor wies seinem Begleiter höflich einen Platz zu, ging hinüber zu Regula und gab ihr einen A4-Bogen, der mit Computerschrift beschrieben war. Mit dem Zeigefinger tippte er auf eine bestimmte Stelle im Text. Anschließend verließ er den Raum.

Nachdem Regula den Arzt zu seiner Person vernommen hatte, begann sie mit den Belehrungen. Zuvor hatte sie B.P. angewiesen, ihre Fragen und Horvaths Antworten als diktiert anzusehen und entsprechend aufzuzeichnen. Den Arzt unterrichte sie davon, dass die Vernehmung auf einen Tonträger aufgezeichnet werden würde.

»Herr Dr. Horvath, der Vorwurf gegen Sie bezieht sich momentan darauf, dass auf dem Messer, mit dem in der Nacht vom fünfundzwanzigsten auf den sechsundzwanzigsten September Dominik Pohl erstochen worden ist, ihre Fingerabdrücke gefunden wurden. Sie haben das Recht, die Aussage zu verweigern. Möchten Sie von Ihrem Aussageverweigerungsrecht Gebrauch machen?«

Horvath verneinte.

»Ferner können Sie jederzeit einen selbstgewählten Verteidiger hinzuziehen.« Regula blickte den Arzt fragend an. »Möchten Sie telefonieren?«

»Wozu? Ich habe nichts verbrochen!«, rief Horvath erbost.

»Dann vernehme ich Sie jetzt zur Sache.«

Regula entnahm einem Aktenordner, der aufgeschlagen vor ihr lag, eine Fotografie und bat Simone, sie Horvath hinüberzureichen. »Herr Dr. Horvath, ist das ihr Messer?«

Der Mediziner erkannte offenbar erst jetzt, in welcher Lage er sich befand. »Wollen Sie sagen, dass das die Tatwaffe ist?«

»Genau das habe ich Ihnen vor einer Minute erklärt.«

Horvath blickte auf. »Es ist mein Messer. Ich habe es erst vor Kurzem gekauft. Aber an dem Tag, an dem das Verbrechen geschehen ist, stand die Waffe nicht mehr in meiner Sammlervitrine. Darf ich ein Glas Wasser haben?«

Simone stand auf und erfüllte ihm den Wunsch. Leider war das Wasser in der Flasche nur leidlich kühl, einen Kühlschrank gab es nicht. »Bitte schön.«

Horvath schien die Temperatur des Getränks nicht zu stören, er trank das Glas ohne abzusetzen aus. »Danke.«

»Sie haben das Messer gekauft, sagen Sie. Was ist danach damit geschehen?« Regula nickte B.P. zu, der erneut zu tippen begann und ihre Frage in den virtuellen Vernehmungsbogen eintrug.

Die Antwort fiel dem Befragten augenscheinlich schwer. In seinem Kopf arbeitete es, das war ihm anzusehen. »Ich hatte Tessa, also meine Verlobte, gebeten, das Messer zu einem Restaurator zu bringen. Es befand sich in einem beklagenswerten Zustand, das sehen Sie hier auf der Fotografie. Der Griff ist mit Rochenhaut umwickelt und besteht im Kern aus Holz, das leider unter der Haut hervortritt und angegriffen aussieht. Es ist ein teures Stück mit einem von Hand geschmiedeten Kohlenstoffstahl und dem Klingentyp Maru. Tantos gehörten zur Ausrüstung der Samurai-Kämpfer.«

»Solche Messer sind Ihre Leidenschaft«, stellte Simone fest.

Horvath blickte sie irritiert an. »Ich hatte es nach dem Kauf in meine Sammlung integriert, mich aber doch entschlossen, es aufarbeiten zu lassen. Als Tessa vor dem Laden des Restaurators stand, musste sie feststellen, dass das Geschäft wegen der Erkrankung des Inhabers bis auf Weiteres geschlossen sein würde.«

»Und da hat Ihnen Ihre Verlobte das teure Stück nicht sofort zurückgegeben?«

»Nein«, antwortete der Arzt überrascht. »So wie es war, wollte ich es nicht zurück in die Vitrine stellen, und bei ihr war es doch in guten Händen. Tessa ist häufiger in der Innenstadt als ich. Sie wollte im Auge behalten, wann das Geschäft in der Johannisstraße wieder öffnen würde, und das Tanto dann dort abgeben.«

»Wollen Sie damit sagen, sie trug dieses große Messer ständig bei sich?«, fragte Regula ungläubig.

»Sie hatte es im Seitenfach der Beifahrertür ihres Wagens, dort hat sie es in meinem Beisein hineingepackt.«

»Wie viel haben Sie denn bezahlt für das Tanto?«, fragte Simone.

»Etwas mehr als siebenhundert Euro, siebenhundertneunundzwanzig, glaube ich.«

»Ein so teures Messer fuhr Ihre Verlobte in ihrem Wagen spazieren? Noch dazu in einem Cabrio? Sie fährt doch ein Cabrio?«

»Ja, einen Audi A 5 Cabrio. Ich hatte das Tanto in ein Stofftuch eingeschlagen, von außen war es nicht zu erkennen.«

Der Arzt fasste sich an den Hals und strich einige Male darüber. »Habe ich durch diese Aussage meine Verlobte belastet? Bestimmt werden Sie ihre Fingerabdrücke auch auf dem Messer finden, ich habe es ihr gezeigt und erklärt, und dabei hat sie es in die Hand genommen.«

Simone schenkte dem Mann Wasser nach, doch er schien es nicht zu bemerken.

»Wir werden das überprüfen, Herr Dr. Horvath«, sagte Regula vage.

Der Arzt presste seine Fäuste auf die Stirn und schloss die Augen. Dann rief er: »Warten Sie, nein. Es ist völlig ausgeschlossen, dass Tessa so etwas getan hat. Sie war mit ihren Nerven am Ende, als ich sie vor ihrem Wohnhaus an den Rohnsterrassen abgesetzt habe. Sie wollte nur noch ins Bett und schlafen.«

»Es wird schwer nachzuweisen sein, ob sie diesen Plan tatsächlich umgesetzt hat.«

»Ich bitte Sie!« Horvaths Erregung steigerte sich augenscheinlich langsam zur Verzweiflung. »Was geschieht denn jetzt?«

»Meine Kollegen sind auf dem Weg zu Frau Schöller. Ich hoffe sehr, dass sie sie antreffen und hierherbringen werden, damit wir sie noch einmal befragen können.« Regula nickte B.P. zu. »Das war es wohl, danke dir.«

»Möchten Sie das Protokoll durchlesen?«, wandte sich die Fachkommissariatsleiterin an den Vernommenen. Der schüttelte abweisend den Kopf.

B.P. tippte unter das von ihm ausgefertigte Protokoll die Worte: *Auf das Durchlesen verzichtet, da laut diktiert, genehmigt und unterschrieben.* Er ließ das Protokoll aus dem Drucker laufen und reichte es dem Arzt zur Unterschrift. Der setzte ohne weitere Überprüfung seinen Namenszug auf die entsprechende Linie.

»Was geschieht jetzt mit uns?«, fragte er anschließend misstrauisch und blickte von einem Polizisten zum anderen.

»Es tut mir leid, ich werde bei der Staatsanwaltschaft einen Haftbefehl und die Eröffnung eines Ermittlungsverfahrens gegen Sie und Frau Schöller beantragen. Weder Sie noch Ihre Verlobte haben für die Tatzeit ein Alibi, und die bei Mord zu erwartende Höhe der Strafe rechtfertigt Ihre Überstellung in eine Untersuchungshaftanstalt.«

»Das können Sie Tessa nicht antun«, sagte Horvath tonlos, »jetzt möchte ich doch meinen Anwalt sprechen.«

Nachdem Dr. Horvath abgeführt worden war, saßen Regula, Simone, Viktor und B.P. beisammen und arbeiteten die Vernehmung auf. Mittlerweile hatte Regula die Nummer der Staatsanwaltschaft gewählt und sagte: »Ich brauche zwei Haftbefehle.« Sie wurde mit dem zuständigen Staatsanwalt verbunden, Richard Lenz, und begann, ihm die Situation zu schildern. Lenz versprach, sich sofort mit dem Amtsrichter in Verbindung zu setzen, er zweifele nicht daran, dass der die Haftbefehle ausstellen würde. Anschließend erreichte Regula über Funk Daniel Beyer und Willi Mogler, der für den nach wie vor erkrankten Ackermann in der MoKo mitarbeitete. Sie erhielten den Auftrag, Tessa Schöller zur Vernehmung in die Groner Landstraße zu bringen. Es war nicht ganz korrekt gewesen, dass Regula die beiden

Kollegen bereits in der letzten Woche mit der Observation der Escort-Dame betraut hatte. Jetzt zahlte sich diese Vorsichtsmaßnahme, wie Regula sie nannte, voll und ganz aus: Daniel und Willi wussten, dass sich Tessa gerade im Hotel *Zur Sonnenuhr* aufhielt und sich dort mit einem Mann getroffen hatte.

*

Nach dem Funkgespräch mit seiner Chefin verschränkte Daniel die Hände hinter dem Kopf. Er saß auf dem Fahrersitz des Zivilwagens, den er unweit des Hoteleingangs geparkt hatte. Daniel blickte zu Willi hinüber und stellte fest: »Jetzt müssen wir es ihr wohl mitteilen. Bisher haben wir es ja ganz gut verheimlichen können, aber nach der Ansage von Regula, Haftbefehl und so weiter, ist wohl Schicht im Schacht.«

Willi, der auf dem Beifahrersitz dabei war, sich eine Selbstgedrehte zu basteln, hob die Schultern. Er legte das Filterpapier an und drückte es über dem gerollten Tabak zusammen, dann klopfte er die fertige Zigarette dreimal auf das Armaturenbrett. »Manchmal ist das eben so«, lautete sein Kommentar. Er hielt die Kippe hoch und ließ gleichzeitig das Seitenfenster herunterfahren. »Die eine noch, danach holen wir uns die Lady.«

*

Nach der erkennungsdienstlichen Behandlung brachten Daniel und Willi die schöne Escort-Dame direkt in das Großraumbüro. Tessa Schöller trug schwarze Lederjeans zu einem aprikosenfarbenen Pullover, der die Farbe ihrer offen getragenen langen Haare unterstrich. Eine Lederjacke in Schwarz-weiß-Optik trug sie über dem Arm. Ihre Blässe konnte auch das Make-up nicht kaschieren.

Regula begrüßte Tessa und bot ihr einen Sitzplatz an, während sie und Simone sich mit dem Rücken zum durch die Fenster eindringenden Licht setzten. So war es Vorschrift, und die Kommissarinnen wollten keine Fehler begehen.

Dr. Horvath hatte inzwischen seinen Rechtsbeistand angerufen, es handelte sich um den erfolgreichsten und schärfsten Strafverteidiger der Stadt. Er würde jeden noch so kleinen Verfahrensfehler auszunutzen wissen.

Daniel trat zu Simone heran, beugte sich zu ihr hinunter und bat sie, für einen Moment mit nach draußen auf den Korridor zu kommen. Simone sah ihn verärgert an. »Muss das jetzt sein?«

Daniel nickte ernst und ging voraus.

»Entschuldigt mich kurz. Daniel hat offenbar eine Information für mich, vielleicht ist sie wichtig für die Vernehmung«, erklärte Simone mit Blick auf Regula und B.P. »Ich bin gleich zurück.«

Simone schloss die Tür und trat auf Daniel und Willi zu. »Das muss jetzt aber etwas wirklich Wichtiges sein«, sagte sie und schaute ernst von einem zum anderen. »Frau Schöller ist in keiner guten Verfassung, und jetzt lassen wir sie auch noch warten, eigentlich geht das gar nicht.«

»Wir wollten es dir sagen, bevor du es vielleicht während der Vernehmung von Frau Schöller erfährst.«

»Ich verstehe gar nichts!« Allmählich wurde Simone ärgerlich.

»Nun, es ist so«, druckste Daniel herum, »es gibt da ein Problem.«

»Die Schöller war mit deinem Mann in der *Sonnenuhr*«, sagte Willi trocken. »Im Klubraum, so nennen sie das wohl. Es war auch nicht das erste Mal, dass wir beide zusammen gesehen haben. Wir dachten, du solltest das wissen.«

Simones Gesichtsausdruck entgleiste. Wortlos drehte sie sich um und ging zurück in das Besprechungszimmer.

Daniel und Willi sahen sich betroffen an. »Vielleicht hätten wir es ihr doch erst später sagen sollen«, sagte Daniel.

»Das wäre dann auch nicht recht gewesen«, entgegnete Willi und winkte ab. »Typisch Frau, man kann alles nur falsch machen.«

Kapitel 30

Regula hielt sich nicht nur an die Vernehmungsvorschriften, sie übererfüllte sie: Penibel achtete sie auf die Protokollform, ließ die Belehrung aktenkundig machen, stellte die persönlichen und wirtschaftlichen Verhältnisse fest und klärte Tessa Schöller über die für die Bestimmung der Rechtsfolgen der Tat besonderen Umstände auf. Konzentriert folgte B.P. Regulas Vorgehensweise und protokollierte, wie aus einem Lehrbuch für die Polizeiausbildung abgeschrieben. Die Kommissariatsleiterin und er waren ein funktionierendes Team, nicht erst seit heute.

Simone saß auf ihrem Stuhl, die Finger vor sich auf dem Tisch verschränkt, und kommentierte das Geschehen nicht. Sie versuchte dermaßen angestrengt, sich zu konzentrieren und die sie überfallenden Gedanken zu verdrängen, dass sich in ihrem Hirn nichts konkretisieren ließ außer einer weißen Fläche. Warum nannte man diese Situation ausgerechnet einen Blackout? Sie wusste es nicht. Sie war einfach nur entsetzt, dass ihr so etwas gerade jetzt passierte – bei einer Beschuldigtenvernehmung! Hätte die Frau da vorn nur die geringste Ahnung, dachte Simone, was gerade in meinem Kopf vor sich geht, sie würde mich garantiert als befangen ablehnen. Oder ahnte sie doch, was in ihr vorging? Warum blickte sie mehrfach wie verwundert zu ihr hinüber? Simone versuchte, sich zu beruhigen, indem sie bewusst ein- und ausatmete. Die Vernehmung war vorangeschritten und Simone musste den Faden erst wieder aufnehmen, um folgen zu können.

»Frau Schöller« hörte sie ihre Chefin sagen, »wie ich vorhin ausgeführt habe, befinden sich auf dem Messer, mit dem Dominik Pohl erstochen wurde, Ihre Fingerabdrücke. Sehen Sie sich doch bitte einmal diese Fotografie an.« Regula reichte ein Foto des Tantos über den Tisch.

»Erkennen Sie die Waffe wieder?«

Tessa hob die Augen und blickte Regula unschuldig an. »Nein.«

»Sind Sie sicher? Ihr Verlobter hat ausgesagt, Ihnen genau dieses Messer gegeben zu haben mit der Bitte, es zu einem Restaurator zu bringen.«

Nochmals beugte sich die Befragte über das Foto, strich sich mit der Linken die Haare aus dem Gesicht, überlegte und sah auf. »Tibor besitzt eine Vitrine mit solchen Waffen. Neulich hat er sich wieder so etwas gekauft, alt und irgendwie nicht mehr in Ordnung. Er hat es mir mitgegeben, aber der Laden in der Johannisstraße ist zurzeit geschlossen. Ich weiß aber nicht, ob es das Messer war. So genau habe ich es mir nicht angesehen.«

»Herr Dr. Horvath meinte, er hat Ihnen das Sammlerstück erklärt.«

Tessa zuckte mit den Achseln. Dabei sah sie unglücklich aus, wie Simone feststellte. Aber sie konnte kein Mitgefühl empfinden, jetzt nicht mehr, wie sie verbittert registrierte.

»Das weiß ich nicht mehr. Ich interessiere mich nicht besonders für das Hobby meines Verlobten. Waffen mag ich nicht leiden.«

»Dennoch wollten Sie ihm den Gefallen tun und das Messer zur Reparatur bringen?«

»Ja, warum denn nicht?«

»Frau Schöller, ich stelle hier Fragen, um die Wahrheit herauszufinden und gleichzeitig, um Ihnen vielleicht damit zu helfen.«

Tessa nickte. In dem Moment bollerte es von außen an die Tür. Sofort danach wurde sie aufgerissen, und Dr. Jost Vogel stürmte herein, dichtes graues Haar und eindrucksvolle schwarze Augenbrauen. Seine gebogene Nase und die wachen Augen taten ein Übriges, um bei seinem Anblick an einen Greifvogel zu denken. Als ebenso hungrig und gefährlich galt der Anwalt, wenn er sich für einen seiner Mandanten einsetzte.

»Halt, stopp!« Vogel machte eine ausholende Handbewegung. Er beugte sich zu Tessa hinunter und gab ihr die Hand. »Dr. Horvath hat mich mit Ihrer Vertretung beauftragt, guten Tag, Frau Schöller. Auch ihn vertrete ich. Sie müssen jetzt gar nichts sagen, das kann niemand von Ihnen verlangen.« Er richtete sich zu seiner vollen Größe auf. »Ich möchte mit meiner Mandantin sprechen.«

»Ich habe Frau Schöller über ihre Rechte aufgeklärt, Herr Dr. Vogel, auch über ihr Recht zu schweigen. Weiterhin habe ich ihr erklärt, dass im Falle der Aussageverweigerung ihr Anspruch auf rechtliches Gehör bis zur Hauptverhandlung damit erschöpft ist.«

»Das muss für Sie nicht nachteilig sein«, raunte Vogel Tessa zu und setzte sich neben sie.

»Aber ich habe nichts getan«, wehrte sich Tessa. »Warum sollte ich nicht antworten? Ich will, dass das hier bald vorüber ist.«

»Wie ich die Frau Kommissariatsleiterin einschätze, liebe Frau Schöller, wird im Anschluss an diese Vernehmung der Haftrichter prüfen, ob Sie überhaupt wieder auf freien Fuß gesetzt werden. Habe ich recht?« Die gebogene Nase des Anwalts zeigte zielsicher auf Regula.

Regula ließ sich weder beirren noch provozieren. »Ich frage Sie noch einmal, Frau Schöller: Möchten Sie von Ihrem Aussageverweigerungsrecht Gebrauch machen?«

Tessa schüttelte stumm den Kopf, während B.P. lautstark alles in die Tasten hackte, was geschah.

»Danke. Dann sagen Sie uns doch bitte, was Sie mit dem Messer gemacht haben, nachdem Sie es nicht abgeben konnten.«

Tessa dachte nach. »Ich habe es zurück ins Auto gelegt, in das Ablagefach in der Beifahrertür.«

»Warum in der Beifahrertür?«

Tessa verzog den Mund und biss sich auf die Unterlippe. »Weil es mich auf der Fahrerseite gestört hat, es stieß dort gegen mein Bein. Deswegen habe ich es auf die andere Seite gepackt, als ich es nicht losgeworden war.«

»Finden Sie es nicht ungewöhnlich, ein so großes Messer in ihrem Wagen aufzubewahren?« Regula warf einen scharfen Blick auf Dr. Vogel, doch der hörte nur zu, lauernd.

»Tibor hat auch immer so ein Messer im Auto«, verteidigte sich Tessa. »Er findet das nicht ungewöhnlich. Außerdem sollte ich das eingewickelte Tanto in das Geschäft tragen, sobald es wieder geöffnet sein würde.«

Jetzt mischte sich Simone doch ein. »Frau Schöller, warum hat Ihr Verlobter ein Messer bei sich, das früher von Samurai-Kriegern als Kampfwaffe benutzt wurde? Ich verstehe das ehrlich gesagt nicht.«

»Es ist wegen der Hunde«, sagte Tessa. »Tibor hat schreckliche Angst vor Hunden, sogar vor den ganz kleinen. Die sind die schlimmsten, sagt er.« Mit versteinerter Miene blickte Staranwalt Vogel geradeaus.

»In seiner Kindheit ist Tibors Mutter von einem Hund angefallen worden. Sie ist durch den Angriff gestürzt, und das Tier hat ihr Gesicht zerstört, so ein kleiner hässlicher Kampfhund.« Tessa senkte den Kopf. »Sie musste dutzendmal operiert werden und sieht bis heute furchtbar entstellt aus.«

»Kann es sein, dass Ihr Verlobter Hunde hasst?«, fragte Simone nach.

Tessa nickte. »Möglich, ja. Ich finde das auch nicht gut, aber ich kann es verstehen. Jedes Mal, wenn er seine Mutter ansieht, wird er an den schrecklichen Vorfall erinnert.«

Regula wollte das Thema offenbar nicht vertiefen, sie hatte sich zweifellos bereits ihr Bild darüber gemacht. »Wo ist das Messer jetzt?«

Tessa verstand die Frage augenscheinlich nicht. »In meinem Auto ja wohl nicht mehr? Haben Sie nicht gesagt, mit diesem Messer ...« Sie brach ab und schaute Regula hilflos an.

»Sie haben nicht bemerkt, dass sich das Tanto-Messer nicht mehr in Ihrem Auto befindet?«

Die Befragte schüttelte den Kopf. »Ich habe nicht darauf geachtet.«

»Wer außer Ihnen benutzt den Wagen noch?«

»Niemand! Verborgen würde ich ihn höchstens an meinen Verlobten, aber der fährt lieber sein eigenes Auto. Hören Sie, ich kann wirklich nicht sagen, wer das Messer genommen hat.« Sie grübelte mit krauser Stirn. »Ich könnte Jörg fragen, ob er das Tuch mit dem Messer noch gesehen hat, als er meine Jacke holte.«

Anwalt Vogel richtete sich auf. Jetzt wirkte er wieder wie ein hungriger Greif.

Rasch fragte Regula: »Frau Schöller, könnten Sie das etwas konkreter ausführen?«

»Jörg, das ist der Portier aus dem Hotel *Zur Sonnenuhr*, hat an dem Abend nach dem Streit mit Dominik meine Jacke aus dem Auto geholt. Ich habe sie dort vergessen und fürchtete mich davor, mit meiner dünnen Bluse durch die Kälte laufen zu müssen. Jörg ist immer sehr fürsorglich, wissen Sie. Ich habe ihm den Autoschlüssel gegeben, und er ist gleich losgelaufen. So lange habe ich die Rezeption bewacht, das Telefon, die Zimmerschlüssel. Ich meine nur: Vielleicht kann er sich erinnern, ob in der Ablage noch dieses Paket gelegen hat.« Tessa wirkte lebendiger als noch vor einigen Minuten, Farbe kehrte auf ihre bleichen Wangen zurück.

»Warum war der Portier – wie war doch sein Nachname?«

»Schneemann!«

»Ja, danke, warum war der immer so, wie Sie es nennen, fürsorglich?«, fragte Regula.

»Wir kennen uns lange, und er ist ein netter Mensch.«

»Der Ihnen Aufträge von Männern besorgt, die sich in Göttingen langweilen?«, fiel Simone mit schneidender Stimme ein.

Tessa hob das Kinn und erwiderte ihren Blick. »Ja, genau.«

»Ich nehme an, Sie unterhalten sich mit Herrn Schneemann auch über private Dinge?«, ergänzte Regula, sodass Tessa zwischen beiden Polizistinnen hin und her guckte wie bei einem Tennisturnier. Wie lange wird sich Dr. Vogel unsere Vernehmungsmethode wohl mit ansehen, dachte Regula.

»Das kommt vor, sicherlich.«

»Ist es möglich, dass Sie ihm von der Bitte Ihres Verlobten erzählt haben, das Messer zur Reparatur zu bringen?«

»Ich weiß nicht. Möglich, dass wir uns über den Restaurator unterhalten haben, welche Krankheit er wohl hat oder so etwas. Muss ja etwas Schlimmes sein, sonst hätte er sein Geschäft nicht geschlossen, meine ich. Über Tibor haben wir nicht oft gesprochen.« Sie lächelte und senkte den Kopf. »Jörg hat sich über meine Verlobung geärgert. Wäre nicht gut fürs Geschäft, hat er angenommen. Als ich ihm gesagt habe, dass ich mit dem Service aufhören würde, hat ihm das schon gar nicht gefallen.«

»Weil er etwas vom Gewinn abgekommen hat?«, fragte Simone.

»Eine Vermittlungsgebühr, ja. Wissen Sie, Jörg hatte nicht viel Geld, er konnte jeden Euro gebrauchen. Aber jetzt, wo er geerbt hat, ist doch alles besser. Das habe ich ihm auch gesagt, aber er war noch immer nicht zufrieden.« Sie senkte kokett den Blick, hob ihn wieder. »Wissen Sie, der Jörg ist ein bisschen in mich verliebt. Er hat nie darüber gesprochen, aber ich bin sicher, dass es so ist.«

»Das wird Ihren Verlobten nicht gefreut haben«, sagte Simone ironisch. Regula sah irritiert zu ihr hinüber und zog unwillig die Augenbrauen in die Höhe.

»Jörg und ich haben geflirtet, und ihm hat das gutgetan. Mehr nicht. Tibor interessiert das nicht.« Tessa schleuderte Simone ihre Antwort entgegen und blickte gleich darauf Regula demonstrativ an. »Werden Sie Jörg nach dem Paket fragen?«

»Das werden wir. Vielen Dank für Ihre Aussage, Frau Schöller.«

Dr. Vogel erhob sich und zog Tessa am Arm mit nach oben. »Ich gehe davon aus, dass meine Mandantin gehen kann?«

»Das ist korrekt. Auf Wiedersehen.« Regula würde sich auf keine Diskussion mit dem Strafverteidiger einlassen, das war ihr anzusehen.

*

Nachdem Tessa und ihr Anwalt nach Abwicklung der Formalitäten das Großraumbüro verlassen hatten, griff Regula zum Telefon und rief Staatsanwalt Lenz an. »Der Vorgang Tessa Schöller muss nicht zum Haftrichter, es haben sich neue Erkenntnisse ergeben – einen Moment bitte, Herr Lenz –«, sie hielt die Sprechmuschel zu, »Simone, wartest du bitte kurz?« Die Angesprochene setzte sich mit versteinerter Miene auf ihren Platz. »Herr Lenz? Entschuldigung. Jetzt brauchen wir den Portier der *Sonnenuhr* für eine Zeugenvernehmung. Ich werde ihn vorladen. Das Protokoll der Vernehmung von Frau Schöller lassen wir Ihnen umgehend zukommen.« Sie hörte einen Moment zu. »Was sagen Sie da? Für Dr. Horvath hat der Richter die Entlassung angeordnet? Weil er einen festen Arbeitsplatz und Wohnsitz hat? Gegen Auflagen? Welche denn? Sich einmal wöchentlich bei der Polizei zu melden, wunderbar. Herr Lenz, wussten Sie, dass Dr. Horvath einen krankhaften Hass gegen Hunde hegt, besonders gegen kleine Hunde? Sehen Sie, aber ich weiß das fatalerweise erst seit Kurzem. Ja, mir tut das auch leid.«

Wütend warf Regula den Hörer zurück auf die Feststation. »Wir müssen Horvath gehen lassen. Schöner Schlamassel.« Sie blickte auf Simone. »Und was ist in dich gefahren? Du hättest uns mit deiner Art, Fragen zu stellen, fast dem Vogel ans Messer geliefert! Ich gebe mir hier alle Mühe, und du reißt mit zwei, drei Fragen alles um. Weshalb, Frau Kollegin?« Regula beugte sich zu Simone hinüber, die stocksteif auf ihrem Stuhl saß und mit farbleeren Lippen sagte: »René war bei der Schöller im Hotel, als sie festgenommen wurde.«

»Im Bett?«

»Nein!«, fuhr Simone erbost auf, »in diesem kleinbürgerlichen Klubraum.«

»Wo ist dann dein Problem?« Regula hob begütigend beide Arme. »Gut, es fühlt sich schlecht an, wenn sich der eigene Mann mit einer vom horizontalen Gewerbe beschäftigt, verstehe.«

»Ach ja?«

»Ja, Herrgott! Fahr nach Hause und rede mit René! Auch wenn es weh tut: Ihr seid erwachsen! Ich kümmere mich mit Viktor um Schneemann.«

»Du und Viktor, wer sonst.«

»Sei nicht unsachlich!«

Wortlos stand Simone auf und verließ das Büro. Selbstverständlich hatte Regula recht, sie und René mussten reden, und zwar wie zwei vernünftige Menschen. Ob ihr das gelingen würde? Das Schlimme war, dass man sich als Frau alt, hässlich, verbraucht, entsorgt vorkam, wenn einem so etwas passierte. Quälende Gedanken, die Simone die ganze Zeit über auf dem Heimweg begleiteten. Zu Hause parkte sie ihren BMW neben dem großen Mercedes, Renés ganzem Stolz. Früher einmal war er auf sie stolz gewesen. Ob er wohl wie so oft in seinem Arbeitszimmer saß und Fluchtpläne mit seinem Flugzeug schmiedete? Nein, diesmal saß er in der Küche und aß Abendbrot. Simone blieb stehen und blickte stumm auf seinen Rücken. Der Anblick versetzte ihr einen Stich. Was war nur aus ihrer Ehe geworden?

René erkannte sie in der großen Scheibe, die nach draußen in den Garten hinausging. Er drehte sich zu ihr um. »Guten Abend!« Es klang nicht einmal unfreundlich.

»Guten Abend.« Simone setzte sich auf den Stuhl ihm gegenüber. Sie schluckte. »Wir müssen reden.«

»Möchtest du nicht zuerst deine Jacke ausziehen? Komm, ich bringe sie in den Flur.«

Renés Fürsorge bewirkte, dass Simones Tränenkanäle überliefen und sie zu heulen begann. Bestürzt trat

René auf sie zu, zog sie hoch und nahm sie in den Arm. »Um Gottes willen, was ist denn geschehen?«

Simone ärgerte sich. Sie schob René zur Seite. Wütend sagte sie: »Wenn du Probleme mit unserer Beziehung hast, rede mit mir! Zu einer Nutte zu gehen ist einfach nur – geschmacklos!«

»Wovon sprichst du?« René blickte sie entgeistert an.

»Tessa Schöller«, schleuderte Simone ihm entgegen. Mit dem Ärmel fuhr sie sich über die Augen. »Und lüg mich jetzt bloß nicht an.«

Renés Züge entspannten sich, was Simone rasend machte. Sie überlegte, ob sie den Raum verlassen sollte, ließ sich dann aber doch widerstrebend von ihrem Mann zur Couch geleiten.

Kapitel 31

14. Oktober

Einen ganzen Tag lang ging Niko shoppen. Dafür hatte er sich Urlaub genommen. Frisch geduscht saß er am Frühstückstisch und wartete darauf, dass endlich die Geschäfte öffnen würden. Der kleine Bandit wischte sich mit der üblichen Handbewegung das Ponyhaar aus der Stirn, was einmal mehr nötig war, wenn er die Haare so wie heute frisch gewaschen hatte. Vor dem Frühstücksbrett mit dem Wurstbrot lagen seine Kontoauszüge, an denen er sich nicht sattsehen konnte. Er nahm die Auszüge in beide Hände und hob sie hoch über seinen Kopf. Viel fehlte nicht, und er hätte sie geküsst. Niko räumte das Frühstücksgeschirr in die Spüle und ließ Wasser in die Kaffeetasse laufen, damit er sie später problemlos abwaschen konnte. Anschließend lief er in den Flur und zog die Schuhe mit den leichten Plateausohlen und Spezialeinlagen an, die er sich hatte anfertigen lassen, als sein Vater noch lebte. Es fiel kaum auf, dass er sich auf diese Weise einige Zentimeter Körpergröße ergaunerte. Vom Garderobenhaken nahm er die schwarze Jacke, die für die Jahreszeit noch viel zu dick war. Für die sogenannten Übergangszeiten konnte er sich keine Kleidung leisten. Er betrachtete sich im Spiegel, und was er sah, gefiel ihm nicht. Seine besten Sachen, und alles wirkte schäbig und altmodisch. Hinzu kam, dass er nur Klamotten in Untergrößen tragen konnte, wenn sie passen sollten. Sonst saß alles schlecht, weil es zu groß geschnitten war, und in der Kinderabteilung musste er lange suchen, um nicht albern auszusehen. So war es seit einer Ewigkeit, und er hatte es verdrängt, weil es nicht zu ändern gewesen war.

Bis jetzt.

Ab heute würde sich alles ändern.

Er besaß den Schlüssel für ein anderes Leben.

Der Schlüssel hieß Geld.

Als Erstes trug er es in den Elektronikmarkt im *Carré*. Er fuhr die Rolltreppe hinauf und lief zu den Flachbildschirm-Fernsehern. Es war ein unbeschreiblich gutes Gefühl für ihn, ein so teures Gerät kaufen zu können. Anschließend erstand er eine Stereoanlage und fühlte sich großartig. Er kaufte das modernste und neueste Smartphone und erhielt für sein altes sogar noch Geld ausbezahlt. Bei Karstadt ließ er sich in der Parfümerieabteilung beraten und erwarb einen teuren Herrenduft, Luxusseife und eine Lotion, die nach dem Händewaschen sämtliche noch vorhandenen Bakterien abtöten sollte. Bei *Perfetto* kaufte er an der Wursttheke Trüffelleberwurst, teure Salami und Serrano-Schinken, lud Fischkonserven und Pasteten in seinen Einkaufswagen, feinsten Käse und endlich Champagner, Rotwein und Whisky, Spezialitäten, von denen er bis vor Kurzem nur hätte träumen können. An der Kasse bezahlte er mit einem Hunderteuroschein und nannte seine Adresse, damit ihm die Einkäufe am Abend nach Hause geliefert werden würden. Als er das Kaufhaus verlassen wollte, lief er an der Schmuckabteilung vorüber. Sein Blick streifte die Halsketten in Gold und Silber. Von so etwas träumt doch jede Frau, dachte er, doch ich bin schlau: Ich werde Irena nicht irgendeinen Klunker kaufen, und sie sagt danke und dreht sich zu den anderen Kerlen um.

Für den Nachmittag stand die Klamottensuche auf seinem Programm. Er überwand seine Scheu und ging zu einem Herrenschneider, einem feinen älteren Herrn, mit dem er zuerst sehr fremdelte. Das vornehme Geschäft, der Besitzer mit dem strengen Gesicht, das alles war nicht seine Welt. Doch der Schneider erkannte sofort Nikos Probleme. Er zeigte ihm in einem Katalog den Online-Shop eines Anbieters, der Hemden und Pullover in großer Auswahl zu bieten hatte – viele davon in Untergrößen. Dort solle er sich etwas aussuchen. Der Schneider nahm Maß, um Nikos genaue Größen zu ermitteln. Als er merkte, dass der kleine Mann nicht über einen Internetanschluss verfügte, setzte er sich gemeinsam mit ihm vor seinen eigenen Rechner. Als Niko sich von dem Schneider verabschiedete, hatten sich seine Vorurteile gegen vornehme ältere Ladenbesitzer geradezu ins Gegenteil verkehrt. Es ist das Geld, dachte der kleine Bandit. Der Schneider hat gemerkt, dass ich Kohle habe, deshalb war er so freundlich zu mir.

Auf dem Rückweg aus der Stadt lief er an der BBS III vorbei. Vielleicht hatte er Glück und würde Irena begegnen. Um diese Zeit bestand dafür eine gewisse Chance. Oder hätte er ihr doch eine Kleinigkeit kaufen sollen? Er hatte jetzt Geld, und geizig war er eigentlich nicht. Ja, es war falsch gewesen, nichts für Irena einzukaufen. Fast war er froh, als er sie auf dem Schulgelände nirgendwo erblickte.

Zu Hause holte er sich eine Dose Bier aus dem Kühlschrank, sie stammte noch von Franks Versorgung in der Zeit seines Krankseins. Geräuschvoll ließ er den Verschluss aufspringen und trank, als es klingelte. Er schrak unwillkürlich zusammen, wie immer seit dem Überfall der beiden Schläger. Niko trat ans Fenster. Als er den Lieferwagen von *Perfetto* sah, lachte er sich selbst aus. Schnell lief er in den Flur und öffnete. Dem Lieferanten seiner Schätze gab er ein großzügiges Trinkgeld.

Kapitel 32

15. Oktober

Simone begrüßte die Anwesenden mit Handschlag. Bis auf die Kollegen der Spurensicherung und Ackermann, der wie bisher krankgeschrieben war, hatten sich alle zu Dienstbeginn im Büro der MoKo *Tanto* versammelt. B.P. hatte bereits den PC hochgefahren, Regula telefonierte. Daniel Beyer tippte etwas in sein Smartphone, während Willi Mogler, noch immer aus dem Drogenkommissariat ausgeborgt, seinen Vormittagsvorrat an Zigaretten drehte. Fünf Kippen lagen bereits auf dem Tisch neben seiner Pistole, mit der er für Regulas Geschmack zu nachlässig umging. »Willi, bitte!« Wortlos, die nächste Gedrehte in der Linken, steckte er die Waffe in das Schulterholster. Viktor verdrückte ein Wrap mit Hühnerfleisch. Als er hineinbiss, lief ihm die Currysauce an den Fingern herunter. Warum musste das Zeug immer so dünn sein? Er griff sich eine der grauen Polizeiservietten, die hinter ihm auf dem Tisch mit der

Kaffeemaschine deponiert waren, und säuberte sich. Erst dann gab er Simone die Hand. »Morgen, ausgeschlafen?« Er grinste frech. Simone nahm es als Zeichen dafür, dass ihm Regula nichts über ihr schwieriges Gespräch mit René erzählt hatte. Sie füllte sich einen Becher mit Kaffee und setzte sich an ihren Arbeitsplatz.

»Bitte, Kollegen«, erhob Regula die Stimme. Viktor, der sich auf Daniels Smartphone Bilder von dessen Fitnessstudio ansah, die der Kollege ihm leise erklärte, setzte sich aufrecht hin. Daniel verstaute sein Handy und konzentrierte sich. Alle Blicke im Raum waren jetzt auf die Kommissariatsleiterin gerichtet, nur B.P. arbeitete unverdrossen weiter am PC.

»Jörg Schneemann konnte bisher nicht angetroffen werden. Er hat sich im Hotel frei genommen. In seiner Wohnung ist er die ganze Nacht über nicht aufgetaucht. Simone und ich fahren jetzt in die *Sonnenuhr* und sprechen dort noch einmal mit dem Personal.«

»Steht Schneemann denn im Verdacht, das Tanto-Messer gestohlen zu haben?«, erkundigte sich Daniel.

Regula überlegte einen Moment. »Immerhin war er der Einzige, der außer Tessa Schöller Zugang zum Innenraum ihres Wagens hatte.«

»Gibt es ein Motiv?« Willi beendete seine Zigarettenaktion und füllte das Ergebnis in ein silberfarbenes Etui, das schon bessere Tage gesehen haben mochte. Trotz der kühler werdenden Temperaturen, die der Herbst mittlerweile mit sich brachte, trug er ein Kurzarmshirt, das seine dicht mit rotblondem Flaum bedeckten Arme nur bis knapp über dem Bizeps bedeckte. Simone fror, wenn sie Willi nur anblickte.

»Über ein Motiv wissen wir noch nichts. Deshalb zögere ich auch noch, Schneemann zur Fahndung ausschreiben zu lassen. Ich will abwarten, ob uns die Gespräche im Hotel weiterbringen. Der Pächter der *Son-*

nenuhr ist angeblich auch im Haus, das hat mir Raisa Mirakowski vorhin am Telefon erzählt. Sie vertritt offenbar Schneemann an der Rezeption.« Regula schickte sich an, etwas zu B.P. zu sagen, doch der hob abwehrend die linke Hand. »Später bitte.«

»Hotel *Zur Sonnenuhr*«, rief Simone B.P. zu, schon im Weggehen. Der Kollege hob eine Hand zum Zeichen, dass er die Ansage verstanden hatte, danach schrieb er sofort weiter, ohne aufzublicken. Im Korridor fragte Simone Regula: »Was tippt B.P. denn so eifrig? Es wirkt manisch, langsam macht er mir Angst.«

Regula lachte auf. »Er fasst die bisherigen Ermittlungsergebnisse zusammen. Es wird ein umfangreiches Papier, auf das ich gespannt bin.«

Regula und Simone eilten hinaus zu den Garagen mit den Dienstfahrzeugen, von denen Regula kurz nach Dienstbeginn eines für sie geordert hatte. Was würde sie im Hotel erwarten? Warum hatte Schneemann ihnen nichts von seiner engen Beziehung zu Tessa Schöller erzählt, dachte Regula. Das musste einen Grund haben. Sträflicherweise hatte sie dem Portier Schneemann offensichtlich nicht die dringend notwendige Aufmerksamkeit zukommen lassen. Jetzt hoffte die Kommissarin, dass sie ihren Fehler wiedergutmachen konnte. Hoffentlich hatte ihre Nachlässigkeit nicht bereits gravierende Folgen nach sich gezogen.

»Du bist auch besorgt?«, erkundigte sich Simone.

»Ein wenig. Bisher hat Schneemann in meinen Augen weniger ein Motiv gehabt, Pohl aus dem Weg zu räumen, als beispielsweise der Apotheker Steiner. Oder die Ehefrau des Toten. Was, wenn sie doch von seinen Machenschaften erfahren hat und verhindern wollte, dass ihre gesicherte Existenz daran zerbricht? Oder sie hat von Tessa Schöller Wind gekriegt. Wer weiß, ob sie nicht nachgeforscht und herausgefunden hat, dass ihr

Mann in jeder Stadt eine Prostituierte beschäftigt hat? Apropos ...«

Simone holte tief Luft, überging Regulas Sarkasmus und sagte: »René hat erklärt, dass er mit der Schöller kein Verhältnis oder was auch immer hat. Ein Bekannter von ihm will sie als seine neue Geschäftsführerin einstellen. Er ist dabei, einen in Anführungszeichen seriösen Escort-Service für die Region aufzubauen. Durch die Vermittlung Dr. Horvaths ist ihr die Stelle angeboten worden. René fungiert als Ratgeber in betriebswirtschaftlichen Angelegenheiten, deshalb hat er sich einige Male mit ihr getroffen.«

»Und das alles hat er glaubwürdig herübergebracht?« Regula lenkte den Wagen über die Berliner Straße, um über die Weender Straße und die Untere und Obere Karspüle zum Ritterplan zu gelangen. »Klingt ein bisschen nach *My fair lady*: Hübsches Kind wird mit allen Mitteln zur Geschäftsführerin hochgeputscht.«

»Es klang hundertprozentig plausibel.« Simone verschränkte die Arme. »Die Schöller hat früher eine Boutique geführt, Abitur hat sie wohl auch.«

»Wenn das so ist! Gefallen haben wird ihm unsere Escort-Dame aber schon auch.« Regulas Feststellung klang unerbittlich.

»Welchem Mann würde Tessa Schöller nicht gefallen?«, gab Simone resigniert zurück, »sie ist ja noch nicht einmal unsympathisch.«

Regula lachte schallend. »Na, dann ist ja alles gut. Nein, im Ernst, ich bin froh, dass so etwas bei der ganzen Sache herausgekommen ist. Schön für euch.«

Simone nickte. »Ich ärgere mich über mich selbst, weil ich von Renés angeblichem Fremdgehen so felsenfest überzeugt gewesen bin.«

»Er wird dir das verzeihen.«

»Und du willst mit Viktor zusammenziehen?«

»Allerdings«, grinste sie. »Er ist so ziemlich das Beste, was mir im Leben noch passieren konnte. Den halte ich fest. Guck mal, da vorn stehen die Kollegen der Verfügungseinheit.«

»Hier wohnt doch Niko Bendith.«

»Eben deshalb stehen sie ja hier«, sagte Regula. »Wir müssen Geduld haben. Ich möchte wissen, inwieweit er wirklich in die Sache verwickelt ist. Gestern und heute ist er nicht zur Arbeit gefahren, offenbar hatte er Urlaub.«

»Und? Die Fahnder haben noch mehr herausbekommen, oder?«

»In der Tat. Er hat eingekauft, fast den ganzen Tag lang. So arm kann er nicht sein, er hat ordentlich die Konjunktur angekurbelt, sagen die Jungs, die ihn überwacht haben.« Regula parkte genau vor dem Hotel.

»Vielleicht hat er gespart.«

»Oder er ist plötzlich zu Geld gekommen.«

Die Kommissarinnen stiegen aus und sahen sich über den Dienstwagen hinweg vielsagend an.

*

Raisa stand an der Rezeption, die großen Augen mit Lidschatten und Kajal eindrucksvoll betont. Bereits von Weitem rief sie in ihrem leichten Akzent: »Oh, die Damen von der Polizei!«, was die Polizistinnen sehr verwunderte. Normalerweise waren die Menschen auf Diskretion bedacht, wenn sie sie dienstlich aufsuchten.

Wohl weil sie den Ausruf ihrer Kollegin gehört hatte, erschien Carola Gutz, die Serviererin, im Zugang des Frühstücksraumes. Sie stellte sich neben Raisa hinter den Tresen. Wie immer trug sie eine weiße Schürze um die Hüften. Ihre brünetten Haare wirkten frisch gefärbt. Sie trat an die Rezeption, umweht von einem leichten Geruch von Kaffee und frisch gebackenen Eiern. »Geht es noch einmal um Rübe?«, fragte die Kellnerin neugierig und sah von Raisa auf die beiden Besucherinnen und zurück.

»Guten Morgen, Frau Gutz«, sagte Simone und wunderte sich, »wegen wem, meinen Sie, sind wir hier?«

Beide Hotelangestellte kicherten. »Sie meint Herrn Schneemann«, winkte Raisa belustigt ab. »Das ist sein – wie sagt man – spitzer Name.«

»Spitzname!«, verbesserte Carola Gutz und prustete hinter vorgehaltener Hand. »Aber spitz würde auch passen!« Lautstarkes Gelächter.

Regula und Simone blickten sich an. »Heute herrscht hier ja eine ausgelassene Stimmung«, stellte Regula fest. »Wohl weil Herr Schneemann nicht da ist?«

Raisa machte eine abwehrende Handbewegung »Ach wissen Sie, der stört uns auch sonst nicht.« Auch diese Aussage erregte Heiterkeit bei den beiden Frauen. Es ist wohl doch nicht so weit her mit dem Zusammenhalt und der Kameradschaft unter den Angestellten, dachte Regula.

»Warum hat er den merkwürdigen Spitznamen?« Simone wollte es genau wissen.

»Schneemann!«, sagte Raisa betont langsam. Sie fasste sich an die Nase und tat, als würde sie sie nach vorn verlängern. »Na, verstehen Sie immer noch nicht?«

»Ist ja auch schwer«, mischte sich ihre Kollegin ein. »Also, stellen Sie sich doch mal einen Schneemann vor, ja? Einen aus einem Bilderbuch. Wie sieht der aus? Kohleaugen, Kohlemund – und was ist seine Nase?«

»Eine Mohrrübe«, stellte Regula trocken fest.

Simone schlug sich vor den Kopf, als wäre ihr endlich ein Licht aufgegangen. »Jetzt habe ich es! Ein Schneemann hat eine Rübennase! Daher der Name Rübe.«

Die Frauen hinter dem Tresen klatschten in die Hände vor Begeisterung und jubelten.

Regula blickte in den Frühstücksraum. »Es ist noch nicht spät, wo sind denn die Gäste?«

»Die letzten sind ganz früh abgereist, aber die neuen kommen am Nachmittag«, erklärte Frau Gutz.

»Kongress für Erziehung und Bildung«, fügte Raisa an. »Ab heute Abend sind wir ausgebucht.«

»Wir würden gern noch einmal mit Ihnen sprechen – über Rübe«, sagte Regula. Dabei klang sie abermals so trocken, dass die Frauen erneut in heftiges Gelächter ausbrachen. »Hoffentlich sagen Sie das nicht zu ihm, wenn Sie ihn das nächste Mal treffen!«, sagte Raisa kichernd und wischte sich kokett eine Lachträne aus dem Augenwinkel. »Gehen wir nach nebenan und reden.«

»Möchten Sie einen Kaffee? Oder ein Rühreifrühstück? Es ist frisch zubereitet.«

»Ja!«, sagte Regula nach einer sehr kurzen Bedenkzeit. »Beides! Aber mit Rechnung bitte.«

Simone entschied sich für einen Tee, und als alles serviert war, nahmen sie zu viert an einen Tisch in dem altmodischen, plüschigen Frühstücksraum Platz, von dem aus Raisa die Rezeption im Blick behalten konnte. Die Serviererin setzte sich auf die Stuhlkante und verzehrte nichts, es war ihr anzusehen, dass sie ein schlechtes Gewissen hatte. Immer wieder blickte sie durch das Fenster auf die Straße hinaus. Raisa hatte sich einen Orangensaft aus der Küche geholt.

»Es geht noch einmal um den Abend, als Frau Schöller nach dem Streit darauf wartete, von hier abgeholt zu werden.« Regula zeigte auf die Rezeption, während Simone das Aufnahmegerät hervorholte und das Mikrofon so platzierte, dass jedes gesprochene Wort mitgeschnitten werden konnte.

»Sie meinen den Abend, als Tessa so geheult hat?«, fragte Raisa wissbegierig. »Rübe war am nächsten Morgen noch … durch den Sturm.«

»Wind!«, verbesserte Frau Gutz. »Es heißt durch den Wind.«

»Ganz verstehe ich noch nicht …«, sagte Simone.

»Ist doch einfach«, belehrte Raisa sie. »Tessa hatte Streit mit Pohl und hat sich ausgeheult bei Rübe.« Als würde sie einem Kind erklären, dass ein Hund bellt und eine Katze miaut, setzte sie gedehnt hinzu: »Der liebt sie doch!«

»Da kommt der Chef!«, rief Frau Gutz aufgeregt und sprang auf. Auch Raisa erhob sich und strich sich das enge grüne Kleid glatt. »Entschuldigen Sie bitte«, flötete sie mit einem filmreifen Augenaufschlag und stöckelte hinaus. Unmittelbar darauf hörten die Kommissarinnen, wie Raisa flötete: »Guten Morgen, Herr Krüger.«

Simone drückte die Stopptaste des digitalen Rekorders. »Die lassen uns hier einfach sitzen«, beschwerte sie sich.

»Offenbar Angst vor diesem Krüger«, antwortete Regula gedämpft mit einem Schulterzucken. Eilig gabelte sie ihr Rührei in Ahnung dessen, was kommen würde, und richtig: Ein untersetzter Mann mit dunklem Haarkranz und Stirnglatze betrat den Frühstücksraum und trat an ihren Tisch. »Die Damen von der Polizei?«

Simone erhob sich. Ihr war es unangenehm, dass der Hotelpächter sie beim Frühstücken antraf, obwohl sie es bei der Tasse Tee belassen hatte. »Simone Böhm, das ist Frau Fach, sie leitet die Ermittlungen im Mordfall Dominik Pohl.«

»Rüdiger Krüger, ich habe die *Sonnenuhr* gepachtet«, stellte sich der Mann vor. »Leider bin ich nicht so oft vor Ort, wie ich es gern wäre«, setzte er hinzu.

»Aber bitte, gehen wir in mein Büro, ich darf vorausgehen?«

Regula seufzte und blickte auf den Rest des schönen Rühreis. Rasch nahm sie noch einen Schluck Kaffee und folgte Krüger und Simone hinaus. Sie durchquerten die Lobby, folgten dem Korridor bis an dessen Ende und traten in einen Raum ein, der offenbar gleichzeitig als Büro und Besprechungszimmer genutzt wurde. Seine Fenster führten hinaus in den Gartenbereich des Hotels und auf eine Terrasse. Zu Füßen verblichener Holzstühle und -tische lag jetzt das Laub der Bäume, die im Sommer den Garten beschatteten. »Darf ich Ihnen etwas anbieten?«

Die Polizistinnen verneinten. Es folgte die obligatorische Erklärung Simones wegen der Aufzeichnung des Gesprächs, anschließend begann Regula nach dem Verhältnis Krügers zu seinem Portier Jörg Schneemann zu fragen.

»Ein anständiger Kerl, ohne Frage.« Krüger hatte sich zu den Kommissarinnen an den runden Besprechungstisch gesetzt. »Gewiss weiß ich, dass er Frauen an Gäste vermittelt, verstehen Sie mich nicht falsch. Aber der Service wird von, wie soll ich sagen, Herren gewisser Kreise erwartet. Was ich allerdings überhaupt nicht gutheiße«, Krüger erhob die Stimme, »ist sein Verhältnis zu Frau Schöller! Er ist regelrecht vernarrt in die Kleine.«

»Kleine? Tessa Schöller ist über dreißig, Herr Krüger«, wandte Simone ein.

Der Hotelpächter lächelte müde. »Wissen Sie, in meinem Alter wirken Dreißigjährige wie Jugendliche. Das Problem ist, dass er Tessa bevorzugt und dabei ihre Konkurrentinnen ausbootet. Es gibt strenge Regeln in dem Gewerbe, und ich will keinen Zuhälterkrieg in meinem Hotel.«

»Ist die Furcht nicht ein wenig übertrieben? Wir sind in Göttingen, nicht in Hamburg.« Simone hob ungläubig die Brauen.

Krüger zeigte wieder ein müdes Lächeln. »Wenn es um Geld geht, ist doch überall Chikago. Davon abgesehen finde ich es schrecklich, wenn sich ein Mann abhängig macht von einer Frau. Dabei müsste es gerade Jörg Schneemann besser wissen: Er ist bereits einmal verlassen worden, und zwar auf üble Weise. Aber der Mensch wird wohl nicht schlau aus dem, was ihm passiert.«

»Sie meinen, es droht ihm das Schicksal, ein zweites Mal verlassen zu werden?«, hakte Regula nach.

Krüger winkte heftig ab. »Tessa wollte doch kein Verhältnis mit ihm haben. Sehen Sie sich Schneemann doch an, seine Narbe, der ruinierte Arm. Sie hat ihn meiner Meinung nach benutzt, um an Kunden zu kommen oder um sich auszuheulen, wenn es mal nicht so lief. Aber er sieht das ganz anders.«

»Väterlich?«, fragte Simone.

»Auf gar keinen Fall. Meine Angestellten meinen, Tessa ist Schneemanns große Liebe.«

»Die ihm jetzt genommen werden soll«, sagte Regula.

Krüger nickte. »Es wird nur noch eine Frage der Zeit sein, dann sucht die sich einen festen Partner und Jörg hat das Nachsehen. Ist doch nur natürlich! Ich habe ihn so oft gewarnt, aber er glaubt mir das ja nicht.« Er schüttelte sorgenvoll den Kopf.

Regula und Simone sahen sich an, und Regula ergriff wieder das Wort. »Ihre Mitarbeiterinnen haben von einem Streit zwischen Tessa Schöller und Dominik Pohl berichtet. Angeblich ging es dabei darum, dass Tessa sich beruflich und privat verändern wollte. Wissen Sie von diesem Streit?«

»Nein. Wie gesagt, ich bin leider zu selten in Göttingen, einmal im Monat, wenn es hoch kommt. Von Herrn Pohls tragischem Ende habe ich selbstverständlich erfahren. Ein Stammgast, und jetzt so etwas, schrecklich. Von den Ermittlungen hat mir Schneemann ausführlich am Telefon berichtet, ich war verreist, als es passiert ist. Schanghai, meine Tochter arbeitet dort im Hotelgewerbe.«

»Demnach wissen Sie auch nicht, dass Tessa Schöller an dem Abend, als der Mord geschah, hier im Hotel von ihrem Verlobten abgeholt wurde?« Regula ließ den Mann nicht aus den Augen.

Krüger klappte der Unterkiefer herunter. »Sie hat einen Verlobten? Das kann ich mir nicht vorstellen.«

»Warum nicht?«, fragte Regula erstaunt.

»Weil mir Jörg davon erzählt hätte! Er weiß alles über Tessa, ungelogen. So eine Nachricht, das wäre furchtbar für ihn gewesen.« Er blickte aus dem Fenster und wirkte aufgewühlt. »Und beruflich will sie sich auch verändern? Das heißt, sie will nicht mehr als …, Sie wissen schon, arbeiten?«

»Als Escort-Dame, richtig. So heißt es ja wohl offiziell.«

Krüger erhob sich und ging zu seinem Schreibtisch hinüber. »Ich muss mit Jörg reden.«

»Sie sind mit ihm befreundet?«, fragte Simone.

»Ja, ja, wo habe ich seine Handynummer?« Er suchte fahrig unter einigen Papieren, die auf der Schreibtischplatte verstreut dalagen. »Heute hat er frei, wissen Sie, ich habe es ihm selbst genehmigt.«

»Können Sie sich vorstellen, dass Schneemann aus Verzweiflung eine Straftat begehen könnte?« Simone beobachtete Krügers Anstrengungen aufmerksam.

Krüger suchte immer noch nach der Telefonnummer und sah nicht auf. »Eine Straftat, wieso? Sie meinen, dass er einen Nebenbuhler umbringen würde?« Er lachte ein kehliges Lachen, das erstarb, als er in die Gesichter der Polizistinnen blickte. »Sie meinen doch nicht ... Nein, Pohl war ihr Kunde, mehr nicht, der interessierte Jörg ebenso wenig wie ihre anderen Freier. Überhaupt, was reden Sie denn da? Hier ist die Nummer.«

Regula trat auf Krüger zu. »Ich möchte als Erste mit ihm sprechen, gestatten Sie? Wir haben noch einige wichtige Fragen an Herrn Schneemann. Darf ich?«

Krüger reichte ihr perplex den Zettel, auf dem handschriftlich eine Handynummer vermerkt stand. Er zeigte auf das Telefon: »Bitte.« Wie entkräftet ließ er sich auf seinen Bürostuhl fallen.

Regula wählte die Mobilfunknummer. Es meldete sich lediglich die Mailbox Schneemanns und verkündete, dass der Teilnehmer momentan nicht erreichbar sei. Die Kommissarin legte auf. »Schreibst du das bitte ab?« Sie reichte Simone den Zettel. »Herr Krüger, ich muss Sie bitten, uns sofort Bescheid zu geben, wenn sich Herr Schneemann bei Ihnen meldet. Es ist wichtig für uns, aber auch für ihn selbst.«

»Sie glauben doch nicht ernsthaft, dass er etwas mit dieser Mordgeschichte zu tun hat?«, bäumte sich der Hotelier halbherzig auf.

»Wir sind von der Polizei, nicht von der Kirche. Mit Glaubensdingen haben wir wenig zu tun. Aber wir haben einen heimtückischen Mord aufzuklären und müssen jeder Spur nachgehen. Das hört sich jetzt an wie im *Tatort*, ist aber bitterernst.«

Krüger nickte ergeben. »Das verstehe ich. Entschuldigen Sie, wenn ich sitzen bleibe, aber es geht mir gerade nicht so gut.«

»Brauchen Sie einen Arzt?«, fragte Simone besorgt.

Krüger winkte ab. »Nein. Sagen Sie bitte Raisa Bescheid. Sie soll mir ein Glas Wasser bringen.«

»Wird gemacht. Auf Wiedersehen, Herr Krüger.«

»Wiedersehen.« Der Hotelier blickte mit sorgenvoller Miene aus seinem Fenster in den herbstlichen Garten hinaus und sah den Polizistinnen nicht nach, als sie sein Büro verließen.

*

Auf der Rückfahrt ins Polizeidienstgebäude lenkte Simone den Wagen. Regula saß neben ihr und gab telefonisch die Anweisung, dass die Fahndung nach Jörg Schneemann ausgelöst werden sollte. Der Form halber ordnete sie noch die Zustellung einer Vorladung an. Sollte er in seine Wohnung zurückkehren, bevor die Polizei ihn aufgefunden haben würde, hätte er die Chance, sich freiwillig der Vernehmung zu stellen.

»Jetzt sehe ich bei Schneemann gleich mehrere Motive«, sagte Regula. »Halt doch bitte am Auditorium an und lass mich aussteigen.«

Simone bremste und schaltete die Warnblinkanlage ein. »Was hast du vor? Hast du eine Idee, wo Schneemann sich aufhalten könnte?«

»Nein, sonst hätte ich ja wohl kaum die Fahndung angekurbelt.«

»Bei dir weiß man manchmal nicht, woran man ist«, lächelte Simone. »Stimmt doch, oder?«

»Jawohl! Aber jetzt verrate ich dir etwas: Viktor und ich haben einen Besichtigungstermin für eine Wohnung.«

»Am Vormittag?«, fragte Simone überrascht.

»Der Vermieter schleust wohl den ganzen Tag über Interessenten durch die Zimmer, und wir sind in einer halben Stunde an der Reihe. Anschließend kommen wir in die Groner Landstraße, ciao.« Regula hob sich aus dem Wagen, knallte die Autotür zu und ging eilig davon. Ein Fahrzeugführer hupte, fuhr langsam an Simone vorbei und zeigte ihr einen Vogel. Die Kommissarin überlegte, ob sie das Blaulicht aufs Dach setzen sollte oder zumindest mit der Anhaltekelle winken, doch sie entschied sich dagegen. Schließlich hatte der Mann recht, hier, so knapp vor der Kreuzung, war absolutes Halteverbot.

Simone fuhr an, ordnete sich als Linksabbiegerin ein und musste gleich darauf an der Ampel halten, als ihr Handy klingelte. Auch das noch, fluchte sie leise und zog das Gerät aus der Jackentasche. *Robin Baumann* stand auf dem Display.

»Ja, hallo?«

»Ich muss mit Ihnen sprechen, geht das?«

»Wann und wo?«

»Ich gehe heute nicht zur Arbeit, soll ich zu Ihnen ins Büro kommen?«

Simone legte eine Bedenkpause ein. »Wenn es dir nichts ausmacht, komme ich gegen Mittag bei dir vorbei. Ich habe in deiner Gegend etwas zu erledigen. Einverstanden?«

Simone wartete noch Robins positive Antwort ab und beendete das Gespräch. Die Ampel zeigte grün, und noch einmal wollte sie nicht als Verkehrshindernis auffallen. Bis sie auf das Dienstgelände fuhr, zermarterte sie sich das Gehirn: Was wohl Robin mit ihr besprechen wollte?

Kapitel 33

Aus den Augenwinkeln sah Niko etwas auffällig Rotes, und sofort wusste er, was es war: die langen Haare Irenas. Wie automatisch lief er auf dem Heimweg an den Berufsbildenden Schulen vorbei, ohne darüber nachzudenken. Sie war da! Doch was war das? Neben ihr stand eine kleine Frau, mit fast geschorenem Kopf, ein schwarzes Etwas umgehängt, das wie ein Cape aussah, und unter dem dürre Beine in dunklen Strumpfhosen hervorsahen. Die Frau redete auf Irena ein, was, konnte Niko nicht verstehen. Irena und die merkwürdige Person standen zu weit entfernt. Irgendetwas in Nikos Unterbewusstsein sagte ihm, dass er die Frau kannte oder zumindest mehrfach gesehen hatte. Aber wo nur, und was wollte sie von Irena? Aber er hatte eine Ahnung, dass hier etwas nicht stimmte, dass ihn Unannehmlichkeiten erwarten würden, wenn er sich nicht schnell davonmachen würde. Schade, ja. Aber das Gespräch mit Irena würde er nachholen können.

Er beschloss, vorsichtig zu sein und einen Umweg zu seinem Häuschen zu nehmen. Wer weiß, ob seine Furcht vor Ungemach nicht berechtig war. Gerade wollte er in die entgegengesetzte Richtung davongehen, als er den zivilen Streifenwagen den Ritterplan hinauffahren sah. Rasch wandte er dem Auto den Rücken zu und beobachtete, wie die Polizisten bis zur Einmündung Obere Masch fuhren und dort am Straßenrand einparkten. Sie beobachteten ihn also nach wie vor.

Er warf einen letzten bedauernden Blick auf Irena, die noch immer mit der seltsamen Frau plauderte. Dann trat er den Heimweg an. Wie es aussah, drohte ihm kein Unheil, und die Stimme, die irgendwo in ihm das Gegenteil behauptete, würde er irgendwann auch noch zum Schweigen bringen. Wie viel Verkehr heute hier herrschte! Ein weiteres Mal fuhr ein Wagen stadtauswärts den Ritterplan hoch. Wie? Auch das noch! Ein weiterer Zivilwagen der Bullerei. Niko sah genauer hin. Am Steuer saß eine Frau, so viel konnte er erkennen. Sie setzte den Blinker rechts und parkte ein. War das nicht die Polizistin, die dabei gewesen war, als man ihn verhört hatte? Er wollte lieber nicht stehen bleiben und abwarten, ob sich sein Verdacht bestätigen würde. Deshalb beeilte er sich fortzukommen, doch der Vorgang beschäftigte ihn. Geparkt hatte die Kripotante vor dem Haus, in dem dieser Robin wohnte. Jetzt drehte sich Niko doch noch einmal um. Tatsächlich, sie klingelte. Was die Polizei wohl noch von dem Langen wollte? Er konnte sich keinen Reim darauf machen.

*

Der Summer surrte, und Simone stieß die Tür auf, die sich nur schwer öffnen ließ. Es fiel ihr auf, wie sauber geputzt das Treppenhaus wirkte, bestimmt wurde hier ein Reinigungsdienst beschäftigt. Sicherlich waren die Mieten für die Wohnungen teuer, das Haus befand sich in einem tadellosen Zustand. Erstaunlich, fand Simone, dass sich ein Feinoptiker mit einem Zeitarbeitsvertrag hier eine Bleibe leisten konnte.

Robin empfing die Polizistin am Eingang zu seiner und Lillys Wohnung. »Bitte«, sagte er mit einer etwas linkischen Handbewegung und ging voraus ins Wohnzimmer.

Simone sah sich um: helle Möbel, liebevoll arrangierte Dekoartikel, Kerzen, alles im Raum machte einen warmen und freundlichen Eindruck. »Schön habt ihr es hier«, sagte die Kommissarin anerkennend.

»Das liegt an Lilly, sie gibt sich wahnsinnig viel Mühe mit der Einrichtung und dem ganzen Drum und Dran.«

Simone setzte sich auf die Couch mit dem dezenten Muster. »Von Ikea?«

Robin nickte. »Wenn ich eine feste Stelle habe, können wir uns auch eine teurere Einrichtung leisten, aber bis dahin …«

»Wieso? Ist doch schön! Du bist sicher froh, dass Lilly deine Freundin geworden ist.«

»Ja, schon, aber sie ist auch das Problem!« Robin ließ die Schultern hängen. »Deswegen habe ich Sie angerufen.«

»Etwas genauer geht es doch sicherlich?« Simone schaute Robin herausfordernd an. »Setz dich doch!«

Robin gehorchte. »Es ist wegen dieser Frau, Elena Meyer. Sie schwänzelt jeden Tag vor dem Haus herum, wartet, bis ich von der Arbeit komme, quatscht mich an.«

»So? Was will sie denn von dir?«

»Sie meint wohl, auf mich aufpassen zu müssen. Lästig! Warnt mich, weil Henner und sein Messerstecherkumpel immer noch ab und zu vor meinem Haus herumhängen. Sagt sie jedenfalls. Gesehen habe ich die bisher noch nicht wieder.«

»Ist es denn so schlimm, dass Frau Meyer sich kümmert? Immerhin hat sie mitbekommen, dass die beiden Männer dich bedroht haben. Wollten die dir nicht die Hand brechen, oder habe ich mir das falsch gemerkt?«

»Ich kann auf mich aufpassen. Das war nur Gerede. Hier laufen viel zu viele Menschen vorbei, und in dunklen Ecken drücke ich mich nicht herum. Das ist es auch gar nicht allein. Frau Meyer zwingt mir Gespräche auf. Pausenlos redet sie davon, wie wichtig ihr Hunde sind, dass sie manchmal Hunde von Leuten ausführt, wenn die krank sind, oder so. Ohne Geld dafür zu nehmen.«

»Aber das ist doch ein feiner Zug von ihr, findest du nicht? Nachbarschaftshilfe oder wie immer man das nennen kann.«

Robin wand sich, als suchte er vergeblich nach den richtigen Worten. »Schon. Aber dabei ist sie so ... verrückt. Sie sagt nicht: Ich mag Hunde. Sie sagt: *Ein*

Hund ist das reinste und abgöttischste Wesen, das man sich vorstellen kann. Verstehen Sie?«

»Elena Meyer ist nicht gesund. Sie hat eine Psychose und ist deswegen in Behandlung. Leute mit ihrem Krankheitsbild reden manchmal sehr viel und vielleicht auch merkwürdige Dinge. Dabei sind sie völlig harmlos, ihr Verhalten ist nur ein wenig befremdlich.«

»Es stört mich aber. Lilly war jetzt drei Wochen bei ihrer Mutter, und morgen kommt sie zurück. Ich will nicht, dass sie auch belästigt wird!«

»Das wird nicht geschehen.«

»Es reicht schon, wenn sie mich nicht in Ruhe lässt. Es stört einfach mein Leben, und dadurch wird auch Lillys Leben gestört. Ich will nicht, dass sie erfährt, dass mir die beiden Idioten aufgelauert haben und es vielleicht wieder vorhaben.« Robin schaute Simone bittend an. »Können Sie nicht mit der Frau reden, damit sie uns endlich in Ruhe lässt? Möchten Sie übrigens etwas trinken? Ich hole mir ein Glas Wasser.«

»Nein danke, sehr freundlich von dir.«

Robin verschwand in die Küche, die zur Straße hinausführte.

»Ich kann versuchen, mit Frau Meyer zu sprechen, das hatte ich sowieso vor«, rief Simone laut, damit Robin sie hören konnte. »Deshalb wollte ich heute auch zu dir kommen. Ich hatte die Hoffnung, Frau Meyer hier irgendwo anzutreffen.«

»Dann beeilen Sie sich mal«, drang Robins Stimme aus der Küche herüber. »Da unten steht sie gerade und unterhält sich! Ich sage doch, dass die immer hier herumschleicht!«

Simone sprang auf, eilte zu Robin an das Küchenfenster und blickte auf die Straße. Auf dem Schulgelände stand tatsächlich Elena Meyer, im Gespräch mit einer rothaarigen jungen Frau.

»Ich versuche es, aber befehlen kann ich ihr nichts, auch nicht, dass sie von hier fernbleibt. War das alles, worum du mich bitten wolltest?«

»Ja, klar.«

»Gut. Aber pass trotzdem ein wenig auf dich auf. Wenn dich die Schläger noch einmal bedrohen, zeigst du sie an, versprochen?«

»Das ist doch memmenhaft«, murrte Robin.

»Versprochen, oder nicht?« Simone zeigte aus dem Fenster und legte den Kopf schief.

»Na gut. Weil Sie es sind«, grinste Robin breit. Offenbar freute er sich, dass Simone seiner Bitte nachkommen wollte, mit Elena Meyer zu sprechen.

Simone hob den Daumen, verließ die Wohnung und eilte durchs Treppenhaus ins Erdgeschoss und hinaus auf den Gehweg. Als sie die Straße überquerte, kam ihr die Rothaarige entgegen, die sie von oben beobachtete hatte. Im letzten Augenblick erreichte sie Elena, die mit wie immer großen Schritten davonstürmen wollte.

»Frau Meyer!« Simone überholte sie nach einem kleinen Spurt und brachte sie dazu, einzuhalten. »Guten Tag, Simone Böhm, Kripo Göttingen. Sie erinnern sich an mich?«

»Ich habe eine Psychose, keine Demenz«, antwortete Elena rigoros, doch es klang nicht unfreundlich.

»Verraten Sie mir, worüber Sie sich mit dem rothaarigen Mädchen unterhalten haben?«

»Beschatten Sie mich?«

»Nein. Aber das ist ein hilfreiches Stichwort. Robin Baumann ist, sagen wir, irritiert, weil Sie sich um ihn kümmern. Seine Freundin kommt morgen von einer Reise zurück. Ich nehme an, er würde sich vor ihr schämen, wenn Sie ihn weiterhin so betreuen. Haben Sie tatsächlich beobachtet, dass die beiden Männer, die ihn bedroht haben, wieder auf ihn gewartet haben?«

War Elena Meyer Simone gegenüber zuerst mehr als ablehnend gewesen, schien es jetzt, als wäre ein Damm gebrochen. Sie sprach ohne Unterbrechung, fast schien es Simone sogar, ohne Atem zu holen. »Zweimal haben die hier herumgelungert. Irgendwann sind sie abgezogen. Vorhin habe ich auch den Kleinen wiedergesehen.«

»Der Kleine?«, hakte Simone nach.

»Ja doch, der sich auch mit Robin unterhalten hat. Habe ich Ihnen haarklein erzählt!«

»Meine Güte, ja! Wie konnte ich das vergessen, Entschuldigung. Niko Bendith heißt er.«

»Sie kennen den Mann?«

Simone nickte.

»Also ist die Polizei wegen ihm hier andauernd unterwegs? Hat er etwas verbrochen?«

Simone wusste, dass Elena schweigen würde, wenn sie nicht auch etwas preisgab. »Er ist in der Zeit, als der Mord geschehen sein muss, in der Nähe des Tatortes gesehen worden.«

»Und?«

»Er leugnet, dass es so gewesen ist«, fügte Simone leichthin an. »Aber es gibt eine Zeugin. Somit steht er unter Verdacht.« Zum Glück war keiner der Kollegen in der Nähe, der ihr zuhören konnte. Es war polizeitechnisch mehr als falsch, Informationen auszuplaudern. Es ist sträflich, was ich hier von mir gebe, dachte Simone.

»Der war es nicht«, hörte sie Elena sagen.

»Bitte?«

»Der war es nicht!«

»Woher wollen Sie das wissen?« Simone fokussierte sich auf Elenas Worte. Das Treiben ringsum, die lachenden Schüler, die nach Hause strebten, Fahrradgeklingel und die Satzfetzen derjenigen, die hektisch in ihre Handys sprachen, alles dies drang nur schemenhaft zu ihr durch.

»Ich habe ihn auf dem Schulhof gesehen, als ich hier vorbeikam.« Sie wandte sich um und zeigte neben das an der Straße stehende Gebäude. »Da lag der Tote, daneben der arme Hund. Ich kam von dort, aus der Burgstraße, als ich die beiden Leichen entdeckt habe.« Elena drehte sich in die andere Richtung und streckte den Zeigefinger aus. »Dort hinten lief der Kleine eilig davon.«

»Aber das spricht doch zumindest dafür, dass er der Mörder hätte sein können! Wie kommen Sie darauf, dass er ...«

»Weil da noch ein anderer war. Einer mit einer Mütze, tief ins Gesicht gezogen. Ist durch die Burgstraße gelaufen. Ich stand auf dem Hof der Feuerwache und habe ihn laufen sehen. Seine Schritte hallten durch die Nacht, ein Wunder, dass nicht die ganze Nachbarschaft aufgewacht ist. Ich habe in die Richtung geblickt, aus der er gekommen war. Da lag ein Mensch, und daneben lag noch etwas. Aus dem Dunkel des Schulhofes trat plötzlich jemand und stellte sich neben das, was da am Boden lag. Ich dachte, es sei ein Kind. Erst als er davonrannte, habe ich ihn erkannt, es war ein sehr kleiner Mann. Ich kenne ihn vom Sehen. Er muss in der Nähe wohnen, dachte ich, er läuft immer wieder einmal durch den Ritterplan, kein Zweifel, dass er das ist. Ich bin dann dorthin gegangen, habe festgestellt, dass der Mann tot war, und mich um das arme Tier gekümmert. Auch tot. Sinnlos gestorben. Der Altar war das Mindeste ...«

»Frau Meyer, warum haben Sie das nicht längst der Polizei erzählt?«

»Was?«

»Der Mann mit der Mütze! Sie haben ihn nicht mit einer Silbe erwähnt.« Sie wurde angerempelt. »Pass doch auf, ja!«, schnauzte Simone einen Jugendlichen an, der mit seinen Freunden in Dreierreihe an ihr vorbeiging. Simone merkte, wie erregt sie war. Warum lief bei den Ermittlungen so vieles in die falsche Richtung? Sie mäßigte ihren Ton. »Und Niko Bendith ist ganz sicher erst aus dem Dunkel herausgetreten, als der Mann schon am Boden lag?«

»Und der Hund«, ergänzte Elena zustimmend.

Simone unterdrückte einen Seufzer. »Hat er den Toten durchsucht?«

»Nein, hat er nicht. Er stand nur da und schaute. Gebückt hat er sich auch nicht, bei seiner Größe war das wohl nicht nötig. Ich nehme an, er hat gesehen, was er sehen wollte. Dann ist er wie gehetzt über den Schulhof davongelaufen.«

»Glauben Sie, dass er den Mord beobachtet hat?«

»Das wird so gewesen sein. Der Mann mit der Mütze war ja gerade erst verschwunden.«

»Dieser Mann, haben Sie den auch erkannt? An der Statur vielleicht?«

»Nein.« Elena blickte über Simone hinweg, wirkte wie abwesend, in ihren Augen konnte die Polizistin so etwas wie ein Flackern erkennen.

»Frau Meyer, würden Sie mir den Gefallen tun, mich zu begleiten und gemeinsam mit unserem Polizeizeichner ein Phantombild anzufertigen?«

»Wenn es sein muss.« Elena sah Simone nicht an. Ihre Beine zuckten, sie trat von einer Stelle auf die andere.

»Bitte, kommen Sie. Mein Wagen steht gleich dort vor dem Haus.«

»Wer passt auf Robin auf?«

»Seine Freundin kommt bald von einer Reise zurück. Die schafft das schon.«

Simone bat Elena, auf dem Rücksitz des Dienstwagens Platz zu nehmen. Nachdem sie sich ans Steuer gesetzt hatte, betätigte sie unauffällig die Schließvorrichtung für die hinteren Türen. Über Funk setzte sie sich mit den beiden Kollegen in Verbindung, die Niko Bendith beschatteten. »Bringt mir Bendith in die Groner Landstraße. Als Zeugen. Anschließend wird euer Job beendet sein, nehme ich an. Aber das muss ich noch mit der Chefin klären.«

*

In den Gesichtern der Polizistinnen und Polizisten der MoKo *Tanto* spiegelten sich am Nachmittag Zweifel, Ärger und Enttäuschung. Wer spielte hier welches Spiel mit wem?

Mit Laptop und Beamer hatte B.P. zwei Phantomzeichnungen auf eine Leinwand geworfen. Angefertigt wurden die Zeichnungen unter Mithilfe von Elena Meyer und Niko Bendith. Unabhängig voneinander hatten sie mit dem Zeichner zusammengearbeitet.

»Also ich erkenne sie beide!«, dröhnte Viktor in die minutenlange Stille hinein. Er sprach damit aus, was Regula und Simone dachten.

»Beide!«, höhnte Willi. »Eine Farce ist das. Da behaupten zwei Zeugen, einen Mörder gesehen zu haben, und der eine lässt einen langen Dünnen malen und die andere einen mittelgroßen Stämmigen. Die spinnen doch!« Er hämmerte sich mehrfach mit der Faust gegen den Schädel.

»Der eine könnte Schneemann sein«, mutmaßte Regula. »Elena hat die Figur so gemalt, dass ihr Arm unnatürlich herunterhängt.

»Und der andere Robin«, ergänzte Simone.

»Ja, und? Wer von den Zeugen lügt?« Daniel Beyer hing wie ein Schluck Wasser in seinem Stuhl und drehte in der Linken einen Kugelschreiber hin und her.

»Wenn Elena lügt, dann deshalb, weil sie Robin schützen will«, sinnierte Simone.

»Und wenn mein kleiner Freund lügt?«, fragte Viktor, und es klang nicht sarkastisch.

»Wenn er dem Kollegen Zeichner absichtlich falsche Angaben gemacht hat, kann es nur einen Grund geben.« Regula raufte sich mit beiden Händen den kurzen Schopf.

»Nämlich?«, wollte es Viktor genau wissen.

»Weil er den Mörder kennt und ihn decken will.«

»Wisst ihr, wie Bendith in der Szene genannt wird?«, fragte Willi dazwischen. »Der kleine Bandit!«

»Schönes Wortspiel«, kommentierte Viktor. »Nun gut. Aber wenn es doch Robin war? Vielleicht hat Niko deshalb mit ihm gesprochen?«

Simone schüttelte den Kopf. »Von Elena Meyer wissen wir doch, dass er Robin lediglich auf das Kokain angesprochen hat.«

»Genau!«, rief Daniel. »Von Frau Meyer wissen wir das. Aber muss es richtig sein, was sie behauptet? Vielleicht weiß sie, dass Robin der Mörder ist, und tut alles, um es zu vertuschen! Möglicherweise hat Bendith versucht, Robin zu erpressen? Oder Robin lügt auch, oder er und seine Beschützerin haben sich die Geschichte von den Dealern und dem Kokain nur ausgedacht?«

Robin ist kein Mörder, dachte Simone, doch sie schwieg wohlweislich. Anderenfalls würden ihr die anderen erklären, wie leicht man sich mit einer solchen Einschätzung irren konnte, das wusste sie genau.

»Hört mal her!«, rief B.P. »Gerade kommt eine Mail herein, die spannend ist.«

»Worum geht es?«, fragte Regula.

Alle wandten sich dem Kollegen mit der analytischen Hochbegabung zu, der B.P. in ihren Augen war.

»Es geht um den Hotelier der *Sonnenuhr*, Herrn Krüger«, sagte B.P. und blickte in die Runde.

»Krüger?«, fragte Simone verwundert. »Was hast du denn über den abgecheckt?«

»Sein Alibi, was sonst.«

»Sein Alibi? Ach, du meinst seine Reise nach Schanghai?« Jetzt dämmerte es Simone. Sie hatte den Hotelpächter gar nicht erst in den Kreis der Verdächtigen aufgenommen. Schon wieder ein Fehler, dachte sie.

B.P. tippte mit dem Stabilo-Stift auf den Bildschirm. »Er hat die Reise niemals angetreten. In der Nacht vom 25. auf den 26. September war er in Göttingen. Und ratet mal, wo er übernachtet hat?«

»In seinem Hotel, nehme ich an?«

»Völlig falsch.« B.P. sah noch schmaler aus als sonst. »In der Wohnung von Jörg Schneemann!«

»Verdammt!« Regula schlug mit beiden Handflächen auf die Tischplatte.

»Alles auf Anfang«, sagte Simone, und Viktor nickte dazu, stumm und ergeben. »Mistfall«, sagte er nach einer Pause. »Aber wir bekommen ja allmonatlich eine veritable Entschädigung für diese Arbeit.«

»Du vielleicht«, sagte Polizeioberkommissar Daniel Beyer.

»Tja, Alter vor Schönheit, mein Lieber.« Viktor grinste erneut. »Also auf, machen wir uns ans Geldverdienen!«

Kapitel 34

16. Oktober

Das Geld hob Niko nur in kleinen Beträgen bar ab, die teuren Anschaffungen bezahlte er mit seiner funkelnagelneuen Kreditkarte. Er liebte es, in der großen Schalterhalle seiner Bank zu stehen, in der es hell war und immer angenehm temperiert. Deshalb bedauerte er es zutiefst, dass die Schalter bereits geschlossen waren, sonst hätte er sich die Summe von einer der netten Bankangestellten auszahlen lassen können. Seit er seine Schulden zurückgezahlt hatte, fühlte er sich wie ein honoriger Kunde, nicht mehr wie ein Bittsteller. Gewissenhaft zählte er die Scheine nach, die der Automat ausspuckte, Fünfzigeuroscheine, Zwanzigeuroscheine, Zehn- und Fünfeuroscheine – fünfhundert Euro insgesamt, fürs Erste würde das reichen. Als Nächstes ging er hinüber zum Auszugsdrucker und ließ sich einen Kontoauszug ausdrucken, den er zu Hause abheften würde. Zur Erinnerung an diese schönen Zeiten. Leichtfüßig verließ er das Bankgebäude.

Draußen sah er Henner sofort, sein Unterbewusstsein war sensibilisiert für die zwei Schurken, die ihn krankgeprügelt hatten. Aber er hatte keine Angst mehr vor ihnen. Sein Draht zu den Bullen war großartig, bei jeder Vernehmung hatte er sich kooperativ gezeigt. Sogar ein Bild hatte er anfertigen lassen, toll, was der Polizist alles aus dem Computer herausgeholt hatte. Zugegeben, die Angaben, die er dem Typ gemacht hat, gaben den Mörder etwas verzerrt wieder. Aber dafür gab es ja auch einen mehr als guten Grund!

Henner musterte ihn. Niko schätzte, dass es wegen der perfekten neuen Klamotten war, die er heute von dem Herrenschneider abgeholt hatte. So gut angezogen kannte ihn der Bluthund nicht. Am liebsten hätte er ihm den Stinkefinger gezeigt. Aber warum sollte er ihn unnötig provozieren? Das hatte er doch gar nicht nötig. Er würde auf seiner Straßenseite bleiben und den Schläger ignorieren, darüber würde der sich am meisten ärgern, dachte Niko. Dennoch blieb er auf der Hut und kontrollierte gelegentlich, ob Henner ihm nicht folgen würde. Erst auf der Weender Straße, in der Höhe von C & A, war er sich sicher, ihn abgehängt zu haben. Fröhlich lief Niko weiter durch die Innenstadt bis zu seinem Häuschen. Schon von Weitem konnte er sehen, dass dort jemand auf ihn wartete.

Es war Frank.

»Hi!«

»Hi, Niko.«

Sie ließen ihre Hände zusammenschlagen.

»Komm rein.«

Frank setzte sich auf Nikos Couch und betrachtete den Flachbildschirm-Fernseher, der ihm einen anerkennenden Pfiff auf die Lippen zauberte. »Eine neue Stereoanlage gibt es auch?« Er deutete auf die Anlage mit den hypermodern gestylten Lautsprechern. Dann betrachtete er Niko, der neben ihm hockte und grinste. »Neue Klamotten?«

Der kleine Bandit antwortete nicht. Was sollte er Frank erklären, wenn er weitere Fragen stellen würde? Er musste aufpassen, dass er sich nicht verriet, das wusste er. Aber er war gerade in einer solchen Hochstimmung, dass er auf Lügengeschichten keine Lust hatte. Also schwieg er.

»Woher hast du die Kohle? Mensch, Niko, Henner und Andy belauern dich immer noch, die sind nach wie vor auf der Suche nach dem Kokain. Ich will erst wissen, wovon du das alles bezahlt hast! Das ist doch nicht normal.« Er beugte sich dicht zu Niko heran und sagte: »Du hast doch das Kokain gestohlen und dann verkauft!«

»Nein!« Niko lachte auf.

»Das ist nicht lustig!«

»Und ob! Weil du mir das tatsächlich zutraust! Meinst du, ich hätte den Schlägerschweinen das Zeug nicht gegeben, als die mich beinahe ersäuft hätten?«

»Woher hast du die Kohle denn?« Frank schob sich die Ärmel hoch, sein Kopf war rot vor Aufregung.

»Also pass auf: Weil du mein bester Freund bist, erzähle ich es dir. Ich weiß, wer den Frankfurter erstochen hat.«

Frank riss die Augen auf. »Wer ist es denn?«

»Das tut nichts zur Sache. Ich kenne ihn aus der Kneipe meiner Tante. Wir haben einmal zusammen gesoffen, aber so richtig heftig, und dann hat er mich in seinem Taxi mitgenommen und nach Hause gebracht, bevor er sich weiterfahren ließ.«

»Was macht der so?«

»Weiß ich nicht. Der hat immer nur von früher erzählt, nie von dem, was gerade lief. Vor ein paar Wochen, da hat er doch was Aktuelles berichtet, aber das war auch sensationell: Er hat geerbt. Wie viel, hat er nicht verraten, aber so wie der angegeben hat, muss es ein ordentlicher Batzen gewesen sein.«

»Dann ist der doch reich! Warum bringt er den Frankfurter um und klaut das Kokain? Wegen der Kohle wohl nicht.«

»Doch, das glaube ich. Wenn einer reich ist, will er immer noch mehr haben, ist doch klar.«

»Du hast also zugesehen, wie dieser Bekannte von dir den Frankfurter erstochen hat?«

»Den und eine kleine Töle, die plötzlich angerannt gekommen ist.«

»Warum hast du denn das nicht früher erzählt? Mir nicht? Dem Wächter nicht? Dann hätten die beiden Idioten doch den Typen heimgesucht und nicht den langen Jungen und dich!«

»Es war zuerst auch nur ein Gefühl, den zu kennen. Warum soll ich jemanden beschuldigen? Vielleicht hatte der ja auch seine guten Gründe, den Frankfurter abzumurksen.«

»Gute Gründe, Niko? Du spinnst ja.«

»Als der Wächter mich nicht mehr beschäftigen wollte, habe ich Panik gekriegt. Ich kann doch nicht von dem leben, was ich in den paar Stunden in der Waschanlage verdiene, die Schulden hatte ich auch noch! Also habe ich die Mütze angerufen.«

»Die Mütze?« Frank verstand gar nichts.

»So habe ich den in Gedanken immer genannt. Weil er eine Mütze ins Gesicht gezogen hatte, als er hinter dem Frankfurter herschlich, zur Tarnung, nehme ich an!«

»Verstehe«, sagte Frank, »du hast den angerufen und gesagt, dass du ihn beobachtet hast.«

»Genau! Ein Versuchsballon sozusagen. Er hat sich nicht einmal gewehrt! Gefragt hat er, wie teuer das für ihn werden würde. Ich habe ihm eine Summe gesagt. Dann meine Kontonummer. Und er hat sofort bezahlt. Und weißt du was? Die Quelle ist noch lange nicht versiegt!«

»Verstehe ich recht, dass der also eine große Erbschaft und die Knete aus dem Verkauf des Kokains besitzt?«, fragte Frank. »Und damit er nicht in den Knast muss, gibt er dir davon ab?«

»Genau, und zwar viel.«

Frank sah den Freund sorgenvoll an. »Niko, Niko. Wenn das mal alles gut geht. Du bist jetzt ein Erpresser, hoffentlich macht dich das nicht irgendwann sehr unglücklich.«

Kapitel 35

Während seiner Vernehmung knickte der Hotelier Rüdiger Krüger rasch ein. Ja, er habe in der besagten Nacht bei Jörg Schneemann übernachtet. Schneemann sei nach Ende seiner Dienstschicht nicht sofort nach Hause gekommen. Sein Angestellter und Freund habe einen angeschlagenen Eindruck gemacht, als er gegen 0.45 Uhr endlich in der Wohnung gestanden habe. Es sei ihm merklich schwer gefallen, bei der Flasche Bier, die sie sich noch gegönnt hätten, über belanglose Dinge zu sprechen. Auch habe Schneemann danach schlafen wollen und sei im Schlafzimmer verschwunden, während er, Krüger, die Couch im Wohnzimmer genutzt habe. Wo der Portier jetzt sei, könne er nicht beantworten. B.P. tippte alles in seinen Computer, Krüger ging und ließ die MoKo-Mitglieder gleichermaßen aufgeklärt wie ratlos zurück. Immer mehr Indizien sprachen gegen Schneemann, doch noch nicht ausreichend viele für seine Schuld. Die Fahndung wurde ausgedehnt.

*

Viktor warf Nikos Beschreibung des angeblichen Mörders auf den Tisch der MoKo. »Robin Baumann war es nicht. Ich war bei Niko Bendith und habe ihm die Daumenschrauben angelegt. Er hat zugegeben, die Phantomzeichnung getürkt zu haben.

»Natürlich war Robin es nicht«, sagte Simone. »Er hat ja auch ein Alibi.«

»Das ist ja ganz neu«, donnerte Viktor erbost. »In der Vernehmung steht nicht, dass er danach gefragt worden wäre.«

»Stimmt ja auch. Ich habe ihn vorhin angerufen und nachgefragt. Er hat mir die Kneipe genannt, in der er den Abend verbracht hat, und zwar die gesamte Zeit über. Zwei Zeugen: Der Wirt und ein Arbeitskollege Robins, mit dem er bis zum Zusperren zusammengesessen hat. Daniel versucht gerade, den Wirt zu erreichen, mit dem Kollegen hat er bereits gesprochen. Alles ist gut.«

»Robin Baumann ist Simones spezieller Pflegefall«, erklärte Regula und biss in eine Rosinenschnecke. »Die beiden kennen sich von früher.«

»Prima«, kommentierte Viktor, »hast du für mich auch eine Schnecke?«

Regula schob die Tüte über den Tisch und Viktor bediente sich. »Niko Bendith hat zugegeben, bei der Zeichnung geschummelt zu haben. Nun will er den Mörder gar nicht mehr beschreiben können. Aber Robin sei es auf gar keinen Fall gewesen. Ich weiß nicht, warum der Junge lügt.« Viktor wirkte resigniert. »Ich kann noch nicht einmal beweisen, dass er es tut. Mein Instinkt sagt mir, dass er gefährdet ist. Aber wodurch?« Nachdenklich biss er in seine Rosinenschnecke und fragte kauend: »Können wir die Überwachung weiterhin durchführen?«

»Keine Chance«, sagte Regula. »Nach dieser Indizienlage wird kein Richter einer weiteren Überwachung nach § 163f StPO zustimmen. Und Gefahr im Verzug sehe ich ehrlich gesagt nicht, dein Bauchgefühl in allen Ehren.«

Viktor nickte ergeben, doch die Rosinenschnecke wollte ihm nicht mehr so recht schmecken.

Kapitel 36

Wäre Frank Minuten früher da gewesen, alles wäre anders gekommen. So aber musste er mit ansehen, wie ein ihm fremder Mann an Nikos Haustür klingelte und hineingelassen wurde. Ausgerechnet jetzt! Frank stand da und wusste nicht, was er anfangen sollte. Vielleicht würde der Besuch nicht allzu lange dauern, dann würde sich das Warten lohnen. Unbedingt wollte er Niko sofort die gute Nachricht überbringen: Er hatte den Ausbildungsplatz bekommen. Heute Vormittag hatte man ihn angerufen.

Er überlegte. Eigentlich kannte Frank jeden, mit dem der kleine Bandit sich traf, zahlenmäßig war das sehr überschaubar. Aber diesen Typ hatte er noch nie gesehen. Offensichtlich war, dass Niko ihn kannte. Sonst hätte er ihn niemals ins Haus gelassen. Hoffentlich verschwand der Kerl bald wieder. Frank lief langsam ein Stück die Obere Karspüle hinauf. Er hoffte, Niko würde ihn durch das Wohnzimmerfenster sehen, ahnen, dass Frank zu ihm wollte und den Besuch des anderen rasch beenden. Doch nichts dergleichen geschah. Die Minuten vergingen zäh. Ein kühler Ostwind rötete Franks Ohren, seine Nase begann zu laufen, doch so schnell würde er nicht aufgeben. Ein dunkler Wagen bog in die Straße ein, als Frank am Ende der Straße umgekehrt war. Er erschrak. Den Daimler kannte er: Es war die schwarze Limousine seines Cousins. Mit klopfendem Herzen drückte er sich in die Zufahrt eines der Häuser und wandte sich ab. Er hörte, wie der Wagen anhielt. Zwei Türen schlugen kurz darauf zu, Schritte entfernten sich. Behutsam drehte Frank sich um, behielt seine Deckung bei und sah zur Straße hin. Das hatte er befürchtet: Da liefen Henner und Andy. Frank schloss die Augen. Erst vorhin hatte er allen Mut zusammengenommen, seinen Cousin aufgesucht und ihm mitgeteilt, dass er nicht mehr für ihn die Buchhaltung führen würde. Außerdem: Wenn er Niko und ihn zukünftig nicht in Ruhe ließe, würde das bittere Folgen für ihn nach sich ziehen. Er hatte den Wächter angebrüllt: »Du bist in der ganzen Stadt bekannt! Verrufen bist du, jeder weiß, dass du krumme Geschäfte drehst!«

»Du meinst, gefürchtet, das habe ich doch richtig verstanden?«, fragte der Wächter in einem Ton, als würde er mit einem Schwachsinnigen reden.

»Unterbrich mich nicht!«, schrie Frank ihn an. »Wenn das rauskommt, dass ich für dich gearbeitet habe, für deine Drecksgeschäfte, dann verliere ich vielleicht meine Lehrstelle wieder. Und das will ich nicht, kapierst du? Ich werde alles tun, damit ich endlich ein geordnetes Leben führen kann!«

»Und wenn du mich dafür ans Messer liefern musst? Würdest du das tun?«

»Wenn es sein muss«, sagte Frank tonlos, ohne zu zögern. Sofort danach wusste er, dass er eine Grenze überschritten hatte und es kein Zurück gab.

Der Wächter nickte und ging auf Frank zu, der zurückwich, bis er die Wand in seinem Rücken spürte. »Was die Versicherungsgeschichte angeht, so bist du mein Geschöpf, kleiner Cousin. Vergiss das nicht. Wie gewonnen, so zerronnen. Ich habe Kontakte bis in die Führungsetage dieser tollen Gesellschaft. Ein Anruf, und du bist den Job los. Und nun verpiss dich.« Bei den letzten Worten flogen Speicheltröpfchen aus seinem Mund und Frank auf Nase und Wangen. Angeekelt wischte der sich mit dem Jackenärmel über die Wange.

Der Wächter, bereits auf dem Weg zurück zu seinem Schreibtisch, drehte sich noch einmal zu Frank um und sagte: »Grüße an deine Mutter. Du weißt doch: Was ist der Mensch ohne seine Familie? Ein Nichts.«

Es war ihm gelungen, Frank einzuschüchtern. Und jetzt hatte er wieder seine Schläger zu Niko geschickt. Sie steuerten zielstrebig auf Nikos Häuschen zu und klingelten. Frank hielt den Atem an. Niko würde doch nicht? Doch! Er öffnete. War der völlig verrückt geworden? Oder hoffte er, dass die beiden ihn in Ruhe lassen würden, weil der andere Typ da war?

Wie auch immer: Das hier würde für seinen Freund nicht gut ausgehen. Henner hatte sich noch einmal umgedreht und prüfend geschaut, bestimmt wollte er sich vergewissern, dass niemand sie beim Betreten von Nikos Wohnung beobachtete. Die führten Böses im Schilde, keine Frage.

Einen winzigen Moment lang überlegte Frank, ob er über die Straße gehen und ebenfalls bei Niko klingeln sollte. Doch er verwarf den Gedanken. Selbst zwei gegen zwei hätten er und sein Freund keine Chance gegen die brutalen Schläger, und auf welcher Seite der fremde Besucher stand, konnte Frank nicht einschätzen. Was sollte er nur tun?

*

Wie gut Niko jetzt Hilfe gebrauchen konnte! Bevor sein Besucher es hätte verhindern können, war er deshalb in den Flur gerannt und hatte die Tür aufgerissen. Niko hatte gehofft, Frank würde an seiner Haustür läuten. Er hatte ihn doch auf der anderen Straßenseite hin und her laufen sehen! Wie entsetzt war er, als er erkannte, wer tatsächlich draußen stand. Es fühlte sich an wie ein Sturz aus dem 16. Stockwerk eines Hochhauses kurz vor dem Aufschlag.

Henner schubste ihn zur Seite und lief ins Wohnzimmer, anschließend trieb Andy ihn mit kleinen Stößen vor sich her. Niko blickte sich um und sah bestürzt, dass sein Besucher nicht mehr im Raum war. Die Terrassentür ist nach wie vor verschlossen, abgehauen ist er also nicht, dachte Niko hektisch. Er musste sich irgendwo versteckt halten. Aber wo und warum? Bei seinem Anblick hätten die Schweine des Wächters vielleicht innegehalten. So aber musste Niko zusehen, wie Andy einen blauen Müllsack aus seiner Küche holte. Er vermutete, der Schläger hatte die Rolle mit den Säcken bei seinem letzten Besuch hier gesehen und sich daran erinnert.

»Schicke neue Elektronik überall!«, sagte Henner und grinste breit. »Hast du wohl vom Kokaingeld gekauft?«

»Nein!«, schrie Niko. »Ich habe das Kokain nicht, lass die Finger davon!« Er wollte verhindern, dass Andy seine neuen Lautsprecher in den Müllsack steckte, und riss an dem Sack. Die Antwort war eine Ohrfeige von Henner, die den kleinen Banditen rücklings zu Boden warf. Mit dem Kopf schlug er gegen die Wohnzimmertür, ein dumpfer Schmerz durchzuckte seine Wirbelsäule. Aber er sprang sofort zurück auf die Füße. »Ihr Schweine! Da draußen steht einer, der euch gesehen hat, der ruft die Bullen, dann fahrt ihr ein!«

Andy packte weiter die Stereoanlage ein, während Henner seelenruhig den neuen Fernseher aus der Wand stöpselte. »Da draußen war keiner. Außerdem: Ich denke, die Bullen passen auf dich auf? War aber auch kein Bulle da draußen. Haben wir alles vorher gecheckt.«

Andy riss einen neuen Sack von der Rolle und schnappte sich Niko, indem er ihm den Arm um den Hals legte. Der kleine Bandit zappelte und wehrte sich, doch ohne Erfolg. Sein Angreifer zerrte ihn auf den Flur und zischte gefährlich leise: »Wo ist das Schlafzimmer? Ich hole auch deine Klamotten.«

»Aber warum denn?«, fragte Niko verzweifelt.

»Weil du alles mit Kohle bezahlt hast, die dem Wächter gehört, deshalb. Wir sollen sein Eigentum abholen, hat er gesagt.« Andy fand Nikos Kleiderschrank auch ohne dessen Hilfe und begann, die neuen Sachen herauszuzerren und in den Sack zu stecken. Niko hätte fast geheult. Das erste Mal, dass er modische Kleidung besaß, die richtig gut passte, und jetzt das. Mit der Kraft der Verzweiflung wollte er sich auf Andy stürzen, doch unvermutet stand Henner hinter ihm und hielt ihn fest.

Er hob ihn hoch wie eine Puppe, warf ihn aufs Bett und beugte sich dicht über ihn. Niko roch die Mischung aus billigem Parfum, Schweiß und Benzin, die Henners Lederklamotten anhaftete. Henner begann zu sprechen, und Niko rührte sich nicht.

»Wir holen nur die Sachen, kapiert? Lass uns machen, dann passiert dir nichts. Wenn nicht ...« Henner machte eine schneidende Handbewegung an seinem Hals, drückte Niko mit beiden Händen fest auf die Matratze und ließ ihn los mit einem Ausdruck, als hätte er ein Insekt zerquetscht. »Die Super-Kaffeemaschine ist auch neu?«, fragte Henner lauernd.

Niko antwortete nicht.

Der andere ging hinaus, und wenig später hörte Niko ihn in der Küche hantieren. Lärmend krachte etwas zu Boden, worauf Henner lauthals fluchte. Wo steckte bloß der andere, dachte Niko. Er musste den Lärm doch hören!

Niko stützte sich mit den Ellenbogen ab und richtete sich auf. Andy stand mit dem Rücken zu ihm und räumte mittlerweile alles in blaue Säcke, was sich im Kleiderschrank befand, sogar Nikos Unterwäsche. Er steigerte sich in einen wahren Rausch und arbeitete immer schneller, reckte sich, um oben aus dem Schrank Kleidung zu reißen, bückte sich, um sie mit beiden Armen in den Müllsack zu stopfen. Dabei schob sich seine braune Lederjacke hoch. Niko starrte ihn an. In Andys Hosenbund steckte eine Pistole. Das war neu. Bisher war er stets nur mit einem Messer bewaffnet gewesen, alle in der Szene wussten das. Eine Pistole! In Nikos Hirn überschlugen sich die Gedanken, und plötzlich hatte er einen Plan.

*

Draußen auf der Straße stand Frank und blickte mit wachsender Sorge auf Nikos Häuschen. Noch hatte niemand es verlassen. Immer wieder drang gedämpftes Geschrei heraus, einmal polterte es gefährlich. Offenbar randalierten die Schläger wie beim ersten Mal, als sie Niko heimgesucht hatten. Ein Gedanke durchzuckte Frank: Was, wenn der dritte Mann ebenfalls vom Wächter geschickt worden war? »Das überlebt Niko nicht«, sagte Frank gepresst. Für einen Moment wurde ihm angst und bange, dann fing er sich. Niko war in großer Gefahr, und er konnte ihm nicht helfen, weil er nichts war als ein Spielball in der Hand seines Cousins. Das musste vorbei sein, dachte Frank, und seine Gedanken waren mit einem Mal geordnet und klar. Gleichgültig, wie das hier ausging, dachte er weiter, es würde das letzte Mal sein, dass Christoph Runge seine Schläger beauftragt hatte. Der Wächter würde bald hinter Gefängnismauern sitzen, und er, Frank, würde dafür gesorgt haben. Im Rahmen seiner Buchhaltertätigkeit für den Drogenboss hatte er belastendes Material genug gesammelt. Vielleicht war genau jetzt die richtige Gelegenheit, die Polizei ins Boot zu holen. Niko würde der Anruf unter Umständen sogar das Leben retten. Er zog sein Handy aus der Jackentasche und wählte mit klammen Fingern die Notrufnummer der Polizei.

Kapitel 37

Niko zog sich langsam bis zum Kopfende seines Bettes. Millimeterweise streckte er den rechten Arm aus und zog an der Schnur der Nachttischlampe, bis der Stecker geräuschvoll aus der Steckdose rutschte. Rasch zog er den Arm zurück, doch Andy bedachte ihn lediglich mit einem zerstreuten Blick und ließ sich nicht unterbrechen.

In Gedanken zählte der kleine Bandit bis 60. Noch nie zuvor hatte er sich so auf eine einzige Handbewegung fixiert. Noch bevor er die Lampe ergriff und auf Andy zuschleuderte, wusste er, in welchem Bogen sie fliegen, wo sie den anderen treffen würde. Genau am Hinterkopf. Andy schrie auf und sackte auf die Knie.

Pfeilschnell flog Niko mit einem Sprung auf ihn zu und zerrte die Waffe aus seinem Hosenbund. Andy schrie immer noch und hielt sich mit beiden Händen den Kopf. Niko sah, wie das Blut zwischen seinen Fingern hervorquoll. Der Getroffene krallte sich am Schrank fest, schmierte dabei rote Striemen auf das Holz, stemmte sich mühsam hoch und drehte sich zu Niko um. Mit entsetztem Blick starrte er in die Mündung seiner eigenen Pistole.

»Henner, komm her«, rief er, so laut es ihm sein Zustand ermöglichte. »Diese kleine Ratte hat …«

»Nein! Komm du her«, tönte es zurück. »Hier ist eine Kammer, die ist zugeschlossen. Der Schlüssel ist weg. Bestimmt bunkert der kleine Bandit hier die feinsten Sachen, ja, jetzt weiß ich's: Das ist die Speisekammer.«

»Bleib stehen«, herrschte Niko Andy an. »Wenn du nur einen Fuß bewegst, drücke ich ab.« Mit einem Griff entsicherte er die Waffe und wunderte sich, weshalb er das überhaupt konnte. Noch nie in seinem Leben hatte er ein Schießeisen in der Hand gehabt.

Ein berstendes Geräusch war zu hören. »Ich breche die Tür auf«, schrie Henner herüber, »komm doch endlich her und hilf mir mal.«

Im selben Moment gab es einen Lärm, als würde eine ganze Wand einbrechen. Sofort danach wusste Niko, dass es die Speisekammertür war, die auf den Boden geknallt war. Geschrei war zu hören, diesmal aus zwei Mündern, Gegenstände fielen offenbar um, es klirrte und krachte. Da prügeln sich zwei, schoss es Niko durch den Kopf. In der Kammer hatte sich sein erster Besucher also versteckt! Was, wenn Henner den jetzt umbrachte? Nicht auszudenken! Andererseits …

»Los, Hände hoch und raus hier«, fuhr Niko Andy an, der zögernd die blutverschmierten Hände hob und in gebührendem Abstand an Niko vorbei und Richtung Wohnzimmer ging.

Niko folgte ihm. Er spürte das kalte Metall, das er mit beiden Händen umklammerte, und er spürte die Macht, die es ihm verlieh. Jetzt war er nicht mehr der kleine Bandit. Jetzt war er Niko Bendith, der Herr über Leben und Tod.

»Aufhören«, schrie er die Männer an, die sich auf dem Teppich wälzten. Der Couchtisch streckte die Beine nach oben, der Sessel drückte sich an die Wand. Vaters Pendeluhr, die neben dem Wohnzimmerschrank gelegen hatte, war zerstört.

»Alle mit dem Rücken an die Wand!« Nikos Stimme überschlug sich. Es reichte ihm. Alles. Mit irrem Blick sah er zu, wie die Männer sich aufrafften und alle miteinander Aufstellung nahmen. Henner hatte eine geplatzte Augenbraue, dem dritten Mann tropfte Blut aus der Nase. Niko hatte das Gefühl, dass der Anblick der verletzt blutendenden Verbrecher ihn rasend machte. Wie ein Raubtier, das Blut gerochen hatte. Er richtete die Waffe auf den dritten Mann. »Das da ist der Mörder! Er hat den Frankfurter erstochen und das Kokain geklaut! Und ihr Idioten hattet immer nur mich in Verdacht!«

Henner und Andy glotzten ihn an, als wäre er ein geflohener Geisteskranker.

»Was quatschst du denn da? Welches Kokain?« Der Mann wischte mit dem Handrücken der Rechten über seine Nase, sah das Blut und schüttelte es erschrocken auf den Teppich. »Ich habe nichts geklaut!«

»Warum hast du ihn dann umgebracht?«

»Das willst du gar nicht wissen. Du wolltest doch immer nur Geld!«

Niko war einen Augenblick lang aus der Fassung. Sofort danach griff er die Pistole wieder fester und richtete sie nacheinander auf alle drei Köpfe. »Doch, ich will es wissen, erzähl es mir jetzt!«

»Meine Kleine wollte weg von mir. Wollte zu einem Lackaffen von Arzt. Diesmal nicht, habe ich gedacht. Eine Frau war mir abgehauen, das reichte. Im Auto der Kleinen habe ich ein Messer gefunden. Es gehörte dem Lackaffen. Ich habe gedacht, wenn ich den Frankfurter mit dem Messer umbringe, kommt der Arzt in den Knast. Die Polizei sollte glauben, dass er aus Eifersucht gemordet hat. Um den ging es mir, sonst nichts. Und jetzt muss ich weg, und dafür brauche ich mein Geld selbst, verstanden, kleiner Mann?«

»Halts Maul, oder ich lege dich um«, sagte Niko drohend.

»Ist die überhaupt geladen?«, fragte der Mann.

»Ja, leider«, sagte Andy, der sich nicht traute, die Arme herunterzunehmen. Zu wütend sah der kleine Bandit aus.

»Ihr Idioten! Und deswegen habt ihr mich fast umgebracht!«

»He, Niko: Der hat den Stoff nicht, sagt er«, mischte sich Henner ein. »Wahrscheinlich hast du ihn doch. Oder woher hast du die ganze Knete?«

Der dritte Mann lachte bitter. »Von mir! Erpresst hat er mich, der kleine Sack. Meine Erbschaft wollte er, als Preis dafür, dass er das Maul hält.«

Ich bringe alle um, dachte Niko, einen nach dem anderen. Die verbünden sich gerade gegen mich. Er merkte, wie er die Übersicht verlor, wie Panik in ihm aufstieg. Wen sollte er zuerst erschießen? Was würden die anderen beiden dann tun? Sich auf ihn stürzen?

»Achtung, Achtung, hier spricht die Polizei. Das Haus ist umstellt. Kommen Sie mit erhobenen Händen heraus!«

Die Worte drangen in Nikos Gehirn vor wie durch Watte. Die Bullen. Sie waren gekommen, weiß der Himmel warum. Als er das begriff, fiel die Anspannung von ihm ab und eine Welle der Erleichterung durchflutete seinen Körper. Er sah zu, wie sich der Mann mit der blutenden Nase an der Terrassentür zu schaffen machte. Offenbar wollte er fliehen. »Rübe, lass sein«, sagte er, »die kriegen dich doch.«

»Wie heißt der?«, fragte Henner, den das Auftauchen der Polizei nicht besonders aufzuregen schien. Im Gegenteil, er wirkte auf Niko ebenso erleichtert, wie er selbst es war. »Rübe? Was ist das für ein Name?«

»Ist ein Spitzname. Der heißt Jörg Schneemann.«

Andy hatte sich mittlerweile auf den Boden gesetzt, hielt aber noch immer die Hände oben. Er war käseweiß um die Nase und lehnte mit dem Rücken an der Wand, als ob er gleich ohnmächtig werden würde.

Niko fühlte sich als Sieger. Wie auf Wolken ging er hinaus in den Flur. Die Pistole hielt er umklammert, als wäre sie in den letzten Minuten an seinem Fleisch festgewachsen. Aus dem Wohnzimmer hörte er, wie die Terrassentür aufging. Kurz danach Getrappel von einer Vielzahl beschuhter Füße und laute Stimmen. Mit dem Arm drückte Niko die Klinke herunter und stieß die Haustür auf. Scheinwerferlicht blendete ihn und schmerzte in seinen Augen. Reflexartig hob er den Arm, um sich zu schützen, die Waffe noch immer in den Händen. Im selben Augenblick hörte er einen lang gezogenen Schrei: »Neeeeeeiiiiiiiin!«, und ohrenbetäubend laut krachte ein Schuss. »Waffe weg!«, schrie eine Stimme. Dann: »Hände hoch.« Niko gehorchte, legte die Waffe auf den Boden und riss die Arme nach oben. Einen Herzschlag später lag er auf dem Bauch, die Arme auf dem Rücken, und spürte, wie ihm ruppig die Handfesseln angelegt und zugezogen wurden. Vor Schmerz verzog er das Gesicht. »Fangt lieber den Schneemann, den Mörder«, sagte Niko gequält, »der will abhauen!«

»Ich übernehme ihn, danke.«

Jemand fasste Niko unter die Arme und stellte ihn auf die Füße. Niko erkannte den großen Polizisten, wie hieß er noch, richtig, Weiß. »Das war knapp, Junge«, ranzte der ihn an.

»Warum?« Niko spuckte aus, weil er Schmutz in den Mund bekommen hatte, als ihm der Kopf in den feuchten Straßendreck gedrückt worden war. Es regnete in Strömen. Zwinkernd blickte er zu dem kräftigen Mann auf. »Weil ich meinem Kollegen den Arm nach oben geschlagen habe, mein Freund. Sonst wärst du jetzt auf dem Weg in die Rechtsmedizin. Los jetzt, Abflug.«

Niko sah, wie Schneemann, Henner und Andy in Handfesseln abgeführt wurden. So viele Polizisten standen hier herum, sogar welche in grünen Kampfanzügen, und alles seinetwegen. Schaulustige hatten sich versammelt und wurden angewiesen, Platz zu machen. Gerade fuhr der erste Streifenwagen mit Henner auf dem Rücksitz vorbei. »Tschüss, du Ratte«, rief Niko laut. Der große Polizist sah ihn tadelnd an. Wenn der wüsste, dachte Niko.

»Niko!«

Weiß ließ zu, dass der kleine Bandit stehen blieb.

»Mensch, beinahe hätten die dich abgeknallt!«

»Frank! Was machst du denn hier?« Niko fiel erst jetzt wieder ein, dass er den Freund durchs Fenster beobachtet hatte. »Hast du alles gesehen?«

Frank nickte. Regen lief ihm über die Kapuze ins Gesicht. »Ich habe beim Notruf angerufen und erzählt, dass du in Gefahr bist. Aber das geht jetzt noch weiter.

Ich bringe den Wächter in den Knast, kannst du dich drauf verlassen.«

Niko verstand gar nichts mehr. Außerdem forderte der Große jetzt, dass er sich in das blauweiße Auto setzen sollte. So blieb ihm nur, Frank rasch zuzunicken, als Dank sozusagen. Aus den Augenwinkeln sah Niko die übergewichtige Kommissarin am Straßenrand stehen, inmitten der ganzen Aufregung, die hier herrschte – der bellenden Polizeihunde, der Einsatzkräfte mit Maschinenpistolen, der neugierigen Menschen hinter der Absperrung. Jetzt kam auch die andere Polizistin dazu, die schlanke mit den braunen Locken. Die Autotür wurde zugeschlagen, Weiß setzte sich auf den Beifahrersitz und der Polizeiwagen rollte langsam durch den Auflauf aus Einsatzkräften und Gaffern hindurch. Erst am Ritterplan gab der uniformierte Fahrer Gas und fuhr zügig davon.

Kapitel 38

Simone trat neben Regula. Sie hatte einen Blick in den davonfahrenden Streifenwagen erhascht. »Niko Bendith?«, fragte sie ihre Kommissariatsleiterin.

»Ja, auch«, antwortete Drogenfachmann Willi anstatt Regula. Er spuckte einen Tabakkrümel in die Gosse und nahm einen neuen Zug aus seiner Selbstgedrehten. Rot glimmte die Glut auf. »Die beiden Bodyguards des Göttinger Drogenbosses Runge haben wir auch erwischt.«

»Und Schneemann«, ergänzte Daniel Beyer, der ebenfalls vor Ort war.

»Wie bitte? Der Portier der *Sonnenuhr*? Nachdem wir seit Tagen auf der Suche sind? Was macht denn der hier bei Bendith?«

»Regula hatte schon länger die Vermutung, dass der kleine Bandit den Mörder kennt. Jetzt hat Bendith behauptet, Schneemann sei der Mörder des Mannes aus Frankfurt.« Willi trat die Kippe auf dem Gehsteig aus. Sie war nass geworden und zog nicht mehr richtig. Anschließend hob er sie auf und beförderte sie in eine Plastiktüte, die er immer bei sich trug. »Warum er ihn gedeckt hat, wird sich noch herausstellen. Im Haus hat es jedenfalls eine große Schlägerei gegeben.«

»Du bist so still«, wandte sich Simone an Regula. »Ist alles in Ordnung? Ich konnte nicht schneller kommen, vor mir auf der Straße sind zwei Autos zusammengestoßen. Ich habe mich gekümmert und zu spät auf mein Handy geschaut.« Sie betrachtete die Kommissariatsleiterin besorgt. »Regula?«

»Es ist wegen Viktor. Er hat verhindert, dass auf Bendith geschossen wurde, obwohl der mit einer Pistole auf einen Kollegen des SEK gezielt hat. Viktor ist dazwischengegangen. Wenn es schlecht gelaufen wäre, wäre er jetzt tot.«

»Zum Glück ist ja alles gut gegangen«, sagte Simone tröstend.

»Das war absolut unprofessionell«, sagte Regula mit erhobener Stimme, »so etwas kann nicht ungeahndet bleiben.«

»Du meinst, du kommst in einen Konflikt, weil ihr eine gemeinsame Wohnung gemietet habt?«

Regula nickte. »Vielleicht war alles ein Fehler.«

»Denk noch einmal in Ruhe darüber nach«, riet Simone, als ihr Handy zu klingeln begann. Sie wandte sich zur Seite, telefonierte kurz und trat neben ihre Chefin. »Wir müssen um 19 Uhr zum Marktplatz am Alten Rathaus kommen.«

Regula tauchte endgültig aus ihren Grübeleien auf. »Warum sollten wir das tun?«

»Elena Meyer hat gerade darum gebeten. Sie hat kryptisch behauptet, dass der Frankfurter kein guter Mensch gewesen ist. Jetzt will sie uns dazu etwas sagen oder zeigen oder was auch immer. Jedenfalls sollen wir zum Gänselieselbrunnen kommen.«

»Los, das machen wir«, sagte Willi auffordernd zu Regula. »Wenn das etwas mit dem Frankfurter zu tun hat, sollten wir alle dorthin gehen.«

»Ich bin dabei«, sagte Daniel.

Willi trat einige Schritte zur Seite und ließ sein Handy eine Nummer wählen, während er zusah, wie die Spurensicherung anrückte und sich die Sondereinsatzkräfte langsam zurückzogen.

Regula blickte Simone an und seufzte. »Muss wohl sein, also gut. Ich will mir nur noch rasch ein Bild davon machen, wie es in Bendiths Wohnung aussieht.« Simone nickte. »Gut, ich begleite dich.« Zu den beiden Männern gewandt sagte sie: Wir treffen uns anschließend hier, einverstanden?«

Daniel stimmte zu. Willi telefonierte, hob aber die Hand und signalisierte so ebenfalls sein Einverständnis.

*

Um 19 Uhr hatte der Himmel seine Schleusen geschlossen. Der Göttinger Marktplatz war belebt, die Geschäfte ringsum noch geöffnet. Trotz der Oktoberkühle hatte sich um den angestrahlten Gänselieselbrunnen eine Menschentraube gebildet. Warm gekleidet, manche mit geöffneten Regenschirmen in der Hand, blickten die Männer, Frauen und Kinder hinauf zu der kleinen Figur, dem barfüßigen Mädchen, das drei Gänse trug. Aber nicht wie sonst waren es ein frischgebackener Doktor und eine glückliche Doktorin, die die Aufmerksamkeit erregten. Auch küsste niemand das Gänseliesel oder beschenkte es mit einem frischen Blumenstrauß. Es war etwas anderes, das die Menschen vor Göttingens Wahrzeichen verharren ließ.

Als Regula Fach gemeinsam mit Willi Mogler den Treffpunkt am Marktplatz erreichte, standen die anderen Mitglieder der Mordkommission *Tanto* bereits vor dem *dm*-Laden.

»Was ist denn das für ein Auflauf?« Regula fuhr sich mit der flachen Hand über den blonden Kurzhaarschnitt. Von einem Vordach tropfte es noch herab, und das Wasser hatte sie getroffen.

»Welchen meinst du denn? Den vor dem Gänseliesel?«, fragte Willi grinsend. Von dort war eine Stimme zu hören, die etwas deklamierte, was, war nicht zu verstehen.

»Du weißt genau, welchen Zusammenlauf ich meine, den unserer Kollegen natürlich. Haben die nichts zu tun?« Mit gemischten Gefühlen betrachtete Regula Viktor Weiß, der auch in der Gruppe stand und die anderen Polizisten überragte. Jetzt hatte er sie entdeckt und sah zu ihr herüber. Ihre Blicke trafen sich.

»Weißt du, ich dachte, ich telefoniere mal ein bisschen und trommele die Jungs zusammen. Ist doch ein schöner Abschluss, so ein Treffen.« Willi schützte mit seiner Jacke das Feuerzeug vor dem Wind und zündete sich eine Selbstgedrehte an. »Nun sei keine Spielverderberin, Frau Kommissariatsleiterin!«, unkte Willi.

»Sei froh, dass du nicht zu meinen Leuten gehörst«, flachste Regula, schon freundlicher gestimmt. »Da ist ja auch Ackermann!« Über den Anblick dieses Kollegen freute sie sich, und ihre Stimmung hob sich augenblicklich.

Ackermann winkte ihr mit einer seiner Gehhilfen zu. Gemeinsam mit Willi lief Regula auf ihn zu, und als sie ihn erreicht hatte, umfasste sie seine Schultern und sagte anerkennend: »Nach so kurzer Zeit schon auf den Beinen?«

»Na ja, auf vier Beinen, genau genommen.« Er zeigte auf die Krücken. »Aber ab Montag bin ich wieder im Dienst.«

Regula nickte anerkennend. »Du hast ihn abgeholt, richtig?«, fragte sie Daniel Beyer. Der nickte und warf sich in die Brust. »Klaro. Ehrensache.«

Viktor stellte sich neben Regula, sprach sie aber nicht an. Auch sie richtete nicht das Wort an ihn.

»Hat schon jemand herausbekommen, was am Gänseliesel für Aufruhr sorgt?«, fragte Simone.

»Ich habe gesehen, dass zwei uniformierte Kollegen gerade dorthin gegangen sind«, erklärte Daniel. »Hört ihr es? Jetzt gibt es dort Schreierei. Wir sollten auch verlegen, was meint ihr?«, benutzte er den polizeilichen Fachausdruck. Tatsächlich geriet die Menge um den Brunnen in Aufregung, die Menschen bewegten sich hin und her, Rufe wurden laut wie *Ist doch nicht verboten* oder *Wenn man sie braucht, sind sie nicht da, aber jetzt*. Durch das Geschrei wurden immer mehr Passanten auf das Geschehen aufmerksam und drängten zum Gänseliesel.

Die Polizisten, deren Zusammenarbeit bei der MoKo in dieser Stunde enden würde, setzten sich in Bewegung. »Da kommt B.P.!«, rief Ackermann und winkte mit der Gehhilfe in die Richtung, aus der der Kollege auf sie zueilte. Als B.P. in Höhe des Vierkirchenblickes war, einer in das Pflaster eingelassenen Bronzeplatte, von der aus man vier Göttinger Kirchen sehen konnte, hatte er die Kolleginnen und Kollegen entdeckt. Er lief auf sie zu, entspannt wie seit Tagen nicht mehr, wie Simone fand. Als B.P. Ackermann erkannte, umarmte er ihn rasch, eine Gemütswallung, wie es niemand jemals von ihm erwartet hätte. »Was ist denn nun am Gänseliesel los?«, fragte er. »Willi hat es spannend gemacht am Telefon.«

»Das wissen wir auch noch nicht«, sagte Simone. »wir sind gerade auf dem Weg dorthin, um es herauszufinden.«

Die Polizisten setzten sich in Bewegung und bahnten sich einen Weg durch die Menge. Regula und Viktor bildeten den Abschluss, nachdem sie sich, ohne ein Wort zu wechseln, lange angeschaut hatten.

Simone sah als Erste, was an Göttingens Wahrzeichen vor sich ging. Elena Meyer versuchte offenbar, den Brunnen zu erklimmen. Sie balancierte auf dem Rand des Beckens, die schwarze Jacke geöffnet. Sie trug einen durchnässten Rock und eine Wollstrumpfhose über den dürren Beinen. Ihre Füße steckten in Schnürschuhen, die bessere Tage gesehen hatten.

Eine Schutzpolizistin und ihr männlicher Kollege mühten sich vergeblich, Elena vom Brunnenrand herunterzuholen, indem sie ihr den Weg abzuschneiden versuchten. Die Szene wurde von den Umstehenden belacht und beklatscht.

Als Elena Simone sah, huschte ein Lächeln über ihr Gesicht. Blitzschnell legte sie noch eine halbe Umrundung zurück, bis sie bei dem Trittstein im Brunnenbecken angelangt war. Ein großer Schritt, und sie stand auf dem Stein. Mit einem gewagten Sprung erreichte sie den Brunnen, zog sich mit beiden Händen hinauf, erklomm ihn und stellte sich neben das zierliche Bronzemädchen. Beifall brandete auf.

Elena warf von oben einen Blick in die Runde. Dann hob sie eine Hand, und die Menschen verstanden: Es wurde immer ruhiger, bis auch das letzte Lachen, der letzte Spruch verklungen war. Alle schauten wie gebannt nach oben: die wartenden Passanten, die zwei

Uniformierten, die Polizisten in Zivil, die sich unter die Menge gemischt hatten.

Als alles still war, zog Elena etwas aus ihrer Jackentasche, was wegen der lediglich auf die Bronzefigur gerichteten Strahler nicht zu erkennen war. Mit dem Arm hatte Elena sich an dem Baldachin eingehakt, der sich über die Figur wölbte, sodass sie sich festhalten konnte und dennoch die Hände frei hatte, mit denen sie jetzt an dem hervorgeholten Gegenstand nestelte. Offenbar hatte sie ihn geöffnet, denn jetzt griff sie mit der Rechten hinein und holte etwas heraus. Sie hob die Hand weit in die Höhe, alle Blicke folgten ihren Bewegungen. Sofort danach setzten viele Ah- und Oh-Rufe ein, Lacher und vereinzeltes Händeklatschen. »Es schneit!«, rief jemand, und tatsächlich: Elena Meyer stand oben auf dem Gänselieselbrunnen und ließ es schneien! Feiner weißer Staub wirbelte durch die Luft, getragen vom Wind, beleuchtet von den Strahlern, verweht über den Köpfen der Menge. Unwesentlich größer als die Brunnenfigur, stand Elena da, griff wieder und wieder zu und warf das weiße Pulver in die Luft. Sie wartete, bis es sich gesenkt hatte, dann begann sie das Spiel von Neuem, bestaunt von der Menge der Zuschauer.

Willi beugte sich zu Simone hinüber und sagte dicht an ihrem Ohr: »Das ist Kokain für Zigtausende von Euro. Gut, dass das hier niemand ahnt.«

Simone sah dem Treiben zu und wusste nicht, ob sie lachen oder entsetzt sein sollte. Vorhin hatte ihr Elena am Telefon von ihrem heimlichen Kampf gegen Drogen erzählt. Jetzt verstand Simone, warum: Elena war es, die dem toten Dominik Pohl das Päckchen gestohlen hatte. Nun stand sie da und vernichtete spektakulär, was sie für ein Produkt des Teufels hielt.

Willis Handy klingelte. Er drückte sich ein Ohr zu und an das andere das Telefon, lauschte und nickte dabei mehrfach. Nachdem er das Gespräch beendet hatte, sagte er zu Simone: »Ich muss ins Dienstgebäude, sie haben Christoph Runge festgenommen.« Er blickte zu Elena hoch. »Besser für die Frau, wenn der Drogenboss ins Gefängnis wandert.«

»Ich glaube nicht, dass sie vor ihm Angst hätte«, sagte Simone. Sie sah, dass Elena ihre Schneeaktion abschloss, indem sie den Plastikbeutel ausschüttelte und in die Jackentasche steckte. Sie schickte sich an herunterzuklettern. Unten warteten die Schutzpolizisten auf sie. »Ich muss Elena vor den Kollegen retten. Anschließend komme ich nach.«

Simone wandte sich um. Sie wollte Regula über ihre Pläne informieren, doch das war zurzeit wohl nicht möglich. Viktor und Regula standen abseits von dem ganzen Geschehen, dicht beieinander, und redeten so intensiv miteinander, als wären sie völlig allein auf dieser Welt.

*

Einige Tage später trafen sich die Mitglieder der MoKo *Tanto* zur Abschlussbesprechung. Sie ließen die Ermittlungen noch einmal Revue passieren. Anschließend bedankte sich Regula bei ihren Kolleginnen und Kollegen für die effektive Zusammenarbeit und erklärte die Sonderkommission für beendet. Nach und nach verließen die Polizisten den Raum, der nun wieder als Aufenthalts- und Besprechungsraum genutzt werden würde. Nur Regula und Simone saßen noch an ihren Plätzen.

»Ein schöner Erfolg«, sagte die Kommissariatsleiterin zufrieden.

Simone nickte zustimmend. »Pohls Mörder ist gefasst und wird seine Strafe erhalten. Besonders charmant finde ich auch, dass uns Christoph Runge endlich ins Netz gegangen ist. Die Kollegen von der Drogenfahndung sind uns dafür ausgesprochen dankbar.«

»Das haben sie Frank Deutschmann zu verdanken, nicht uns«, entgegnete Regula. Sie angelte nach einer verlassen auf dem Tisch liegenden Kekstüte und schaute hinein. »Der Kumpel von Niko Bendith hat seinen Cousin quasi ans Messer geliefert. Die Aufzeichnungen, die er für den Drogenhändler anfertigen musste, hatte er sich kopiert.« Sie warf die Tüte weit von sich. »Leer«, sagte sie enttäuscht.

»Verraten hat Frank Deutschmann seinen Cousin, weil der ihm gedroht hat, mit dubiosen Mitteln den gerade erhaltenen Ausbildungsplatz aberkennen zu lassen. Hier, damit du mir nicht verhungerst.« Simone zog lächelnd einen Müsliriegel aus ihrer Handtasche und schob ihn ihrer Chefin über den Tisch hinweg zu.

»Willst du mich vergiften?«, fragte Regula, griff aber doch zu und wickelte das Papier des Riegels ab. »Welche dubiosen Mittel wären das gewesen?«

»Nun, Runge hätte einen seiner Kokainkunden erpresst, der in der Versicherung einen Führungsposten innehatte, gegen Deutschmann zu agieren.«

Regula biss ab und begann zu kauen. »Das ist für Viktor interessant. Ihn beschäftigt alles, was irgendwie mit Niko Bendith zusammenhängt.«

»Meinst du, Bendith wird mit einer Bewährungsstrafe davonkommen?«, fragte Simone nachdenklich.

»Wenn er Glück hat, ja. Er hat gegen Runges Schläger ausgesagt, das wird ihm womöglich helfen. Außerdem hat er einen großartigen Betreuer an seiner Seite: meinen Viktor!«

Simone lachte: »Deinen Viktor, soso. Der hatte den kleinen Mann von Anfang an ins Herz geschlossen, irgendwie rührend. Apropos kümmern: Ich fahre anschließend in die Asklepios-Klinik und besuche Elena.«

Simone begann, ihre restlichen Papiere zusammenzuräumen.

»Wie geht es ihr denn?«

»Sie erhält eine weiterführende Therapie, allerdings stationär. Frau Scharf-Bodemann hat sich zur Ruhe gesetzt und will zukünftig viel Zeit an der Nordseeküste verbringen, in ihrem Ferienhaus. Ihr Nachfolger hat neue Ideen, was Elena betrifft.«

Regula runzelte die Stirn. »Dann war die Psychiaterin wohl nicht mehr auf der Höhe der Zeit, was die Behandlung der Patienten angeht?«

»Das kann ich nicht beurteilen. Im Heim sind alle der Meinung, dass sie meiner Mutter geholfen hat, sie sagen, ich werde das bald feststellen können. Dieses Metier beherrschte sie offenbar.«

»Ich drücke dir dafür die Daumen. Grüß mir bitte Elena Meyer, und danke für den Müsliriegel! Hochzeit hin oder her, mich in ein Kostümchen zu hungern ist schwer für mich.«

»Bis Mai nächsten Jahres ist es noch eine ganze Weile hin. Du schaffst das, keine Frage!«

Ende